La ciudad
de los minotauros

Carol Zardetto

La ciudad
de los minotauros

ALFAGUARA

Título: **La ciudad de los minotauros**
Primera edición: mayo de 2016
D. R. © 2016, Carol Zardetto

La autora recibió autorización expresa de los antropólogos Lore y Benjamin Colby
para utilizar elementos de su trabajo de investigación titulado: *El contador de los días*.

D. R. © 2016, derechos de edición mundiales en lengua castellana:
Penguin Random House Grupo Editorial, S. A. de C. V.
Blvd. Miguel de Cervantes Saavedra núm. 301, 1er piso,
colonia Granada, delegación Miguel Hidalgo, C. P. 11520,
México, D. F.

www.megustaleer.com.mx

D. R. © 2016, nombre del ilustrador, por las ilustraciones
Penguin Random House Grupo Editorial apoya la protección del copyright.

ISBN: 978-607-31-4367-7

Impreso en México – Printed in Mexico

El papel utilizado para la impresión de este libro ha sido fabricado a partir de madera
procedente de bosques y plantaciones gestionadas con los más altos estándares ambientales,
garantizando una explotación de los recursos sostenible con el medio ambiente y beneficiosa
para las personas.

Penguin
Random House
Grupo Editorial

Para Lucía y Julio, tan buenos compañeros de viaje.

Las ciudades son un conjunto de muchas cosas: de memorias, de deseos, de señales de un lenguaje…

Las ciudades, como los sueños, están construidas de deseos y de miedos, aunque el hilo de su discurso sea secreto, sus reglas absurdas, sus perspectivas engañosas, y toda cosa esconda otra.

Si hombres y mujeres empezaran a vivir sus efímeros sueños, cada fantasma se convertiría en una persona con quien comenzar una historia de persecuciones, de simulaciones, de malentendidos, de choques, de opresiones, y el carrusel de las fantasías se detendría.

Ítalo Calvino, *Las ciudades invisibles*

I

Nueva York es, como todas las grandes ciudades, un carrusel. Unos suben y otros bajan, aportando y llevándose consigo un desfile de fantasmas. Yo llegué un primero de septiembre trayendo al hombro la cultura cual pesado fardo. Sin embargo, me sentía un feliz exiliado. Había cortado con los lazos que me aprisionaban, con el peso de las responsabilidades, en fin, que se entiende: con lo que hasta hoy yo llamaba "mi vida".

Mi mirada quedó atrapada no por los monumentales rascacielos o los brillos de una ciudad fulgurante, sino por la prodigalidad de las calles que proyectaban, como una cinematografía insaciable, imágenes de mujeres. Un bosque de muslos rosados, miel y canela las recorrían con la energía de una corriente. El leve equilibrio de los pies desnudos sometidos apenas a las breves sandalias, último grito de la moda del persistente verano, originó un golpe de deseo, anuncio de que un recóndito entusiasmo estaba todavía vivo. Sentirse vivo: no recordaba lo que significa.

La ciudad me abría las páginas de su enigmático libro. Y yo sentía crecer dentro una oleada de gozo: viviría en la infinita Babilonia, en la confluencia de todos los ríos de pensamiento, del arte, de las finanzas, estaría sumido en la mecánica misma del movimiento; esa dinámica interna que mueve los hilos de lo humano y cuya privación total nos haría perecer bajo el peso del sin sentido.

Aparte, podría finalmente escribir. No como un asunto marginal, no como un entretenimiento de fines de semana. Crear un guión de cine sería mi principal actividad por los siguientes meses. ¿Podría haber imaginado una gloria parecida?

Después de varias vueltas alrededor de las mismas cuadras, el auto frenó de repente frente a un edificio descuidado, vestido de grafiti. No era el más hermoso de la 13 Calle del East Village. Tampoco me agradó la fila de basureros que guardaban su portada desteñida.

La nueva realidad empezaba a configurarse. Del sueño inefable de lo que sería mi nueva vida en NY, se desprendía ya la primera estrella: el apartamento que había alquilado sería sin duda feo y, con muchas probabilidades, también sucio. Un hoyo lleno de cucarachas.

Pagué el taxi y me sentí como un huérfano, parado en la calle con mi equipaje, casi una hora antes de la cita con Toni Lacrosse, su dueño, con quien lo compartiría. La decisión había sido difícil acostumbrado como estaba a vivir solo, pero los precios astronómicos de los alquileres en Manhattan terminaron por convencerme; aquí no podía pagar un apartamento para mí solo y menos aún, uno que estuviera cerca de Union Square, sede de la Escuela de Cine a donde me encaminaría cada día durante los próximos meses.

Cuarenta y cinco minutos de espera y un par de cigarrillos que me supieron mal, pues me sentía nervioso, se convirtieron en la forzada antesala de mi recién estrenada historia.

Pertinente es anotar que su estado de nervios tenía mucho que ver con el acoso de los aeropuertos. Verse obligado a presenciar cómo las personas se quitaban dócilmente zapatos, cinturones, chaquetas, bajo la presión del miedo a imaginarios terroristas... ¿Retorno del fascismo?

Entonces, se me acercó una rubia huesuda frisando los cincuenta. "¿Es usted Felipe Martínez?", dijo en inglés y con marcado acento sureño.

Sorprendido por su abordaje, contesté torpemente que sí, como si dudara de mi propia identidad, pero en efecto, yo era Felipe Martínez. ¿Y quién era la rubia?

"Toni Lacrosse", contestó ella a mi elucubración mental. Yo tardé en responder, pues una melcochosa turbación hacía que mis pensamientos se revolvieran lentos.

Toni Lacrosse, era un nombre masculino... ¿no? Mi compañero de apartamento era un hombre, ¿no?

Mientras arrastraba sudando el pesado equipaje por las estrechas escaleras (había que subir con ellas la bicoca de tres pisos), mi mente no dejaba de golpearme con toda suerte de maldiciones. Con infinito malhumor me preguntaba por qué esta circunstancia no había quedado clara en el intercambio de correos con la dama. Debió decírmelo. A cualquiera le resulta obvia la incomodidad básica que implica para un hombre compartir apartamento con una mujer que no conoce, ¡sobre todo sin previo aviso! Sobre todo si, quizá, no quiera compartir con ella ni siquiera una taza de café. ¿Se puede obviar la sexualidad y sus implicaciones?

Pero la magia del internet era precisamente ésa: no saber nunca con quién se habla. Comunicarse desvestido de todas las etiquetas. La comunicación adquiere una asepsia que no es humana. Más allá de las correcciones políticas, los humanos nos clasificamos siempre. Una de las calificaciones primordiales es la sexual.

Yo tendría que haber sabido de antemano que Toni Lacrosse era una mujer. No vine hasta NY a complicarme con una señora al borde de la menopausia.

Tú también eres un cincuentón, ¿no? Piensas (con ese cerebro masculino que tienes) que, en una mujer, la edad es un pecado que no tiene redención.

En fin, era demasiado tarde para lamentaciones.

Por ahora, el principal reto era llevar las condenadas maletas, sobrecargadas de mil objetos que en este momento me parecían inútiles, por tres tramos de estrechas escaleras, actividad sobrehumana para un tipo como yo que no está hecho para las heroicidades físicas.

Toni abrió con sus largas manos los cerrojos de una puerta descuidada. Bañado en sudor, entré con mucha confusión y torpeza mis tres piezas de equipaje. El apartamento era idéntico a muchos en esta ciudad abigarrada: tenía un solo dormitorio. El resto se amontonaba en otra estancia donde cabían, a duras penas, un sofá cama (que a esta hora del día, todavía estaba revuelto), un gavetero con un televisor encima, un armario, una librera, una minúscula mesa con dos sillas, una diminuta cocina y, para mi verdadera agonía, la puerta de lo que presumí sería el baño, inalcanzable, si no me aventuraba a campo traviesa toda la habitación.

Así que, ésta era la realidad: un territorio sin fronteras. Tendría un pequeño espacio de privacidad, circunscrito a una habitación. Me vería forzado a salir de ella por las urgencias de mis esfínteres. Atravesaría a mansalva t---o---d---a--- la otra estancia hasta alcanzar la puerta del baño. Tendría que cuidar los ruidos y olores de mis incursiones y, hasta la vestimenta. El arreglo presagiaba una detestable promiscuidad.

Por supuesto, quedaba fuera de toda consideración andar por allí en cueros... Felipe andaba en su casa (casi siempre) desnudo. ¿Tendría que comprar una pijama? Él no podía recordar cuándo fue la última vez que tuvo una.

Toni advirtió mi incomodidad y se disculpó vagamente. Dijo que no estaba nunca en casa, que no cocinaba allí, así que la cocina sería toda mía y que, para el uso del cuarto de baño, ella prefería las duchas nocturnas. Así que, si yo era un *day person* (cuestión que nunca me había preguntado seriamente), no habría ninguna dificultad. Sin embargo, el privilegio de poder darme con tranquilidad una ducha por la mañana me pareció una concesión que demostraba la buena voluntad de mi compañera.

Entré a mi habitación y cerré la puerta, queriendo que la única frontera entre su vida y la mía fuese contundente. La habitación era amplia, con dos grandes ventanas que daban a un laberinto de paredes. Estrechísimos corredores entre murallas de ladrillo, donde se abrían aquí y allá más ventanas a las que asomaban las anónimas vidas de otras casas. Dos gatos reposaban cada uno en su balcón, perturbados de repente por un puñado de palomas que, aleteando nerviosamente, se acercaban a hurgar con sus ojillos rojos si había restos de comida.

Las escaleras exteriores bajaban a todo lo largo de los edificios. En estos pasillos podía llevarse una vida paralela de cuya existencia atestiguaban tiestos de plantas, zapatos de invierno, cajas, y hasta una que otra silla apostada en los mínimos balcones que servirían a algún bohemio para respirar el aire encajonado de este laberinto de cemento.

Imaginé que era el escenario ideal para que un saxofonista ejercitara sus improvisaciones de jazz en horas de la madrugada, lugar común, del cual me arrepentí de inmediato, pues no quería manchar mi experiencia con machacadas expectativas.

13

En otras circunstancias, me habría dado una ducha y tendido en la cama por un par de horas para saborear mi victoria sobre el destino que, hasta hace algunos meses, me parecía implacable. Pero las cosas no eran como las construyeron mis sueños: Toni estaba en la otra habitación y, por ello, me urgía salir y encontrar mi ansiada privacidad en la calle, donde el seguro anonimato aliviaría la repentina timidez que me avasallaba.

Salí del apartamento mascullando dos o tres frases que pretendieron, no sé si con éxito, explicar mi salida, aunque una voz interna me aseguraba, que no tenía ninguna obligación de hacerlo.

Cerré la puerta y me sentí liberado de un peso recién adquirido, yo que no quería peso alguno. Corrí escaleras abajo. Me vi en la calle, la bocanada de aire cálido que golpeó mi rostro me hizo sentir contento otra vez y, con ello, me atacó un hambre feroz.

Sentir hambre en NY es maravilloso si uno tiene dinero. Por ahora, el que había traído estaba intacto. Así que estaba a disposición de mi paladar el más completo menú de escogencias: un restaurante chino que ofrecía *dim sum* todo el día. Más allá, una taberna irlandesa, dos o tres restaurantes italianos en menos de dos cuadras, diez clases distintas de *blinchiks* en el polaco… Estaba a punto de perder el apetito sometido a la agonía de la indecisión, cuando vi a través de la ventana del centésimo lugar, el mostrador donde servían una dorada cerveza. Pude distinguir la marca: Samuel Adams… Esa cerveza me gustaba mucho y, en mis contadas visitas a Estados Unidos, la tomaba siempre. Eso decidía todo: mi gula exigía una helada Samuel Adams, servida directamente del *draft*. Una cerveza helada, mejillones frescos y un filete de atún término medio. El festín de mi primera noche en Manhattan.

Al terminar de comer, me lancé a las calles para caminar un rato, poniendo como meta el sombrerito tailandés del Chysler Building, idea que surgió al verlo aparecer cuando crucé. No sabía que estaba alrededor de la 42, lo cual me aseguraba una treintena de cuadras de travesía en línea recta. Mi voraz curiosidad se comió las cuadras igual que el menú de la cena: con entero deleite, sintiéndome parte del vaivén imparable de esta ciudad que el cliché ha bautizado como la que nunca duerme.

Sin propósito alguno, vagué hasta casi la medianoche.

Movimiento, movimiento, movimiento... Los ríos de transeúntes danzaban al ritmo que imponían los semáforos. El tráfico añadía los efectos de luminotecnia sobre la monumental coreografía líquida. Todos simulaban ir a un destino cierto. Si alguno ralentizaba la marcha, otros pasaban a su costado con prisa, enervados por la ruptura del vertiginoso ritmo.

Los escaparates parecían un caleidoscopio de la cultura humana. Todo estaba a la venta: enormes budas de bronce, largas máscaras rituales africanas, cuadros renacentistas, fotografías. Todo estaba a la venta: sacralidad, arte, culturas milenarias... Un golpe de tarjeta Visa y pasarían a ser parte del *life style* de algún recién emergido yuppie, de algún ídolo de la canción, de algún actor de moda en Hollywood.

En este tránsito de mercaderes las cosas perderían su valor representativo y con ello, su magia. Añadirían lustre a un contexto artificial y, pronto, no serían sino bagazos donde depositar el polvo. Elementos que sumarían insipidez e indiferencia al vacío existencial de una sociedad... obesa.

Imágenes de aquel documental de Resnais sobre las esculturas africanas pasaron por mi mente. Para quienes las hacían no eran representaciones, como la cultura occidental imaginaba. Eran oraciones. ¿Cómo poseer eso que no entendemos por el nebuloso hecho que significa *comprarlo*?

La gente entraba y salía de restaurantes y almacenes. Cerca de las doce, yo mismo me acercaba a la puerta del inmenso local de Virgin Megastore. En su fachada, un enorme calendario, muy kitsch, hecho con focos luminosos, titilaba. En su neurótico afán, anunciaba, a cada segundo, el día y la hora: 1 de septiembre, 11:45:01, 1 de septiembre 11:45:02, 1 de septiembre...

El esperpento me cautivó de inmediato: era un corazón que con su ansioso palpitar se afanaba por hacerme ver lo que yo sabía bien, pero elegía no atender: el tiempo se escurre y anuncia ya una pérdida. Este primer día en NY, presagiaba aquel otro en que la experiencia llegaría a su fin. Fascinado, observé cómo aquel armatoste marcaba el agotamiento inexorable de las cosas. La incomprensible finitud. ¿Habría sido mejor no venir? ¿Dejarlo todo en estado de posibilidad? Al menos, la posibilidad no se contamina. La corporeidad y la experiencia, son las que terminan engusanadas dentro de un ataúd. Agotadas a fuerza de vivirlas (no importando qué signifique eso: vivirlas).

Espanté las negras mariposas de mi cabeza y entré al vasto almacén.

¿Qué haríamos con nuestros pesados pensamientos sin los vastos almacenes?

Me dirigí de inmediato al sector que más me gustaba: World music. Salif Keita, Bethoba Obas, Radio Tarifa, mi gula no tenía freno. Después, me aventuré a buscar los compactos que me habían encargado: Manu Chao, Buda Bar, un concierto en vivo de Pink Floyd que mi hijo recomendaba a sus compañeros para *tripear*, lo cual me hacía sentir supremamente orgulloso.

En el sector de música clásica, mientras hurgaba entre cientos de CDs buscando un buen concierto de cello (quería iniciar mi educación musical en un instrumento sin duda interesante), se me acercó un muchacho, empleado del lugar. No tenía más de veinticinco años, indígena peruano, becado en la Universidad de Nueva York. Me dio una cátedra. Con su ayuda escogí una maravillosa sinfonía: *El sueño de Gerontio*. En su portada, Elgar, el compositor, había introducido una cita:

Esto es lo mejor de mí; en cuanto al resto, comí, bebí y dormí, amé y odié, como cualquiera...

Siempre me sentía avasallado por la misma pesadilla: que la vida saliera por la puerta trasera, sin dejar algo que atestiguara sobre mi existencia. Plasmar lo mejor de mí... hasta ahora nunca había sabido cómo.

"Pruebe a escuchar también éste..." y me entregó *Pierrot lunaire*. "Es de Shoenberg. Lo compuso antes de la Primera Gran Guerra" —me explicó el frágil jovencito que parecía un impúber— cada época tiene una obra artística que es preciso confrontar. Pruebe a escucharla".

Me aislé del entorno usando los audífonos que el joven me había entregado. La extraña música me llevó de inmediato al arte de vanguardia. Era surreal. La música le hablaba a mi inconsciente más que a mi hambrienta razón. Los versos en alemán no me decían nada. Pero la voz oscilante los iba soltando sobre las notas como gotas de lluvia sobre un lecho de agua y allí tenían el mismo efecto dramático e irruptor.

El vino que sólo los ojos pueden beber
vierte en oleadas, tiempos nocturnos desde la luna.
Y su marea de primavera inunda,
la callada taza donde reposa el horizonte…

Leí las palabras del folleto traducido a diversos idiomas. Eran embriagadoras y movían cosas dentro de mí. La experiencia me lanzaba a las madejas intrincadas del recuerdo. El vacío de los años setenta. Estaba de moda el individualismo y hacíamos nuestra la filosofía existencial europea. Leíamos a Sartre, a Hermann Hesse. Teníamos un pequeño grupo de teatro que interpretaba a Bertolt Brecht, Beckett y otros. Éramos herederos de la generación beat con Kerouac y Ginsberg. Nos enorgullecía sobremanera pertenecer al movimiento hippie. Sumidos en el adormecimiento que nos concedían las drogas y en un intelectualismo diletante, vivíamos como sobrevivientes de un invierno nuclear… Abrigados por nuestras pequeñas seguridades, nos gustaba imaginarnos exiliados de la esperanza, sin ninguna costa que alcanzar.

Pero, solamente éramos jóvenes. Pensar que la vida era un inmenso absurdo no tenía ningún peso, ningún dolor. Era más bien un alivio. Mientras tanto, afuera de nuestro capullo, golpeaba la Guerra Fría. Sobre todo a mi país. A mi país lo golpeaba sin misericordia.

Sigilosa, su conciencia se aparta hoy de un recuerdo perverso (le sucede igual cada vez que este recuerdo se acerca).

Pero en algún lugar escondido de su memoria, las imágenes siguen corriendo como una cinta cinematográfica que no se puede parar: las dependientas de la panadería con su mueca de susto. Manuel, su amigo del alma, su hermano, con el cuerpo deshecho a metralla en los brazos de los policías judiciales. Sus pies trastumban a cada escalón, la gente se pone de pie al verlo… él sonríe, parece que no siente el abrazo de aquellos ángeles burdos.

Aquella tarde, él podía haber estado allí en la refriega con su amigo. Había llegado para eso: para participar. Se arrepintió y nunca entró al local donde recibirían armamento. Tampoco se decidió a largarse. Vagó por las calles indeciso, hasta que los judiciales asaltaron el lugar. Manuel y los otros resistieron con heroísmo. Cuando Felipe llegó, todo había pasado. Sacaban ya a los heridos y a los muertos. Sintió rabia. Quería lanzarse contra los policías y arrebatarles a su amigo de las manos. Pero… no se movió.

Felipe no era de los que se involucran. Sus compañeros se unieron al movimiento revolucionario. Supo de los desaparecidos, de los muertos. Conoció toda la barbarie, pero intelectualizó todo hasta el punto en que tomar partido perdió sentido. Siempre le quedó la duda de que el ejercicio de tanto raciocinio escondiera la simple y llana defensa de su vida, de su seguridad. Tenía derecho. O… ¿no?

El Dios terrible que lo había llamado a quebrar su torre de aislamiento aquella tarde, cuando la escena de Manuel lo convocó a arriesgar todo en un acto espontáneo de rabia y humanidad y al que eligió no escuchar, volvería para vengarse y haría de la seguridad que había defendido, una intangible prisión.

Dolorosas lujurias, sorprendentes y dulces,
flotan sin medida a través del filtro entusiasta.
El vino que sólo los ojos pueden beber,
vierte tiempos oscuros en oleadas desde la luna…

El universo musical que me rodeaba, me hizo sentir repentinamente agotado y con un pesado hartazgo. Abandoné la torre de CDs que había escogido, excepto *Pierrot lunaire*. Emprendí con gran esfuerzo el camino de regreso al apartamento. Era ya casi la una.

Ya en la calle, unas rubias reían con estrépito. Una de ellas me pareció atractiva en grado superlativo. Sentí el impulso de seguirla. Un par de cuadras más adelante, bajaron por la oscura escalera de un bar subterráneo.

El recinto estaba oscuro. Tocaban una música muy estimulante que, de primera impresión, me pareció oriental. Las rubias se quedaron en la barra donde conversaban con algún conocido. Dos tragos más tarde, me encontraba preguntándole a la que me había gustado, la más cajonera de las preguntas: "¿Eres de Nueva York?" a lo cual ella contestó que no. Era rusa y su acento era terrible. Por cierto, el bar también era ruso, y ahora la música era inequívocamente eslava. La gente, con el ánimo ya muy ligero por el licor, empezaba a bailar en un círculo estrecho a donde la rubia quiso llevarme. Me negué cortésmente, alegando mi deseo de conocerla mejor. La invité a otro vodka, que ahora servían con generosidad en vasitos que muchos quebraban contra el piso. ¿Estarían incluidos en la cuenta?

Los gestos de la chica, especialmente ciertas caricias, me insinuaron que este encuentro no sería inocente. Su terrible acento y mi decadente lucidez, impedían articular la pregunta adecuada para ahorrar trámites y llevarla directo a la cama.

Su cuello era muy blanco y se hundía en unos senos tersos que me tenían paralizado. Atiné a pasar mi mano sobre su brazo, increíblemente neumático, la hice subir por detrás de su nuca y acerqué a mis labios su boca suave y húmeda. Me entusiasmaba la poca cantidad de palabras con sentido que dos seres tienen que intercambiar para iniciar el camino del sexo. Cuando terminamos un beso largo y goloso, ella me miró con sus enormes ojos grises. Dijo que serían doscientos dólares por toda la noche, yo pagaba el hotel. Un cubetazo de agua fría me cayó encima. Le dije que no, pero no se conformaba: me describía todos los servicios que podía darme por precios más módicos. Al fin, ya cansada de mi renuencia, dijo que por cincuenta podíamos ir al baño…

Dentro de mi cabeza llena de telarañas, aparecieron las típicas escenas del cine americano: la pareja que se escabulle al baño, una penetración rápida, llena de urgencia bestial… Siempre me parecieron ridículas. Una puesta en escena.

Empecé a reírme y no podía parar. "Es demasiado pequeño", le decía yo a la rubia con palabras entrecortadas por la risa. Ella me mal entendía que yo la tenía demasiado pequeña y pensaba que mi preocupación era no satisfacerla; trataba de decirme que el tamaño no importa, lo cual me hacía reír con más brillo y parecía que no podría parar nunca.

Desde el fondo de mi ser, quería decirle que tener sexo en el baño de un bar con una prostituta era demasiado pequeño. Que había maneras de fornicar espléndidas y que, quizá, nos merecíamos una cogida grandiosa… Pero mi borrachera y nuestro poco vocabulario en común nunca hubiesen podido hacerle entender este melindre.

Un melindre estético. Enteramente estético. Cada vez me resultaba más difícil soportar la fealdad.

Pasadas las tres y ciertamente ebrio, asumí que me encontraba cerca del apartamento. Hubiera preferido no entrar. Un súbito malestar en el hígado me traía el recuerdo de mi incomodidad con la señora y me prometí buscar una solución al día siguiente. Ahora tendría que afrontar el llegar a deshoras, despertarla de su santo sueño con el siempre preocupante ruido de una llave que gira en la cerradura, angustiarla con mi sombra avanzando en las tinieblas.

Estas elucubraciones me hicieron vacilar frente a la puerta, pero no tenía opción. Decidí obrar con decisión, aferrándome a la convicción de que estaba en todo mi derecho.

Di vuelta al cerrojo. Entré sin consideración por el ruido que hacían mis zapatos sobre el piso de madera. Crucé el corto trecho, sin ver más que la puerta de mi dormitorio (no quería ser indiscreto y husmear a la dama dormida). Sin embargo, al encender la luz de mi cuarto, no pude evitar voltear a ver hacia su cama. Había un supremo desorden pero... ella brillaba por su ausencia.

II

Desperté tarde, contrario a lo que me había propuesto. Quería salir temprano y aprovechar al máximo los dos días que tenía para conocer la ciudad antes de empezar mi curso de cine. La resaca me infligía una suprema urgencia de cafeína que me levantó rápidamente de la cama.

El cuarto de Toni estaba en hiperbólico desorden. Me hizo sentir cómodo. No vacilaba en abrir su desaliño a un extraño y para mí eso era fundamental: alejaba las formalidades del trato. Si todo hubiese estado en orden, esa misma mañana me hubiese mudado.

Antes de salir, intenté llamar a mis hijos, pero el teléfono sonó ocupado media hora. La frustración estuvo a punto de arruinarme el día. Me recordé de la determinación que había tomado antes de partir: desapegarme del poderoso vínculo afectivo en que convertí la paternidad como recurso contra el vacío que dejaron otros fracasos. Nunca quise quedar colgado, precariamente, de mis hijos. Era tiempo de intentar otro punto de equilibrio... Sin darle más vueltas, salí.

Felipe conocía su propio discurso de memoria y se lo repetía cada vez que era necesario. Pero la realidad es que su ansiedad fue aplacada por otra cosa: el tono necio y vacío del teléfono ocupado. Las cosas imposibles e impenetrables siempre ejercieron sobre él un paradójico efecto de fascinación y de rechazo. Esta vez ganó el rechazo.

Mientras tomaba el desayuno, traté de descifrar el camino que recorrería en mi primer acercamiento a la ciudad: una visita a la Estatua de la Libertad. El día estaba soleado y sabía que si no era hoy, quizá ya no cumpliría con la visita ritual.

Después de maravillarme por enésima vez de la facilidad de transporte que significa el metro, llegué a la parte más baja de Manhattan.

Battery Park estaba lleno de turistas y de toda la parafernalia que los acompañan: vendedores callejeros con infinidad de cosas para el consumo, t-shirts y manidos recuerdos de viaje.

Mientras hacía la consabida cola para subir al barco que nos transportaría a las islas, un grupo de negros, altos y fornidos, iniciaron un espectáculo frente a quienes esperábamos: piruetas, chistes, actos que demandaban una regular destreza física. Reíamos agradecidos de que hicieran nuestra espera un tanto menos aburrida. Al final del acto, dirigieron a la concurrencia un discurso bien articulado contra la exclusión y el racismo.

"Todos somos uno", dijeron tomados de las manos.

La exclusión y el racismo. Recordé de inmediato Guatemala. Todos somos uno. Qué curioso, reflexioné. Si algo tenemos los guatemaltecos es pensar exactamente lo opuesto. Nunca buscamos la igualdad, más bien nos empeñamos en subrayar las diferencias. Los barrios separan a las castas sociales. Son como guetos con territorios claramente definidos cuyas fronteras se atraviesan de una manera rígida y ritual, si es que se atraviesan, pues existe la clara noción de que cada quien está mejor en *su sitio*.

Sin sentirlo, había llegado el final de la espera. Subí a la parte superior del barco para gozar la imponente visión de la bahía que se aleja. No pude resistirme: quería llenarme del horizonte de Manhattan.

La embriagadora brisa marina invita a cerrar los ojos y abandonarse al bamboleo suave del barco, al calor relajante del sol, a escuchar, como un murmullo lejano, las conversaciones y las risas de ese mundo habitado por los otros.

Ana... te siento cerca, pero no existes; eres la conjugación del *pasado-inalcanzable*.

Las palabras surgen en su cabeza como si una vieja máquina de escribir fuera manchando con ellas el papel de su conciencia. Para ahuyentar el asalto, abre los ojos.

Abro los ojos. El barco se acerca ya a la gran estatua. Desde la cercanía parece tan masiva: la esbelta dama que percibía a lo lejos, es ahora una enorme matrona y no me queda duda de que el escultor francés Auguste Bartholdi, la esculpió tomando de modelo el cuerpo de su madre.

"¡La diosa de los americanos!", proclamaban los emigrantes al verla aparecer en la línea del horizonte de la tan ansiada América. ¿Es la libertad la diosa de los americanos? O, ¿será que, como dijo Víctor Jara, los americanos creen que la libertad es una estatua?

(Más tarde, mientras me aventuraba por Wall Street, noté que la del presidente Washington se encuentra frente a la sede del New York Stock Exchange. Uno de los padres fundadores haciendo la debida reverencia a Mammón que ha sabido beneficiar tanto a estas tierras. Curiosa simbología esta de las estatuas).

Al bajar, me entretengo tomando fotografías. La perspectiva crea imágenes extrañas: la diosa parece emerger de entre las copas de los árboles como si, pasado el Apocalipsis, la selva insidiosa invadiera a una Manhattan que ya es tan sólo memoria.

Leo por primera vez el famoso poema de Emma Lazarus:

Give me your tired, your poor, your huddled masses yearning to breathe free.
The wretched refuse of your teaming shore; send these, the homeless, tempest-tost to me, I lift my lamp beside the golden door.

"Dame tus muchedumbres cansadas, pobres, abandonadas, anhelando ser libres…" El sentimiento de ironía que me provocan esas palabras me pone en la boca un sabor ácido. Las muchedumbres cansadas, pobres, anhelando ser libres, son también gente de mi país. ¡Y cómo anhelan ser libres! Libres de una miseria, sin opciones. La frase cruzó mi cabeza y me dolió como un latigazo. Me golpeó sobre todo la punta del látigo: *sin opciones*.

Hacía poco había visto un documental por la televisión. Allí se relataba toda la abyección: el usurario pago a los coyotes, la ignominia de las violaciones a las mujeres, el famoso *tren de la muerte* donde, en aras de subir sin pagar un pasaje que los lleve de Chiapas a la frontera de Estados Unidos, muchos emigrantes corren el riesgo de que el tren ampute sus miembros.

Si se logra salir con bien de ello, aparece un nuevo demonio: el desierto, largo y despiadado, el cruce del Río Bravo, los policías de migración, los *minutemen* cazadores de ilegales… Qué se entiende, la viva encarnación del infierno.

Pero al final espera, como dice el poema: *the golden door...* ¡Vaya que anhelan los inmigrantes atravesarla! Están dispuestos a morir por ello. Hallar ese empleo donde pagan en dólares. Enviarlos a la casa para que los patojos puedan comprarse los Reebok, los Levi's, el infaltable celular. Más adelante quizá un terrenito, arreglar la casa, llenarla de adornos de pésimo gusto...

Las remesas traen el pan nuestro de cada día, pero además, y por sobre todo, la dorada oportunidad de *ser felices* a la manera americana, es decir, con tele y microondas. Y, si posible, unos lentes de contacto que transformen las oscuras pupilas en un iridiscente azul. Parecernos a ellos, no importa si hay que doblar la rodilla, ser los sirvientes, los meseros, los jardineros, los agricultores... Después de todo, las grandes civilizaciones se construyeron siempre con mano de obra esclava.

"Dama", le digo a la estatua, "¿has oído hablar de los ilegales? Quizá el término no te sea familiar. ¿Qué tal *wet backs*? Sí, un río separa el norte del sur. El blanco, del negro. La pujanza de la miseria. Las anhelantes muchedumbres cruzan a nado tu frontera".

Dame tus muchedumbres cansadas... pobres, anhelando ser libres.

"Pues con Guatemala puedes contar", le digo a la dama. "Esas muchedumbres pobres seguirán infestando tus dominios con su miseria, su hambre, su ignorancia, su necesidad. Llegarán con sus conflictos, con su violencia. Llegarán sin demora por donde menos lo imagines, como llegan las moscas al pastel, no importando los cuidados para evitarlo. Llegarán con su idioma y sus costumbres, con sus nostalgias.

27

Llegarán con su vulnerable humanidad donde se ha escrito mucha historia. Las muchedumbres seguirán llegando, como la más nefasta de las exportaciones ilícitas, de los contrabandos. Servirán para mantener a países como el mío, pero también –no me vengas con hipocresías– sostendrán tu lujuria…"

Embebido en mis pensamientos, no me percaté de la presencia de una señora rellenita, ya cerca de los setenta, pero aún hermosa. *Isn't it a beauty!*, exclamó refiriéndose a la estatua, como pretexto para hacer conversación.

Yo me siento agresivo:

"No hablo inglés", dije cortante.

"Ah…", me respondió sonriente… "yo hablo español…, pero me da un poco de vergüenza… mi español es… un español de cocina. Me lo *aprendió* mi cocinera, sólo me sirve para dar órdenes en la casa. Ella es de El Salvador".

"Pues no tenga vergüenza de eso", repliqué con altanería. "De todas formas, el español es un idioma vulgar. Nació en las cocinas, los mercados, los puertos de una provincias del Imperio Romano. Para lenguas cultas, ¿qué le parece el latín?"

La señora rubia estaba totalmente perdida con mi discurso y prefirió iniciar una larga perorata en inglés sobre el origen francés de su familia (aparentemente había olvidado mi afirmación sobre mi ignorancia del idioma).

"Soy de Guatemala", le reiteré en español.

"Ah… ¿eso está en México?", preguntó con ojos bobalicones.

"Sí", le afirmé, "Guatemala es la capital de México".

Me miró muy confundida.

"Yo creí que era Mexico City", me dijo

"Pues no", le reafirmé, "ustedes los gringos tienen una clara deficiencia en geografía".

"*Yes…*", reconoció la señora, y luego dijo para sí *"no doubt about it…. The world out there is quite confusing"*. De nuevo, refiriéndose a mí: "Por eso, mi amiga y yo siempre viajamos dentro de los US… No nos gusta exponernos a, usted sabe, comidas extrañas, gente extraña…"

"Hace usted bien…", le dije amablemente. "En los US, sin duda usted está segura".

Al decirlo, pensé en la reflexión grotesca que debieron imponer a los ciudadanos estadounidenses los acontecimientos que inauguraron oficialmente el tercer milenio un once de septiembre.

Me encamino con parsimonia de vuelta al barco para continuar la tradicional visita. Ahora el bote se dirige a Ellis Island donde está el gran edificio que antes fue sede de la Oficina de Migración de los Estados Unidos. Al rato, estoy frente a la boca de la boa que engulló a cerca de doce millones de inmigrantes en los primeros cincuenta años del siglo pasado…

Antes de entrar, me percato de que es hora del almuerzo. Un hot-dog con mucha mostaza y una cervecita se me antojan de inmediato y, por supuesto, no se trata de un menú imposible. Me lo procuro y, al terminar, me siento somnoliento, con el cerebro aletargado, indiferente. Nada parece conmoverme, ni las fotos de las muchedumbres pluriétnicas, ni la infinidad de trastos, canastos y paquetes que los acompañan. Voy leyendo sin interés la descripción de las imágenes:

Los inmigrantes eran formados en filas por orden alfabético, de acuerdo a su nacionalidad.

La cantidad de filas y el número de personas en cada una, hacía del gran salón una enorme telaraña. Algunos días, hasta diez mil personas lo atravesaron.

Muchos inmigrantes llegaban luego de tormentosos eventos en sus tierras. Los procedimientos migratorios les parecían la reiteración de las funciones policiales sufridas en su país.

Palabras en docenas de idiomas resonaban en el recinto cuyas paredes habían sido hechas a semejanza de las del Carnegie Hall: con pelos de caballo y repello. La espléndida acústica y el caótico efecto de las voces humanas hablando en distinta lengua, hacían pensar en una vasta Torre de Babel.

Muchos de los recién llegados nunca habían salido de su pueblo. Se asombraban al constatar que no todos en el mundo hablaban yiddish o algún dialecto del italiano. Otros, no conocían la electricidad. Algunos traían bolsas con tierra de su patria.

Los trámites podían ser complicados y hasta dolorosos. Los inmigrantes eran examinados por los males más comunes: tuberculosis, tracoma, idiotez o analfabetismo. También podían haber problemas legales de por medio: expedientes penales, homónimos indeseados.

Las oleadas humanas venían empujadas por horrores diversos: la terrible pobreza de Calabria, la hambruna de Irlanda, los pogroms en Rusia…

Al llegar al final de las estancias principales, vago por los corredores en busca de un baño. Antes de encontrarlo, aparecen unas vitrinas que exponen objetos donados al museo por inmigrantes de diversos lugares: pipas tirolesas finamente talladas, botes de vidrio de algún apotecario chino, instrumentos musicales, como balalaikas o antiguos violines. Un pañuelo bordado: *Para que nunca me olvides.* Objetos preciosos. ¿Por qué sus dueños habrían de rendirlos para ser exhibidos en un museo?

No es que no tuvieran utilidad. De eso estoy seguro. De lo que carecían era de sentido, pues extraídos de su contexto, no eran sino objetos de museo. Serían un obstáculo para emprender la nueva vida. Estos "objetos raros", "sentimentaloides", eran cosas, pero con alma. Hablaban de otra realidad, impedían la asimilación.

América es un *melting pot*. "Nuestra civilización se alimenta de personas, no de culturas..." No podía recordar al *erudito* pensador que pronunció esta frase en tiempo de la colonización del oeste. La esperanza del modelo americano es que todos han de parecerse un par de generaciones después, cuando sean parte del *"american beauty"*, del *american way of life.*

Cerca de los apartados corredores donde están los baños, me topo por casualidad (no existen las casualidades) con una exhibición olvidada en los salones traseros: *Masacres del siglo XX.* Ninguno de los curiosos turistas se acerca por aquí.

La exhibición, dicen las pancartas, pretende dejar testimonio de los intentos de aniquilar pueblos enteros en el siglo XX. Mi somnolencia se disipa, me siento muy despierto. Las imágenes que llenan el recinto subyugan. Narran distintos episodios de la historia y ninguno se parece a otro. Cada uno tiene sus propias, inimaginables, características. Muestran sin maquillajes los extremos descarnados de la barbarie. Su belleza es inefable.

El trágico destino del hombre – mujer o niño – común, es un hilo de hormigas. Marcha hacia un fin único y predestinado: la aniquilación. Es el siglo XX. El poder industrial y militar de los imperios, permite a las diversas estructuras actuar con una eficacia nunca igualada.

Abdul-Hamud de Turquía (Abdul el maldito, gustaba llamarse), hizo gala de sus impulsos racistas y genocidas asesinando a cerca de 100 000 armenios en menos de cincuenta años. Los asesinatos a sangre fría se alternaron con métodos más perversos tales como las marchas forzadas en el desierto y la hambruna. Todo ello se ocultaba, por supuesto, tras las neblinas de la guerra. Las fotografías de figuras humanas desfiguradas por el hambre y el agotamiento, desarmados esqueletos sin valor, cuelgan de la pared su terrible testimonio.

La rebelión guerrillera de los bóers en Sudáfrica origina otro desenfreno. Para cortar a los soldados guerrilleros la comunicación con sus familias, el gobierno británico dispuso la creación de trece campos de concentración para mujeres y niños bóers. De igual manera, construyó treinta y cinco campos para africanos negros, con la intención de suspender el aprovisionamiento de víveres. La muerte se apoderó de estos campos de concentración. En ellos, el único tema de conversación era comentar quién murió ayer, quién moriría mañana. Al firmar el Tratado de Paz, 28 000 niños y mujeres bóers, así como 50 000 africanos negros habían muerto.

En Sudáfrica, donde hoy se asienta Namibia, se relata la masacre de los herero a mano de colonizadores alemanes donde hoy se asienta Namibia. Algunos sobrevivieron para hilvanar en sus cuentos y canciones las crueldades que padecieron.

Los holandeses en las Indias Orientales semejaban "hunos y tártaros" torturando y asesinando gente en defensa de intereses comerciales, o por el derecho de explotación minera.

Noticias del reinado de terror en el Congo Belga llegaron a Europa como resultado de los esfuerzos de un oficinista portuario en Liverpool. El rey Leopoldo impuso un régimen de trabajo forzoso al cual se oponían los aborígenes. En respuesta, *su majestad* organizó expediciones punitivas que, de regreso a su base, debían traer manos humanas en muestra de su eficacia *pacificadora*. En quince años, el gobierno colonial exterminó a tres millones de congoleses. Mark Twain y Joseph Conrad estuvieron entre quienes alzaron protestas internacionales contra esta matanza.

Navego por este recinto como si hubiese entrado en territorio sagrado: enormes verdades me saltan encima desde esas imágenes. Los niños convertidos en esqueletos desarticulados, abandonados en medio del desierto, hablan con contundencia y me urge comprender lo que gritan. Los ojos que me miran desde las fotografías son ojos de profetas. El miedo que los inunda es el mensaje. Miedo y obediencia.

Si la barbarie del poder asombra, la obediencia y sumisión del hombre común a ese poder bárbaro me asombra todavía más. ¿Por qué caminan dóciles por el desierto? ¿Por qué se marchan de sus casas, permiten que violen a sus mujeres?

La respuesta a la ignominia debiera generar un impulso de fiereza indomable. Quizá pueblos enteros hubiesen muerto igual, pero no como ovejas, sino como imparables olas humanas de ira.

¿Podemos seguir caminando por este mundo, indiferentes, sumisos, defendiendo con precariedad la pequeñez de la sobrevivencia? ¿Podemos acallar lo que gritan imágenes como éstas? ¿Las reduciremos solamente a piezas del mundo de las imágenes, cuando nos encontremos con ellas en periódicos y revistas? ¿Qué nos hará entonces humanos?

Dentro, en el pozo de la duda, flota una cuestión que quedará irresuelta. Los pensamientos de Felipe son grandilocuentes y hermosos pero, y si la vida hoy le demandara el coraje para asumir esa grandiosidad... ¿No sería también sumiso? ¿No defendería su pequeña existencia? ¿No actuaría como un hombre común, dominado por el miedo de morir? Al fin y al cabo, en Guatemala hubo también un horrendo genocidio. Shhh... De eso, no se puede hablar.

III

De vuelta en Manhattan, vago sin rumbo. Me alejo intencionalmente del sitio donde estuvo el World Trade Center, hoy mejor conocido como Ground Zero, de Saint Paul y Trinity Church.

Las masivas estructuras de edificios en Wall Street hacen que me sienta cubierto y protegido, aunque insignificante. Los rascacielos tienen cada uno su belleza propia, algunos incluso alguna maravilla, evidente sólo para quienes se acercan: un pórtico traído de Pompeya, frescos realizados por los pintores más famosos, la firma de algún arquitecto insigne. Los misterios ocultos de la ciudad.

Me topo con la Torre del Belvedere y es como si la ciudad me entregara un regalo a esta hora del crepúsculo. Nueva York se convierte aquí en una ciudad delicada, femenina y sutil. El parque es un recinto silencioso que los transeúntes atraviesan con prisa. Me siento en una banca a disfrutar de mi hallazgo. Perder el tiempo parece un alivio razonable frente a la pesadez del calor húmedo. Mientras la gente pasa sin mirar, las lámparas de gas fingen estar en otro tiempo, antañón y sentimental. El perfume de las gardenias es cómplice de esta puesta en escena.

Un par de jovencitos, dedicados al oficio de lavar autos, se acercan a la fuente con sus cubetas (serán de los pocos subempleados pues esta ciudad parece haberse deshecho de mendigos e indeseables).

Con claros deseos de provocar a su amigo, ella le lanza una cubeta de agua que él apenas evita. Medio mojado, persigue a la muchacha alrededor de la pileta con otro recipiente. Ella recibe el baño sin poder defenderse y va tras él con la ropa pegada al cuerpo. Riendo, se lanza sobre su espalda. Él trastrabilla con la embestida y juntos caen en la grama. Se besan destilando agua, mientras se revuelcan entre los hierbajos. Él tiene dos largas trenzas rubias. Ella está casi rapada.

Los amantes se abandonan a aquellos besos con desparpajo y parece que salen volando, alejándose de los cantos de los pájaros, de los ruidos citadinos, de edificios grises y de los colores de la tarde. Su fuga deja tras de sí el rastro poderoso del deseo. Y me embriaga.

Yo también fui joven y ya no lo soy. En este momento, lo veo claro. ¿Cómo me las ingeniaba para encontrarme siempre con el deleite? ¿Cómo hacía para que se me acercara (¡con tanta frecuencia!) el entusiasmo? No había más que abrir un frasco y las promesas salían volando, inquietas como mariposas. La vida siempre podía sorprenderme.

Hoy, los frascos están todos abiertos y las mariposas se largaron. Los veo frente a mí, vacíos, llenándose despacio de una lluvia fina que no deja de caer. Hay algo melancólico en esos frascos que se llenan de lluvia. Envejezco. Eso se siente. Eso se sabe. Mi vida fue intrascendente y está cada vez más cerca del fin.

Cuando vuelvo de aquel viaje, un tinte rosado ha hecho palidecer los colores, los ha perdido. Ahora las formas resultan borrosas. Un vaso de agua se ha derramado sobre la antes vivaz acuarela.

IV

La gente abarrota con su presencia abrumadora los redu-
cidos espacios del metro. Viajar parado me llena de incomodidad. Nunca uso transporte público en Guatemala: opto por
seguir vivo. La apretazón y el roce con otras pieles, me causa un
escozor que alivia el poema de Whitman, escrito en el vagón a
la altura de mis ojos (aporte del Círculo poético neoyorkino):

Soy Walt Whitman, un cosmos, el hijo de Manhattan,
tormentoso, carnal y sensitivo: como, bebo y engendro.
No soy sentimental, ni miro desde arriba a hombres ni a muje-
res de los que no me aparto.
No soy más orgulloso que humilde...
Me humilla quien humilla a los otros,
y nada se hace o dice que no recaiga en mí...
Creo en la carne y en los apetitos,
ver, oír, tocar...
¡Cuántos milagros!, y cada parte de mi ser es un milagro,
divino soy por dentro y por fuera, y santifico todo lo que toco o
me toca...

Felipe, los otros te han resultado siempre supremamente incómodos... ¡Qué fácil es amarlos en la belleza de
las palabras de un poema! Pero... qué arduo te resulta en
medio de la insipidez cotidiana.

Dos estaciones antes de la mía, puedo finalmente tomar un asiento. Encuentro olvidado un ejemplar de la revista *New York Times Magazine* que empiezo a hojear con poco interés. Sin embargo, un artículo atrae mi atención: *Diseños para la Vida,* una entrevista con el diseñador canadiense Bruce Mau. Las preguntas se refieren a la exhibición *Massive Change,* sobre el futuro del diseño.

"Hay una revolución del diseño en Norteamérica", dice Mau, "Se atreve a imaginar el bienestar de toda la raza humana". ¡Increíble! Finalmente, un movimiento verdaderamente subversivo...

"¿Invenciones tales como el i-pod?" le pregunta el entrevistador, con una natural superficialidad que parece enorgullecerlo y yo no puedo reprimir una carcajada.

"No", responde Mau, "eso no es interesante para mí, porque no tiene el poder de transformar el mundo. Hablo de cosas como el ZeeWeed. La colocas en un extremo de un drenaje y te sale H2o en completo estado de pureza. Invento de una compañía de agua".

"¡Muy bien!" digo para mis adentros.

Luego de una serie de preguntas en que entrevistador y entrevistado disputan primacía en agilidad mental, Bruce Mau dice:

"Nos han solicitado trabajar en una visión para el futuro de Guatemala. La pregunta es ¿podemos rediseñar Guatemala en diez años?" La referencia a mi país me pone alerta.

Aparentemente, el entrevistador también se sorprende: "¿Es éste el principio de países de diseñador?"

"Es una combinación: construir una visión y usar esta visión para crear un campo de posibilidades...", contesta Bruce Mau con aire de misterio.

La sorpresa de encontrarme con semejante noticia en Nueva York me asombra. ¿Qué significa? Parece un asunto de otro planeta. La salvación de Guatemala en manos de los diseñadores..., bromeo conmigo mismo, asustado ante la perspectiva de que vivo en un siglo en el que la banalidad empieza a caer sobre todas las cosas como un polvo fino. Rediseñar Guatemala en diez años. ¿Quién lo hubiera pensado?

V

Dentro del apartamento el silencio aplasta. Nadie. Sólo yo y mi cabeza que dilucida el mundo.

Mecánicamente enciendo la televisión. Me entretengo con una sesión de zapping que dura media hora. La mirada impúdica a esos recortes de intimidad que fragmentados se vuelven insípidos. Una sucesión *ad nauseam* de imágenes. Bagazos de vida. ¿Qué significado puede atarse a todas esas visiones recortadas? Son la viva representación del inquietante limbo.

Al final, quedo insatisfecho como si me hubiese atiborrado de comida indigesta e inútil. Pero apagar el aparato me devuelve a la casa, lo cual es quizá peor. Nunca pude acostumbrarme a las casas vacías. No sé si porque son silenciosas o porque sus ruidos son extraños: los ruidos no-humanos del ajeno universo de las cosas.

¿Dicen algo las cosas? Encerrados en la prisión de nuestra humanidad, vivimos alienados de todo lo otro. Alimentamos la ilusión de que podemos manejarlas, torcerlas a nuestra conveniencia. Al final "eso" que está afuera, siempre gana. Estamos aislados. No queda más que aceptarlo: el universo no-humano es sobrecogedor.

Mi infancia transcurrió en una casa llena de gente. No era idílica. Lejos de eso. El mundo de mi madre estaba en ruinas. Un mundo desgarbado y sucio, pero había ruido.

No quedaban espacios vacíos para pensar o... sentir. Cinco hermanos. Cinco pequeñitos, que andaban con frecuencia orinados, con el pelo demasiado largo, que más tarde se convirtieron en cinco niños con los uniformes manchados de grasa. Mi madre fue el fundamento de aquel mundo: una descuidada pared que no detendría su propio derrumbe.

Hubo un tiempo en que esa mujer que llegó a disgustarme tanto, estuvo cerca de mí de la manera más intensa que nos es posible a los humanos. Fui parte de su cuerpo. Hoy, ese dato me resulta increíble.

En aquella casa, el tiempo se iba en defender el territorio personal. No dejarse borrar en medio de tantos pares de manos tras la comida, tantas voces tras el reparto de las cosas. La bulla era la atmósfera habitual y aliviaba de algo que dolía de una manera sorda. Un serrucho interno que no paraba su marcha.

En la adolescencia, la aglomeración se volvió insoportable. Fue mejor largarse. Inicié una fuga imparable que aún no termina. Huir del reino infeliz y maldito que era mi casa. Huir del reino infeliz y maldito que era mi patria.

Fui de casa en casa, malviviendo con los amigos. Luego, el trabajo mínimo, el apartamento mínimo en un viejo edificio. Pero vivir solo no fue la clave para atar los cabos. La soledad se convirtió en mi enigmático rompecabezas. Entonces, llegó Lydia.

La salida fácil me sedujo. Me casé en un acto desprovisto de toda grandiosidad. No estaba enamorado, más bien fue un acto de claudicación. Había terminado la carrera de ingeniero, quería casarme, hacer las cosas bien.

Usa, como tantas veces, una frase retórica. "Hacer las cosas bien" significa no hacerlo como ellos, sus padres. Su madre se pasó la vida jugando a tener amantes para humillar a su padre. Siendo niño, la encontró acompañada. Verla así, con las piernas abiertas y el rostro de un hombre prendido de su sexo, lo llenó de vergüenza. Con cólera, relató a su padre lo que había visto… Su madre se mostró complacida. Era muy pequeño, pero comprendió el juego. La manipulación convirtió a su madre en una mujer atravesada por una fea cicatriz: la vulgaridad. Algo que Felipe aprendió a detestar más que ninguna otra cosa.

Tuvimos dos hijos: nuestra transacción más admirable. Los amamos y en eso nos lucimos.

Por varios años, la vida transcurrió sin novedad y parecía ser suficiente. Fue suficiente hasta que ya no lo fue. ¿Cuándo empiezan las cosas a terminar? Todavía me causa asombro la pregunta. Los sucesos que inauguran y establecen el descenso no pasan desapercibidos. Tocan la puerta, les abrimos, los pasamos adelante, como en un sueño absurdo, donde caminamos al precipicio empujados por una indiferencia idiota.

Cuando yo desperté del mío, era de madrugada. Lydia estaba allí. Tierna y tibia, cercana a mi cuerpo, de apariencia inocente. Para mí no había ser más siniestro.

¡Qué razón tienes Felipe! Nada tan siniestro como las telas de araña que tejen sobre nuestras vidas los seres benévolos y bien intencionados.

La veía dormir y me preguntaba: ¿quién es esta extraña?, ¿qué hago a su lado? Las preguntas llegaban acompañadas de la sensación de que este pasaje helado no podía ser mi vida. Yo existía en un lugar equivocado. Como si una mano perversa hubiera colocado mi imagen en medio de una fotografía familiar ajena para causarme una dolorosa confusión. La necesidad de huir se convirtió en obsesión.

Mientras cavilo, permanezco en la habitación de Toni, rodeado de sus cosas: trapos, papeles, fotografías. Sobre el sofá un sostén rojo, abandonado inocentemente, atrae mi mano distraída. Lo acerco a mi rostro. El perfume de su piel me sobrecoge.

Me resulta extraño pensar en Lydia y en sus esfuerzos por construir un *hogar* como si se tratara de una construcción abstracta, inhumana; en mi pasiva actitud que se lo permitía; en la insípida mansedumbre de nuestra relación sin sobresaltos que, años después, supe que me hacía supremamente infeliz, mientras acaricio el sostén vacío de Toni.

Contra todo consejo y prudencia, sin ninguna razón contundente, dejé un hogar *feliz* para arrastrarme afuera a una intemperie que todavía dura... Sin embargo, todo fue muy suave. Una amputación quirúrgica con abundante anestesia. Los niños se quedaron con ella, igual que la casa. Eso era lo justo: yo viví allí como un visitante que nunca logró acomodo.

Guardamos una relación *decente*. Hicimos lo posible por que nada les faltara a nuestros hijos, que de niños pasaron a jóvenes. Dos extraordinarios jóvenes que nunca mereció nuestra condescendiente unión.

Me pregunto otra vez, ¿podía haber hecho otra elección? La pregunta queda colgando en medio de la habitación como un juez sin misericordia.

VI

El tiempo se termina. No tengo ningún material listo para iniciar el taller el día lunes. La nota de inscripción lo advertía: cada participante debía traer una historia lista para transformarla en guión de cine. Barajo mis opciones. He pensado en una película histórica acerca del cruce fatídico de dos destinos: Árbenz y Castillo Armas. Siempre me atrajo la idea de esa historia maldita. Todos los protagonistas de la debacle en que se convirtió la intervención yanqui en Guatemala murieron en circunstancias trágicas. Aparte, toda una generación de guatemaltecos quedó atrapada en la fantasmagoría de ese fracaso.

¡Qué dices, Felipe! ¿Sólo a una generación? El desvío de ruta que implicó el derrocamiento de Árbenz arruinó el destino de los que aún no han nacido en Guatemala...

También podría intentar una historia de violencia urbana. Traje un rimero de noticias de Guatemala. Un asalto a un bus, las redes de narcotráfico y las pandillas callejeras. Sin duda podría armar un argumento alrededor de estas líneas. Las imágenes serían violentas, terribles. Una realidad infestada de un miedo alucinante. Todo muy mediático, todo muy de moda.

Después de unos minutos de cavilación, regreso a la realidad: es muy tarde para pensar en una historia nueva.

Tendré que conformarme con acomodar una ya escrita. Me recuerdo a mí mismo que esta elucubración lleva meses en mi cabeza. Me recuerdo que para eso he traído una maleta de libros. El resto de la tarde y buena parte de la noche, lo ocupo en leer.

"Valentina lloraba por lo precario del encuentro. Valentina sentía que el rito acababa de cumplirse sin un contenido real, que los instrumentos de la pasión estaban huecos, que el espíritu no los habitaba…" El cuento de Cortázar seguía y seguía, pero el cansancio me hacía cerrar los ojos y pensar cosas insustanciales, cosas como: ¿cuántos amantes se habrán levantado de una cama sintiendo ese mismo vacío en la ultima mitad del siglo xx?

Del pensamiento, Felipe pasa del pensamiento a la ensoñación que es su estado más vulnerable. Allí lo espera, agazapada, la verdad de una historia tangencial. Pero, no… no es tangencial. Digámoslo claro: una historia entrecruzada. Él permitió que "otra" historia se entrecruzara con su vida oficial… hasta hacer explotar la "oficial". Lleva ya dos años tratando de b-o-r-r-a-r-l-a. Pero, la historia cercenada siempre lo vuelve a asaltar.

"Hoy, otra vez, estoy de regreso en mi oficina. Aquella mañana llegaste temprano, sin desayuno, desaliñada. Yo tenía los ojos hinchados por el desvelo y no me había afeitado. Te sentaste en mi escritorio y me lo dijiste sencillito y sin rodeos: lo habías pensado bien y no podías permitir que *todo esto* (así te referiste a nuestro amor) viniera a poner en riesgo tu vida (¿no era *todo esto* también tu vida?)… Si tu marido se enteraba, dijiste, sería una bomba. "Esto hay que resolverlo ya".

El portazo vuelve a resonar en sus oídos. Se encoje en la cama. ¿Cuántas veces regresará a aquel momento? A pesar de su resistencia, volverá mil veces más. Querrá cambiar los detalles, su interpretación. Pero, ese día jueves 23 de abril, el único que realmente cuenta, no puede cambiarlo.

Sabía dónde estarías. Salí a buscarte. Compulsivamente, fumabas un cigarrillo tras otro. Te levantaste y me abrazaste. "Lo único que importa es no perdernos", susurrabas, y yo recordaba que fue también un día jueves cuando nos conocimos. Apareciste con tu vestido, evidentemente nuevo, a vender una suscripción para una revista. "Ana, sos una hermosa mujer". Te invité a tomar un café. También me suscribí a la revista.

Ambos estábamos casados. Pasaron algunas semanas antes de que nos decidiéramos a salir juntos. Un formal almuerzo que podía disfrazarse como un asunto de negocios. "Pienso en vos, manejo por la ciudad como un loco". Y lo que no decían mis palabras lo intentaba el calor de mi mano recorriendo tu brazo sobre la mesa.

"Lo único que importa es no perdernos…" repetías. ¡Cuánta razón tuviste! Entonces yo no sabía que todo mi universo estaba parado sobre ese precario sostén. Que no se acabara *todo esto*. Que no se perdiera el único paraíso. Porque en aquellas madrugadas en que, ahogado por la culpa, salía como un demente a la calle, solo pensaba en dejarte. Pero pasaba un día sin verte y el aire no me parecía suficiente. Sólo se podía respirar abrazado a vos. Sólo se podía respirar cuando tu deseo se me prendía encima. ¡Cómo nos inventábamos cosas para escapar! Desde nuestros viajes a Atitlán (recorría las calles vacías: la Reforma, la Roosevelt, que parecían tan largas, porque nunca se me quitaba el miedo de que no estuvieras allí y, luego, el intenso alivio al verte parada frente al Colegio Italiano que inauguraba otro tiempo donde tú y yo éramos posibles); hasta las serias conversaciones en que conveníamos arreglar las cosas, vivir juntos en otra parte. Después, el miedo te dominaba: decías que éramos felices así, para qué cambiarlo... que me quejaba por nada, que no podías pertenecerme más.

Pero aquel día, es el único que cuenta. Habías quedado embarazada. No podías darte el lujo, dijiste. Yo no cabía en mí de la sorpresa. "La gente que se ama no mata a sus hijos", te reclamé con rabia (justo en ese momento, me nacía un impostergable deseo de tener un hijo tuyo). "Ana... Haré lo que quieras... dejaré a Lydia... viviremos juntos". "Si seguís con eso, no podré volver a verte". Pero no fueron tus palabras lo que logró convencerme. Fue tu mirada helada. Entendí la verdad. "Está bien, que sea como vos querés".

Lo que pasó después fue muy sórdido. Ojalá nunca hubiera vuelto a tocarte. Mi deseo desatado te buscaba para amarte y para herirte, para amarte y desbaratarte. Una tormenta nos arrasó. Al final llegó con mucha gracia un repudio garrafal. Me desprendí de vos. Y, entonces, llegó el silencio. El silencio es peor que la misma muerte. Han pasado ya dos años. Se dice fácil... Dos años sin vos".

En un rincón de la memoria de Felipe, una pócima de veneno se revuelve: el infinito amor y la infinita rabia. El resto de él (una extensión considerable) ya no siente nada.

Me siento a la orilla de la cama con la cabeza entre las manos. Pasa un rato que no deja huella. Me doy cuenta que mi mano dibuja unas letras. Son las mismas de siempre:

```
D        S                D

              E                      I

      T                        R

O                    U
```

Forman una palabra que conozco bien: DESTRUIDO.
Una palabra que me disgusta.

VII

If I fell in love with you… will you promise to be true?

Pétalos rojos, blancos. Pétalos de colores indecibles. Caen y caen. Es una lluvia. Me acarician, cubren mi cuerpo como una sábana aterciopelada.

If I give my heart to you, I must be sure, from the very start, that you will love me more than I…

Todo es cada vez más mullido, más suave. Una mujer dormita. No puedo ver su rostro… solo su cuerpo desnudo, ¡tan blanco! Las hojas amarillas de frío, se revuelven con el viento sobre ese cuerpo encerado, ese cuerpo de hielo… yo acerco mi mano para tocar su naturaleza intangible.

El timbre del teléfono me despierta. Me doy cuenta de que la voz que antes cantaba, es la misma que ahora responde en la otra estancia. Miro la puerta cerrada de mi habitación. Me cuesta trabajo comprender dónde me encuentro. Una botella de vino reposa sobre la mesa de noche y la reconozco. Despacio, entro en la realidad. La voz que antes contestó el teléfono es ahora la mano que toca a mi puerta.

"Felipe… Felipe… *It's for you…*".

Estoy desnudo y una declinante erección me incomoda. Tomo el pantalón de ayer tirado en el suelo, lo subo con prisa por las piernas y salgo lo más pronto que puedo, alisándome el cabello con los dedos.

Es mi hijo al teléfono.

Habla al galope y me resulta difícil comprender sus palabras. Tuvo un pleito con su hermana. Le rayó el carro y ahora no se hace responsable. Sara, mi hija, levanta la extensión. Habla a gritos interrumpiendo a su hermano a cada palabra. La confusión y el griterío hacen que mi cabeza palpite con desagrado. Finalmente, logro imponer un poco de calma. Conversamos con cierto grado de civilidad. Arreglado el asunto del auto, Javier se despide con prisa. Va a la Universidad. Sara está más tranquila. Ahora me hace confidencias de su nuevo romance, cuenta con todo detalle, alarga la conversación más allá de lo que considero razonable.

Los acordes de la guitarra vuelven a escucharse. El sonido me regresa a la dulce sensación de mis sueños… Algo húmedo y tenue me invade. Busco a Toni con la mirada. Está sentada frente a la mesa. La pierna sobre la silla sostiene la guitarra. Las líneas en su cara son una colección de signos enigmáticos cruzando su rostro. Parece una vieja esfinge. Sigo la línea de su pierna desnuda hasta el tatuaje de su pie: una lagartija en el empeine. Y no sé si es el pelo mojado que cae sobre su rostro, o su postura indolente sobre la guitarra, lo que logra revertir la imagen. De mujer esfinge, ancestral y calcárea, se transforma en otra cosa. Un ser lleno de ambrosía, con la voluntad despierta para tomar el fruto de la vida (¿delirio?).

"¿Quién está contigo?", pregunta Sara.

"Es mi compañero de cuarto", respondo.

Toni, empieza a tararear.

"Papá, no me mientas, estás con una mujer. ¡No lo puedo creer! ¡Pero si apenas llegaste a Nueva York! Mamá tiene razón, ¡los hombres son unos perros!"

Sus palabras me traen el recuerdo de los terribles celos de Sara con cada mujer a quien me acerco. Siempre esas dolorosas batallas en disputa de su primacía sobre mí.

"Sara, Sara... ¡por favor! No es como piensas"

Ha colgado el teléfono.

Me siento como un imbécil parado frente a Toni, desaliñado y descalzo, recién salido de la cama y exponiendo mis intimidades familiares. Ella recién toma en cuenta mi presencia. "¿Quieres un café?", dice con simplicidad, mientras su mano, blanca y con las uñas carcomidas me señala la cafetera.

VIII

"*Story, story, story…* Simplemente no existe la posibilidad de una buena película sin una buena historia".

El vozarrón del famoso productor Jimmy Fantino invade el salón atestado de la Academia, sin necesidad de usar un micrófono. La mayoría de asistentes tienen menos de treinta años. "No me dejaré amedrentar", repito en un susurro.

Fantino da una breve explicación sobre la fundación de la Academia. Yo me ocupo en examinar el edificio, sorprendentemente viejo y descuidado. No parece un negocio muy próspero, aunque hay más de trescientas personas en este auditorio, presuntos alumnos del ciclo de otoño.

Terminada la conferencia inaugural, sin grandes méritos académicos, sino más bien con argumentos histriónicos tipo Hollywood, de los cuales Fantino es obviamente hábil poseedor, nos conducen a los recintos donde cada grupo recibirá su curso. A juzgar por las instalaciones, los alumnos de Dirección Cinematográfica son los mimados. A los guionistas nos reducen a un par de salones sombríos, demasiado pequeños para el grupo, donde aparte de una larga mesa con las sillas apiñadas, hay un enorme televisor.

Sin duda alguna, han separado los grupos por edades. El mío es de los veteranos. Es decir, todos aquellos arriba de treinta años, excepto un par que rondan los veinticinco: un negro del Bronx, y otro que, según dijo, viaja todos los días desde Long Island, hijo de un exitoso profesional de los suburbios.

También podría pensarse que han escogido nuestro grupo por su procedencia. Al presentarnos, me entero de que todos (excepto los dos muchachos), somos extranjeros.

"En tu otra vida, ¿a qué te dedicabas?" musita con una voz apenas audible el profesor. Deja la pregunta colgada en el ambiente y se presenta de manera lacónica: "Soy Adam Foregash". Tiene un cuerpo delgado y femenino, una espesa cabellera blanca que le da un aspecto de rata, unos ojos traslúcidos y un rostro joven de tono ceniciento. Retoma la pregunta dirigiendo el gesto afeminado de su mano a una mujer de treinta y pico con anteojos de secretaria. El ostentoso anillo de turquesa en el dedo índice me provoca una inmediata repulsión.

"Soy analista de créditos en un banco en Viena", responde en un inglés correcto, pero con marcado acento. "Tomé un sabático para venir".

"Yo trabajo en la tele en Londres…", interrumpe sin haber sido aludida la gordita sentada frente a mí. Rubicunda y con un atuendo terriblemente rosado, parece una campesina alsaciana en día domingo. "Dentro de un mes se estrenará mi primera obra de teatro", continúa y parece que no va a parar. "¡Ha sido una pesadilla montarla y no estaré para el estreno en Londres! Es increíble".

Los ojillos negros de la secretaria vienesa brillan con una mezcla de admiración y envidia que se derrite sobre el grueso cuerpo de la joven londinense quien no termina de reírse, mostrando sus obscenos pequeños dientes de roedora.

La ronda de "en tu otra vida, ¿a qué te dedicabas?" continúa, acentuando el sentimiento angustioso que me avasa-

53

lla desde que entré al edificio esta mañana: el de haber caído en una estafa comercial de la peor calaña.

A pesar de todo, escucho, con relativa paciencia, al ex-burócrata suizo jubilado, un gay de Stuttgart, los dos chicos estadounidenses, dos caras de la misma medalla: uno pobre luchando por salir del gueto, otro rico, con gastos pagados y mucho aburrimiento; a una joven asiática que se ríe por todo y a quien le cuesta enorme trabajo expresarse en inglés, a Mark, un canadiense francófono de quien poco se puede decir a primera vista. Hermético y desgarbado, su único comentario respecto a la pregunta fue: "organizo fiestas". Y, finalmente, quien me parece más interesante del grupo: un colombiano, barbado, de expresión combativa y, obviamente, muy politizado.

A continuación llega la siguiente decepción: el maestro no tiene plan de trabajo, programa o estructura para el curso.

"Simplemente… haremos un guión", dice, como si se tratara de cocinar una omelette, o, mejor dicho, como si se tratara de hacer un niño, cuestión compleja, pero que uno hace *simplemente*, sin saber nada del asunto.

El monstruo me sale de dentro y empiezo a acorralarlo con preguntas, utilizando con toda la perversidad posible, lo poco que he aprendido de los libros que mi afición al tema cinematográfico me han hecho leer.

Su voz se va adelgazando hasta volverse casi inaudible. Me doy cuenta de su temperamento frágil e histérico. Su semblante se enciende con un tono carmín y sus ojos recorren de un lado al otro la habitación, perdidos, sin atinar a mirar a nadie. Me percato de que el pánico lo domina. Cuando logra recomponerse, trastrabillando sigue la clase:

"Tra-tra taremos de acercarnos a los gui- guiones viendo juntos algunas pe- películas"

Me siento cada vez más enojado. Es un principiante. Para terminar de exacerbar mi malestar, el maestro nos comunica que su primera selección, para esa misma mañana, es el éxito de taquilla hollywoodense: *Back to the future*. Estuve a punto de levantarme y salir del salón de un portazo. ¡No lo podía creer! *Back to the future…*

¡Bienvenido a la lógica del cine como industria!

Me cayó encima el punzante sentimiento de haber tomado mis ahorros para comprar una tonelada de pulseritas de plástico. Cuando terminó la sesión del día, sólo quería deambular por la calle, limpiar mi cabeza, analizar la situación con frialdad.

Fuera del aula, la chica londinense armaba una excursión en grupo: almorzaríamos juntos en un restaurante chino a la vuelta de la esquina. No quise mostrarme injustificadamente hostil con estas gentes y decidí acompañarlos. Una cerveza no caería mal. Nos encaminamos hasta el restaurante donde tuvieron que colocar varias mesas juntas.

Curiosamente, nadie tocaba el tema que a mí me parecía fundamental: la Academia era un fraude. Grete, la chica vienesa, se quejaba sin parar del apartamento que había rentado en un selecto vecindario muy cerca de la Calle Madison. "El camión de la basura me despierta a la 4 a. m., el aire acondicionado no sirve y en la noche todo está ¡tan húmedo…!"

Interviene Johann, el joven gay de Stuttgart: "En el apartamento donde yo vivo no hay sillas, ni siquiera una mesa para comer. ¡Escribo con mi computadora sobre las piernas! Empiezo a preguntarme si las mesas existen en los apartamentos de esta ciudad" intenta ser mordaz, pero su afeminado gesto hace que su comentario más bien sea risible y añade su eterna muletilla: "¡Qué increíble!"

Kate, la londinense, asegura que Nicole Kidman tiene su residencia en el mismo edificio donde ella vive, información importante para añadir glamour al aura que la acompaña.

Yo no quiero ni mencionar los predicamentos que tengo con el mío. Además, lo que realmente me interesa es el curso. No puedo resistir y pregunto: "¿Qué les ha parecido la clase?"

El grupo se queda en silencio como si se hubiese tocado un tema espinoso que, tácitamente, habían acordado no comentar. Sólo Kate afirma, de paso y muy lacónicamente: "*Ok, it's ok*", lo cual crea un ambiente incómodo, pues parece que el asunto no merece comentarios. Esto me orilla a especular que estos extraños están aquí por razones distintas a las mías. Seguro no les interesa un carajo aprender a escribir guiones, sin duda son unos snobs interesados en la experiencia neoyorquina. Me siento más fuera de lugar aquí, que una pieza de museo en un salón de Internet.

Kate aprovecha la pausa de silencio para retomar la palabra y ofrecernos una inmersión en su currículo. Relata sus experiencias televisivas, los programas que ha vendido, el éxito que han tenido, los comentarios de su agente, en fin, todo un baño de ego que nos distancia sin remedio del tema que a mí me preocupa. El resto del grupo no lo resiente, pues parece apabullado por esta chica tan precoz.

Al salir del restaurante cada quien enfila hacia una dirección distinta, excepto Rodolfo, el colombiano, y yo, que de manera espontánea caminamos juntos. Al pasar frente a uno de los infinitos locales de Starbucks le sugiero que entremos a conversar un rato.

"¿Todavía te apetece hablar? ¿No te pareció suficiente? Creo que por hoy, me retiro" dijo y, sin más, empezó a alejarse. No dejó de parecerme rudo y, curiosamente por eso mismo, el tipo me simpatiza.

IX

Como me había quedado solo y todavía era temprano, decidí recorrer los recovecos del East Village, barrio donde la decadencia de Nueva York y su aferramiento a un pasado más brillante resulta evidente.

Cuando llegué a St. Mark's Square, encontré una diminuta librería. Entrar me resultó inevitable. A diferencia de las de consumo masivo donde todo libro parece un best-seller (con la sombra de duda que los best-sellers me causan), aquí cada volumen era único. Se trataba de libros usados y no había más que un ejemplar de cada uno. Ediciones desaparecidas, libros imposibles de encontrar, verdaderas reliquias. La selección era muy sofisticada. No me cansaba de hurgar en los anaqueles y no sé cuántas horas pasaron mientras hojeaba y leía, como un goloso que se atiborra en una tienda de dulces.

Los libros más costosos estaban colocados en una vitrina con llave: una copia de *Siete manifiestos Dada*, de Tristán Tzara, el famoso libro que Marcel Duchamp escribió sobre el ajedrez y que, según los comentarios, ningún ajedrecista pudo utilizar jamás debido a su impracticidad, *Testimonio contra Gertrude Stein*, con textos de Georges Braque, Henri Matisse, Maria Jolas y otros, que recoge ácidas críticas contra la liviandad de criterio con el que la conocida mecenas del arte de vanguardia juzgaba su época y a sus protagonistas, *Noa Noa. Voyage de Tahiti,* relato de los dos primeros años de Gaugin en aquel paraíso. Man Ray, *Mr. y Mrs. Woodman,* una extraña obra de montajes fotográficos que el artista realizó con dos figuras de madera que parecen sorprendentemente vivos. Aunque cueste creerlo, se trata de un libro erótico. Con precios en miles de dólares, estos libros habían trascendido su valor literario. Eran objetos destinados a los coleccionistas, piezas de museo. En todo caso, valiosos monumentos del pensamiento occidental.

Sigo mi travesía como Alicia vagando por el país de las maravillas. A cada recodo espero encontrar un libro dotado de posibilidades mágicas que altere mi rumbo. Me convierto en un viajero que se entrega voluntario a aquellos míticos límites del mundo donde se encontraba el jardín de las Hespérides.

En un rincón hay un estante olvidado. En la parte alta, un volumen se destaca por su empastado rústico, casi improvisado. Leo el título y me deja estupefacto: *El contador de los días. La historia de un adivino ixil de Guatemala.*

De pronto, me asalta la imagen de esta ciudad como una biblioteca cuyas dimensiones solamente un alucinado podría haber imaginado. La humanidad entera está narrada en su monstruosa vastedad. No sólo con palabras. Nueva York es el escenario, la galería, el cine, que despliega la cultura humana en su intrincada y compleja diferencia para entregarla a quien esté abierto a la experiencia de VER. En el profuso espectáculo, infinidad de mundos se tocan en una magnánima confusión de identidades. Desnuda, sin pudor, la maquinaria creativa de las culturas sobre la línea ondulante del tiempo.

Estoy fascinado. Abro el extraño ejemplar y me percato de que es un manuscrito. Leo a mansalva. La historia de un anciano indígena de Guatemala, contada por él mismo, con tanto poder narrativo que puedo escuchar su voz dentro de mi cabeza.

Se trata de una investigación realizada por una pareja de antropólogos norteamericanos. La labor de los antropólogos extranjeros en mi país no me es ajena. Sin embargo, esa circunstancia no borra el impacto del hallazgo.

El momento deja de ser inocente. Soy un hombre mestizo que, en medio siglo de vida, en un país fundamentalmente indígena, nunca dedicó cinco minutos para escuchar qué tenían que decir. ¿No tenía oídos? El libro se vuelve acusación.

Quiero dejarlo en el mismo lugar donde lo encontré y olvidarlo. De una manera intrincada y atroz, estoy implicado con ese viejo "contador de los días". No importa cuál sea su historia, es también mi historia. La lucidez de esta afirmación me toma por asalto. Me siento ansioso e infeliz.

"Nunca supe si fue editado…", el librero se acerca, acentuando con su propia decrepitud el mohoso olor que es parte de la atmósfera. "Alguien lo trajo y logró vendérmelo por una suma interesante. Entonces me pareció buena idea, quizá podría captar la atención de algún editor especialista… pero ha estado allí, empolvándose, sin que nadie le ponga el ojo. Si le interesa, puede llevárselo. Es hora de limpiar un poco…". Lo empacó sin esperar mi respuesta y me lo entregó como a un niño huérfano que se deja frente a una puerta sin preguntar.

Vacilé ante la mano extendida del librero que sostenía el paquete. A través de sus enormes anteojos me miró con seriedad. Supe, como se saben ciertas cosas, que debía aceptar aquel objeto. Tomé el regalo y me apresuré a salir de allí.

X

Mi segundo fin de semana en Manhattan coincidió con el famoso aniversario del 9-11. Me levanté temprano para lanzarme a la Zona Cero. Antes de tomar el metro, deambulé por Union Square. Habían pasado ya tres años del terrible suceso. Nuevos y horrendos acontecimientos se habían colocado encima de esa hoja de la historia: la guerra en Afganistán, la invasión de Irak, otras hojas de historia.

En el parque, era más candente la rememoración de los caídos en la guerra de Irak que el aniversario del 9-11. "Stop Bush" el letrero pintado en el basurero. Fotografías y botas militares de los difuntos. "Stop Bush" una manta que reposa en el suelo. Guirnaldas y velas de sus padres, hermanos, amigos. En la esquina opuesta, airados discursos contra las medidas fascistas del gobierno. "Stop Bush" en los discursos. Las acusaciones de vejaciones, violaciones a los derechos humanos y abusos abundan en un gobierno que atraviesa cada día con mayor descaro la línea del fascismo. Están muy cerca las elecciones. El horror de aquel septiembre y los ecos de una guerra que revuelve las viejas llagas de Vietnam, parecen ser los trampolines desde los cuales las distintas posturas políticas se lanzan a las aguas electorales. A muchos norteamericanos los empuja todavía el miedo al terrorismo con todos sus colores: naranja, amarillo, rojo. Pero no a los neoyorquinos, liberales hasta la médula. A ellos los impulsa un abierto desdén hacia sus provincianos conciudadanos que tan ingenuamente se han dejado impresionar por un tipo de cortos alcances mentales y con el nefasto poder que da la mediocridad.

Ya en Ground Zero, gaitas y tambores acompañan el ulular del viento. El agujero es más que impresionante. Una vasta caverna que eriza la piel cuando uno ata esta imagen a la histórica visión de aviones gigantes atravesando, una vez y otra, las torres para luego explotar en apocalípticas bolas de fuego.

Hay mucha algarabía cuando se unen al desfile las bandas del Bronx, Queens, Brooklyn y Staten Island…

Los vendedores de souvenirs se suman al bullicio y sin embargo, algo en el ambiente habla de un profundo silencio. Quizá la mayoría recordamos con estupor esa ira árabe, expresada de una forma tan magnífica y, a la vez, tan inquietante. Calculada con frialdad y desprecio por la vida. Calculada y pasional, dos términos antitéticos, excluyentes. Una ciega pasión que se articula en los más fríos y crueles preparativos. Un ballet perfecto de aviones que se estrellan y símbolos de poder en llamas.

La cólera árabe. Muchos nos hermanamos en esa ira. En algún milimétrico instante esa ira fue también nuestra, expresada con una belleza terrible, hipnótica, apocalíptica, imposible de desdecir, sobre todo porque era bella. No podíamos dejar de ver las imágenes. "El arrogante poder norteamericano se lo merecía" nos decíamos con voz queda, inaudible.

Eso fue hasta que aparecieron los muertos y la irrefutable realidad de que se trataba, en primer lugar y ante todo, de gente. Gente común, corriendo, perseguidos por una hiperbólica nube de polvo. Gente corriente, lanzándose con desesperación desde las ventanas de unos edificios perdidos entre los nubarrones. Gente como uno, soterrada. Gente de todo el mundo, encerrada entre fierros colapsados por las llamas. Esas minúsculas vidas, con sus patéticas historias, valían más que todos los signos grandilocuentes y que todas las ideologías.

Tomé fotos del agujero por todos sus ángulos, mientras sonaba por enésima vez *God Bless America*. Prendí solidariamente una vela en la iglesia de San Patricio. La actitud ingenua y patriótica daba a todos los actos, a pesar de su solemnidad, un aire de reality show. Y yo no dejaba de pensar que había algo plástico en toda la fanfarria, algo de maniquí en escaparate. Qué difícil era para este mundo cierto y seguro, aceptar la vulnerabilidad y la incertidumbre. Quizá por ello, lo único real en medio de todo era el miedo. La gente aún no podía exorcizarlo y su presencia era lo único real en esta escena de teatro.

Era cerca de mediodía cuando terminó mi peregrinación por esta zona donde quedó clavada tan indeleble huella. Me dirigí a un bar elegante y pedí un martini antes del almuerzo. Mientras me servían, reflexionaba. Después de semejante despliegue histriónico, sería difícil para este mundo dorado y perfecto, olvidar que existe el horror.

¿Y si hubiese sido una conspiración inventada desde dentro? ¿Y si todo el portentoso espectáculo fuese una muestra más de osadía de los creadores del show-biz? ¿Y si, después de todo, *ellos* tuviesen el control hasta de su propio horror?

XI

La siguiente semana transcurre en medio de un agónico esfuerzo por acostumbrarme a mis nuevas condiciones de vida. El apartamento tiene la curiosa cualidad de hacer que me sienta sofocado. Es pequeño y el calor resulta insoportable cuando la humedad se abate sobre la ciudad con su abrazo lascivo.

Mi frustración me recuerda que el anuncio que me llevó a alquilarlo hablaba de un apartamento *amueblado*, lo cual resultó una flagrante mentira. La carencia de las más elementales piezas para el acomodo, me irritan cotidianamente. Pero sé que no se trata solamente de un asunto de comodidad. El vacío que me provoca la cama arrinconada y las maletas abiertas en el suelo, sin nada que cubra el espacio o la desnudez de las paredes, me ocasiona una angustia tan sofocante como el clima.

Resuelvo el predicamento hurgando entre la basura que depositan cada noche los habitantes de los edificios aledaños. Aparte de lo que propiamente se podría llamar basura también se encuentran cajas con libros (rescato una muy buena edición del *Ulises* de Joyce), lámparas, mesas, sillas y hasta ropa. Cada noche, al regresar, llego con un nuevo elemento para rellenar mi desolación.

Mi neurótica insistencia de controlar a mis hijos con el precario recurso del teléfono (a pesar de mi convicción de la urgente necesidad de hacer lo contrario), provocó varias discusiones ácidas. Fueron la perfecta excusa para que, a continuación, me torturara lleno de culpabilidad. Tomé una decisión extrema: no me comunicaré con ellos mientras esté en Nueva York. Se los hice saber. Estos meses de separación servirán para reencontrar mi autonomía. El arreglo me pareció sano, pero difícil de sobrellevar. Con los días, el panorama ha empezado a cambiar: la liberación de aquella vieja responsabilidad paternal me empieza a devolver un sentimiento de libertad que había perdido desde tiempos inmemoriales. No recordaba su dulzura.

Toni, mi elusiva compañera de apartamento, aparece y desaparece a discreción, marcando un caótico patrón de comportamiento que, me cuesta admitirlo, ha logrado despertar mi curiosidad. ¿Qué hace esta mujer? ¿Dónde existe cuando no está aquí?

Mis pulcros esfuerzos por respetar su privacidad, a pesar de las fronteras abiertas que impone el arreglo arquitectónico, han terminado. Despacio, me he ido abandonando a un vicio creciente: repartir abiertas miradas sobre su intimidad, tan tentadoramente abandonada, convirtiendo su condición inicial de extraña en alguien con quien tengo una peculiar familiaridad.

Los últimos días, me he sorprendido hurgando con osadía las superficies de su desorden. Exijo a los papeles furtivos donde garabatea números telefónicos y mensajes crípticos que me entreguen el secreto que guardan. Ausculto fotografías y otras huellas de su existencia, para guiarme en el nebuloso camino de construir su imagen.

Sus múltiples rostros me asaltan desde las fotografías empolvadas. Toni joven, increíblemente joven, con falda campesina y pies descalzos; Toni de la mano de un tipo barbudo y de anteojitos (está embarazada y parece dichosa); Toni con hiperbólicas botas que trepan por sus muslos y un vestido de encaje negro, su cabello vuela salvaje y su rostro es a la vez intenso e iluminado, como si la imagen hubiera sido captada en un momento sagrado. Tiene un micrófono en la mano. Toni, con el gesto marchito, descuidada, el pelo muy corto, escondida tras unos lentes oscuros. Abraza a una jovencita pálida y delgada, con mirada brillante pero vacía. Parece asustada. Como si resistiera el abrazo.

Después de muchas vacilaciones, abrí el armario. Sentí su olor. Atravesé una nueva frontera: jugué con la idea de tocar su cuerpo, recorrer sus sinuosidades, sumergirme en la textura de su piel. La peligrosa travesía hasta su físico me provocaba pero, al mismo tiempo, me causaba un reverencial temor: hasta ahora ella no era humana, sino un pretexto de la fantasía. Algo que puede manosearse sin consecuencias, algo que pertenece al mundo de la ficción. Acercarme a su cuerpo sería otra cosa.

Su ropa era la que usaría una mujer acostumbrada a seducir con su presencia (sedas, trajes de noche atrevidos, collares, pulseras, zapatos de tacón aguja, coquetos botines...) pero desgastada, deslucida. Las piezas se amontonaban por todas partes, arrugadas y revueltas. Como si un reino feliz hubiese entrado en el caos.

Voy construyendo su imagen desde mi propia lógica, desde la tiranía de mis prejuicios, desde el desbocamiento de mi imaginación. No entiendo por qué, pero me resulta necesario encontrar el rostro verdadero de esta mujer. Su presencia/ausencia, me inquieta, me devana los sesos. Me resulta urgente encontrar sentido a mi fascinación.

¿Qué me empuja a esta fantasía inútil? ¿Hasta donde llegaré en esta violación de su vida? ¿Por qué la manoseo, impudoroso? ¿Llegarán a tocar tierra estas interrogantes que como barcos navegan entre las tinieblas?

XII

Las clases en la Academia tienen un sabor ambiguo. La relación con mis compañeros cada día es más cercana. Espantamos juntos la soledad que nos aguarda en los apartamentos hostiles tomando unas cervezas al salir de clases, yendo a cenar o vagando por las calles de una ciudad que se abre a nuestro apetito. Un día descubrimos la escuela de danza de José Limón, otro, un espectáculo de los místicos sufíes, al siguiente, una antigua película de Los Ramones. ¿Existe algún límite para la cantidad de estímulos que ofrece?

Somos una extraña mezcla de personalidades que quizá en otro contexto nunca entrarían en relación. Grete es sofisticada y elegante, Mark desprecia los refinamientos y hace gala de ello con una ostentosa mala educación, Johann es modoso y amanerado, sujeto al cuidado de una tía que vive en la ciudad y que le transmite todos sus miedos de anciana, Rodolfo es de izquierda, combativo con sus ideas, gran intelectual y poco condescendiente con los límites medrosos de Johann, Kate necesita sobresalir a cada momento, como si fuese un poderoso tic de su personalidad, pero también es delicada y afectuosa. Vagamos juntos, sostenemos airadas discusiones, jugamos como estudiantes escapados de su rutina escolar. Pero andamos perdidos. Cada uno busca un ancla que ponga fin a su deriva sin saber dónde encontrarla. La alternativa es distraerse, pasar el rato, aparentar que las cosas que hacemos tienen importancia, cuando en realidad necesitamos algo que nos parta como un rayo. Por este oculto pesar que nos acompaña, por este *ennui* al que le urge un vendaval que arrebate y comprometa, el ente colectivo que formamos es una poderosa alianza.

Los otros miembros del grupo entran y salen de nuestro entorno, pero no son parte de esta perpetua navegación colectiva. Peter, el muchacho de Long Island, se ha congraciado con el grupo prometiendo traer unos pitos de marihuana. Pero todavía no cumple, especialmente porque falta con regularidad.

Las clases en la Academia han ido de mal en peor. La improvisación del papel de maestro que Adam intenta cada día me parece vergonzosa. He intentado medidas desesperadas: exigir mi dinero de vuelta, cambiar de clase (no soporté el intento: ser compañero de veinte adolescentes fue más de lo que pude tolerar). Mi hostilidad es ya un chisme que se comenta en los corrillos.

Tras una sesión especialmente tensa, Rodolfo me invitó a tomar un trago. Nos sentamos a la mesa y él inició su sermón. No me resulta difícil deducir que le fue encomendado por el grupo buscar la manera de suprimir mis constantes interferencias. Todos parecen bastante complacidos con el curso y yo no me explico por qué nadie más se rebela.

Rodolfo escucha con paciencia mis frustraciones y luego replica: "lo que no pareces querer comprender es que Adam no es un profesor y por tanto no está aquí para darte clases, como tú esperas".

"Ah, ¿no? Explícame entonces, ¿por qué se para frente a nosotros a decir una sarta de sinsentidos? Y nosotros, ¿por qué nos sentamos como idiotas frente a él a escucharlo? Me he perdido…"

"Es muy simple, el tipo es un artista y tú lo quieres meter en las pequeñas botas de un maestro de escuela. ¿También vas a pedirle agua de panela en un biberón? En este camino no puedes buscar quién te enseñe nada. A lo más que puedes aspirar es a tener un espejo donde reflejarte y para eso estamos nosotros. En lugar de sacarnos la piedra todos los días con tus aires de víctima, deberías sentirte afortunado. ¿Para qué carajo quieres un profesor?"

Las observaciones de Rodolfo me pusieron en guardia. Había algo en sus palabras que era importante digerir. Pero no di mi brazo a torcer.

"Mirá", le contesté, "creo que vos y yo estamos hablando de cosas distintas. Yo quiero aprender la técnica".

"¿Eres escritor?", preguntó.

No tenía ninguna respuesta que dar a esa pregunta. Quería más que ninguna otra cosa ser escritor. Había dentro de mí un ser iluminado que, en sus mejores días, dictaba a mi oído cosas maravillosas, pletóricas de sentido y belleza. Pero luego, las palabras escritas parecían ser contenedores inapropiados, pequeños y mezquinos, hechos como las hormigas para acciones rutinarias y baladíes.

La escisión entre el ser interno con tantas cosas que decir y el otro, de carne y hueso, encargado de plasmar y mostrar estas joyas al mundo, había sido en mi vida un abismo insondable.

Ante mi silencio, Rodolfo siguió: "El escritor… escribe. Eso se hace en la oscuridad, lleno de preguntas y solo. No te des más excusas".

Sus palabras me arrojaron a un silencio lleno de gravedad. Él había podido ver con claridad mi conflicto interno. Yo quería ser escritor y no sabía cómo. El asunto me resultaba doloroso. Mi amigo se aprestó a romper la tensión que me provocaba esta reflexión, lanzándome un trozo de filosofía: "Hermano… el mundo no está roto. ¿Te das cuenta? Como no está roto, uno no se cae". Logró hacerme reír. "¿Pedimos otra cerveza?" dije, prometiendo en silencio darle una segunda oportunidad a Adam.

"¿Qué tal si mejor nos apuramos?" contestó con entusiasmo. "Hoy podemos entrar gratis a la exposición de Modigliani en el Jewish Museum. Pero debemos irnos ahora o las colas serán imposibles". Agradecí la suerte que me caía en las manos. Ir esta tarde a una exposición de Modigliani… así nomás.

Cuando llegamos a la Calle 62, frente a Central Park, lugar donde estaba el Museo, la fila cruzaba ya la esquina. Tomamos el tiempo para conversar un poco y respirar la fresca brisa que soplaba del parque.

"¿Qué te trajo a NY?", me preguntó.

"Pues ya lo sabes, es el cine… me parece que es la nueva narrativa…"

"¿A tu edad? ¿Semejante viraje? Vamos, los cincuentones son perros de costumbres establecidas. Hay algo más detrás de esto. ¿De qué huyes?"

Me molestó un poco su insistencia por saber más de lo que yo quería decirle. "Soy un exconvicto" contesté con sorna, "lo mío es el narcotráfico, me imagino que estás familiarizado con el tema", quise agredirlo.

"Sí…" respondió con muy buen humor "yo también huyo, el sicariato me persigue. Un trabajito mal hecho". Luego, serio, añadió: "perdona pero estoy un poco harto de las condescendencias del trato. No quiero perder el tiempo contigo si vas a darme cuento. Yo vine a NY siguiendo a mi novia. Se ganó una beca en la Universidad de Columbia. La pelada me tiene loco. Estoy en su apartamento hace un año sintiéndome un mueble. Limpiando y cocinando como una mucama. Los últimos meses conseguí trabajo en el puerto y con lo que he podido guardar, ahora intentaré hacer algo en NY que tenga sentido… eso, aparte de estar prendido de los calzones de mi mujer, por supuesto… No puedo ser juicioso con eso, qué se le va a hacer. Vivir en gringolandia no estaba en mis planes para nada y ¡ya ves! Sorpresas te da la vida…"

Justo cuando iba a abrir la boca para hacer algún comentario, nos llegó el turno para entrar. Pasada la puerta, el colombiano me dejó claro que prefería ver la muestra solo.

"Ya luego comentaremos a la salida, si no te importa" y se perdió en los salones.

Modigliani siempre fue uno de mis pintores favoritos y yo no cabía en mí de gozo frente a la primera pintura de la exposición.

Me dejo llevar por el color y la forma. Los desnudos son sencillos, voluptuosos. Los retratos con esos ojos tan característicos: dos rendijas desde donde los rostros miran al mundo sin expresión. La curaduría explicaba la fascinación de Modigliani con la máscara y, entonces, estos rostros adquieren todo su sentido: son rostros sociales, actores de la eterna comedia humana. Toda la hipocresía de la construcción social y sus roles.

–Te quedas petrificado frente al cuadro. No lo observas realmente. Piensas. El colombiano puso el dedo en la llaga. ¿Qué diablos haces aquí Felipe? ¿A quién engañas?

–En mi vida todos los caminos llegaron al final. Me quedé sin dramas. Y estoy así, vagando sin propósito. ¿Será esto la muerte?

—Con certeza. Una muerte que va más allá de la biológica de tu cuerpo, tan ajeno. Felipe, debiste contestarle la verdad.

—Sí, tendría que haberle dicho: vine a Nueva York aterrado. No sabía qué hacer con el vacío, con la nada que me traga. Utilicé el único recurso que me quedaba: unos miles de dólares para intentar algo. Salir de mi madriguera, colocarme en un sitio donde las tuercas herrumbrosas de mi vida decidieran volver a funcionar. No sé si tomarlo como un acto más de toda una cadena de actos, condescendientes e inútiles, o como la perseverancia de esa pulsión que se adhiere a la existencia con una lascivia obscena. En lugar de eso, me fui por el discurso: la nueva narrativa… ¡Tanta mierda! He vivido bajo TONELADAS DE HIPOCRESÍA (a veces siento que me sofoca, otras, me revuelco en ella como un cerdo más de la piara).

—Como todos podrán deducir, la falta de aire es tu mejor momento.

Llaman mi atención una serie de cariátides, que según los especialistas son un ensayo previo a la escultura, pasión donde el pintor reflejaba su interés por las culturas antiguas y lo primitivo. A mí esas cariátides me hablan de una batalla interior muy personal: encadenadas a una columna, incapaces de huir.

Luego, es el propio Modigliani el que me habla. En uno de sus cuadros escribió (y su caligrafía es tan confusa): "no poseerás más que aquello que hayas conquistado" y, luego, "Yo forjaré una copa y, esta copa, de mi pasión será el receptáculo".

El problema, mi amigo, quisiera decirle, es que el receptáculo siempre será más pequeño que la voluptuosa pasión. ¿No se desborda siempre?

Modigliani murió fuera de control apenas a los 37 años. Su amante se suicidó llevando un hijo en el vientre. Sin duda mi juicio de hace unos segundos resultó tristemente cierto.

XIII

Estaba anocheciendo cuando salimos del museo. Le propongo a Rodolfo que busquemos un bar para tomar algo, escuchar un poco de música. "Estamos cerca de mi casa. Te invito a un buen ron con la mejor música de Cali. ¿Qué más podrías pedir?"

Después de una amena caminata llegamos a Spanish Harlem, barrio al que Rodolfo se refiere como "el lugar que me pertenece, aunque Nueva York no me pertenezca". Parecía muy entusiasta de los bailes de salsa que se arman en lo que él llamaba, el reducto cultural... una bodega abandonada, con sabor a gueto, revestida de poderosos grafiti que me recuerdan a Basquiat.

Los olores habían cambiado sustancialmente desde que pasamos la Calle 96, línea limítrofe que separa el Nueva York recomendable a los turistas, de aquel otro, marginal y ostensiblemente más pobre. Dejamos atrás las áreas del barrio que han sido renovadas en los últimos tiempos para dar gusto a las clases medias interesadas en un lugar *con carácter* donde vivir.

Los restaurantes y ventas callejeras emiten punzantes bocanadas de especies y aderezos culinarios que siento cercanos a mis recuerdos gustativos. El metro salió del túnel de Park Avenue como un trueno, ahogando nuestras palabras.

Al llegar, resulta que el apartamento de Rodolfo (o más bien de su novia pues es ella quien lo alquila), es un labe-

rinto de cajas. Más parece una bodega. "Le hemos sub-
arrendado a la librería de abajo el espacio, ayuda a pagar la
renta".

Al fondo, una pequeña estancia reúne comedor, cocina
y sala de estar, dejando sólo una minúscula habitación libre
que ocupa la pareja. El cuarto está lleno de humo y de gente. Juegan cartas. Todos menos una muchacha que revuelve
cacerolas en la estufa.

Rodolfo se le acerca y la abraza por detrás. Es Alba María, su novia.

"Qué más… ¿Cómo está mi china?"

Ella se voltea y se besan sin tapujos. Los otros me miran con curiosidad. Sin esperar las presentaciones de ley, me
acerco a los que juegan en la mesa. "Soy Felipe. Rodolfo y
yo estamos juntos en la Academia".

"¿La Academia?" pregunta Alba María con asombro.
Por detrás de ella Rodolfo abre los ojos muy grandes y yo
puedo intuir que su mujer no sabe nada de sus aficiones ci-
nematográficas.

Ante la situación, prefiero guardar silencio. Rodolfo se
apresura a explicar: "Si… la Academia de inglés. Queremos
perfeccionar el idioma ¿sabes?"

María interroga con la mirada a Rodolfo.

"Ya sabes, china… gramática, ortografía… ya me cansé
de que me andes corrigiendo".

"¡Rodolfo por Dios! ¿Me estás mamando gallo? … Antes te agarro muerto que estudiando esas vainas… ya me
contarás después de qué se trata este embrollo…"

Presintiendo una tormenta conyugal, los invitados se
aprestan a calmar las aguas. Sacar las cervezas para iniciar las
rondas (que serán innumerables), poner música y comenzar
la partida de póker.

Despacio voy conociendo a los invitados: un viejo barbado y pelirrojo es profesor de Biología en la universidad. Según dice, ha conducido investigaciones recientes en las selvas amazónicas de Colombia. Otros dos hombres jóvenes son compañeros de Alba María. La otra chica (casi una adolescente) es Tere, la prima de Rodolfo que recién llegó de Cali. Es muy morena y tiene una increíble cabellera de rizos intrincados. Una chica sencilla que no pronuncia palabra.

Miro el reloj. Son las nueve de la noche. Intento despedirme ya que, para mañana, tenemos que presentar un argumento para el famoso guión y yo apenas tengo idea de cuál será mi proyecto.

"Ni sueñes con marcharte ahora, hermano," me abraza Rodolfo. "Acabamos de cocinar la cena y probarás, ni más ni menos que una bandejita paisa, con todos sus aderezos". La cena es excusa suficiente para destapar la botella de ron que hasta ahora había estado esperando sobre la alacena.

Las arepas, los trozos de cerdo, la yuca frita y demás ingredientes de la bandejita paisa se alternan con las copas de ron que todos beben sin parpadear. Pronto una segunda botella se destapa, aporte de uno de los comensales.

Las risas se vuelven escandalosas. Los chistes empiezan a fluir. Rodolfo se levanta a bailar con su mujer una salsa pegajosa, que deshilvanan con entera destreza. Tere, sentada a mi lado (callada hasta ahora), me sorprende. Con su voz tímida me pide que baile con ella.

Pronto me percato de que es toda una maestra y no dejo de sentirme acongojado al pensar en el triste papel que hago a su lado. Sin embargo, estoy borracho y este asunto del baile me gusta. Claro que me gusta…

La noche observa cómo un yo al que llamo Felipe se abandona hasta el momento esperado en que, de manera natural, la grabadora mental dejará de funcionar. Entonces, sólo queda un límpido abismo en que ya no sé nada de mí mismo. ¡Qué alivio para aquel otro perdido en la tiranía, que sólo puede salir cuando yo pierdo la conciencia! Dejar en control al otro y no saber nada de lo qué pasó. A eso lo llamo ser libre.

XIV

La luz que entra por la ventana me acuchilla los ojos. Una torre de cajas se apila a mis pies. Parece que me caerá encima. ¿Dónde diablos estoy? ¿Qué hacen esas cajas allí amenazando con sepultarme? Despacio recupero la memoria.

Estoy en un colchón tirado de improviso en el piso del apartamento de Rodolfo. Teresa está a mi lado dormida. Intuyo que nada ha pasado entre nosotros, pues ambos estamos vestidos. Eso me tranquiliza. Al menos no me he metido en líos.

Es hora de irme. Me muevo y ella despierta. Me mira con sus grandes ojos. Sin que yo pueda reaccionar, se arrastra sobre mí, se mete entre mis piernas, acerca sus labios a los míos. Intento resistirme a su caricia... Es apenas una niña.

La resistencia de Felipe tenía que ver más con el miedo a su juventud que a sus escrúpulos. Le aterrorizaba pensar qué haría para ocultar su incipiente decrepitud: la barriga, la flacidez. La juventud de una mujer es aterradora para un hombre maduro que no quiere hacer el ridículo.

"No sea tan serio", murmura en mi oído y mi cuerpo responde. "Juguemos a que hoy es su cumpleaños. Este es su regalo". Su artimaña hace estallar un brote de espontaneidad. "Déjese... no lo piense", su voz pastosa es tan íntima.

Se desviste y su piel es una seda a la cual responde el millón de células táctiles de mis dedos. Nos besamos. Mi mente calla, el cuerpo actúa. Es más sabio y poderoso que la mente. Hay que dejarlo hacer.

Caigo en su universo, todo es ella. Yo respondo al inmenso deseo de comer pedazos de su carne: su vientre, su cuello, sus senos. Soy antropófago. Quiero tenerla en mis intestinos, digerirla, hacerla parte de mi sangre. Quiero poseerla como una monumental boa que se inflará monstruosamente con la experiencia.

Cuando la intimidad de los cuerpos termina, me siento ligero. Alguien abrió la puerta de un cuarto cerrado dentro de mí. ¿Estaré vivo después de todo? La pregunta me inquieta. Me estaba acostumbrando a estar muerto.

XV

Invito a Teresa a desayunar. Caminamos por las calles del barrio y Teresa *la silenciosa* ha quedado atrás. Ahora no para de hablar. Es una muchacha sencilla del área rural colombiana. Vino con la esperanza de encontrar trabajo de mucama. No tiene grandes ambiciones. Se contentaría con poder mandar plata a su madre y sus hermanos.

Sé que en otro momento, en otro lugar, la conversación con Teresa me habría provocado un instantáneo rechazo. Habría considerado su ignorancia, sus limitaciones y, aunque me avergüence confesarlo, su condición social. Todas esas barreras que se cierran, empeñadas en construir el muro de la infelicidad. Parecía como si un velo se hubiese corrido. El velo de la ignorancia. Sentía a Teresa, sin ninguna consideración que no fuese ella misma. No me hacía ilusiones, volvería al laberinto de las relaciones sociales y sus clasificaciones. Mi esnobismo y estupidez retomarían su espacio. Pero este momento de lucidez resultaba un tesoro. Más allá de mis estériles fronteras, podía acercarme a ella.

Noto que se le van los ojos en los puestos improvisados en la calle, fuente de trabajo informal para cientos de marginales. Sandalias chinas, aretes de todas clases. Le digo que escoja algo. Ella me mira y su mirada es un reproche.

"No me debes nada por lo de esta mañana". Su comentario me hace pensar que ha recibido dinero a cambio de favores sexuales. Algo en su rostro lo confirma.

"Nada de eso... Lo que pasa es que ahora jugaremos a que es *tu* cumpleaños. Escoge un regalo". Sé que quiero hacerla feliz esta mañana y que se trata de un deseo limpio de cualquier otra implicación.

Sonríe con complicidad y agarra un gancho de plástico para el cabello con el que de inmediato se recoge las mechas que le cubrían el rostro. Se mira muy bonita y en un arranque de generosidad yo tomo un par de aretes que le hacen juego al gancho y le pido que se los ponga. Teresa, con su gancho y sus aretes, es un bello espectáculo.

Me muero de hambre y la invito a comer. Ella se acerca a una de las ventas callejeras. El vendedor, ni lerdo ni perezoso, proclama las delicias de sus cuchifritos y de los bacalaítos. Teresa me mira con glotonería. Yo le digo que mejor vayamos a un lugar donde podamos sentarnos.

"¿A un restaurante?" me pregunta con incredulidad. "Nunca he ido..."

Estamos justo frente a la Fonda Boricua y, con entusiasmo, la invito a que entremos. Teresa disfruta mucho de este inesperado lujo: sentarse en una mesa a que la sirvan. Cuando le entregan el menú, no le toma más de un minuto decidirse por un bistec encebollado con plátanos fritos que a mí me parece una elección inmejorable, así que ordeno lo mismo. Comemos sin pena ni apuro.

Su rostro parece un lienzo pulido y mis dedos ansían deslizarse sobre esa superficie suave. La caricia provoca que una mirada triste atraviese sus ojos oscuros. Se retira: "Es que yo... ya no valgo nada. Fue un hombre mayor... Llegó a Puli, haciendo un poco de barbaridades. Era un vago que tomaba trago, tocaba tiple, cantaba y andaba con muchas chinas… A mí me gustaba, porque era alegre… un par de veces bailé con él en la taberna". Se calla por un momento, recogiendo sus pensamientos. "Él y otro tipo nos raptaron a mí y a mi hermana. Nos sacaron de la casa y nos llevaron a un cuarto, en una casa desocupada que estaba alto en la vereda. Allí nos tuvieron como diez días". Algo punzante y duro me atraviesa. Apenas me atrevo a preguntar: "¿cuántos años tenías?"

"Trece y medio y mi hermana quince. Él estaba pensando en llevarme lejos. Como no teníamos ya nada que comer, pensó en salir al pueblo… el otro animalote estaba dormido. Nos dijo que no nos asomáramos a la ventana porque nos podían ver. En cuanto salió, nos acercamos a la ventana y pasó Manuel, el del almacén. Iba para su finquita. Él nos conocía. Mandaron a la policía y nos llevaron de regreso al pueblo. Al hombre no lo metieron a la cárcel, porque era amigo de "Pico de Guala" el alcalde. Lo tuvieron como un preso de categoría en el salón del Consejo, hasta que ofreció a mis padres casarse conmigo, porque yo era menor".

"Pero, no te casaste…"

"Qué va… El tipo mintió. Dijo que tenía que ir a Bogotá a recoger una platica. Se comprometió a regresar en dos meses. Lo esperé dos años. Como no regresó y yo ya estaba arruinada, mis padres me sacaron de la casa. Estuve laborando en los campos, pero siempre pensaba en largarme… al infierno aunque fuera, pero largarme. Tuve suerte, Rodolfo me mandó el pasaje. Ahora sólo quiero trabajar, mandarles plata a mis padres y demostrarles que algo valgo".

La historia de Teresa destruye como una bola de hierro el ambiente tranquilo y sin consecuencias que habíamos construido esta mañana. Seguimos con la tarea de comer, pero se ha vuelto un acto maquinal y silencioso. Al terminar ella insiste en acompañarme al metro, lo cual yo considero absolutamente innecesario. No quiero que la despedida se torne… sentimental.

El metro resuelve el asunto de la mejor manera posible: está a punto de partir cuando arribo al andén. La prisa es la excusa perfecta. La dejó pronto y sin ninguna promesa. Ningún beso en la boca, ningún abrazo apretado como parte del adiós. Sencillamente, le doy la espalda. No necesito ver su rostro para intuir su desencanto. No es la dureza lo que me alienta. Sólo intento ser honesto: a estas alturas, no me apetece nada más que huir de allí. No quiero ser como el otro viejo que cimentó sus esperanzas sobre un pantano.

La historia de Teresa tiene un sabor a desolación que él conoce demasiado. En su vida hubo una mujer fundamental: Ana. El problema a resolver es la huella que esa pérdida dejó en su memoria. Teresa ha dejado de ser Teresa. Ahora, en su paladar emotivo, significa pérdida. El mismo sabor arenoso que conoce bien.

XVI

Adam inició la clase más torpe que otros días y yo estoy a punto de olvidar mi compromiso de tolerancia. Tartamudea y se sonroja, intentando desarrollar una clase que, según se nota a la legua, había intentado preparar pero, desacostumbrado al oficio de enseñar, no logra articular del todo.

Lo que nos quería transmitir era muy básico: una historia se compone de principio, parte intermedia y final. Un guión para cine no debe tener más de 120 páginas. Las hojas deben tener pocas letras. Cada parte de la historia debe finalizar en un punto climático que lleva a la siguiente etapa.

Rebelde, yo discutía con Adam cada cuestión que exponía, haciéndole ver que esta *receta de cocina* en la que quería meter nuestras historias, les sacaría la médula de dentro. Para respaldar mi afirmación, ofrecía ejemplos de películas que demostraban la posibilidad de romper esas normas.

Él, sin considerar mi arrogancia, intentaba hacerme comprender de la manera más sutil que podía que, siendo yo un principiante, la receta me sería útil para comenzar. Los demás parecían agotados con la discusión que provocaba mi empecinamiento. Entonces Adam optó por pasar a discutir los argumentos que cada uno propondría para realizar su guión. Eludo ofrecerme, como la mayoría, pues no traje un argumento para discutir. Algo inventaré si llega el momento.

Grete hará un guión sobre un menor que es abusado sexualmente. Tiene un padrastro latino y los indicios lo señalan como culpable. ¿Un cliché racista?, me pregunto. Adam quiere saber si los indicios resultan correctos. Ella, con una sonrisa perversa, indica que no… Quienes abusaron del niño fueron los vecinos. "Ah, la vieja historia de los vecinos de al lado". "No" contesta Grete con el mejor aire de inocencia que es capaz de expresar. "No sólo los vecinos de al lado. Todos los vecinos del barrio han abusado de él…"

Adam se sorprende de la audacia perversa de la seria Grete, fiel imagen de una empleada bancaria austriaca. La confiabilidad entera de la banca está inscrita en su figura, sus ademanes, su vestuario… y sin embargo, algo en sus ojos que está presente ahora, mientras narra su extraña propuesta, la traiciona. Él pregunta: "¿No crees que tendrás problemas de credibilidad con una historia tan… extrema?"

"No", afirma Grete enteramente convencida. "En mi historia, tiene que quedar claro que nadie es de confiar. Es fundamental que al final *todos* terminen siendo culpables".

"Wow…" es lo único que Adam atina a contestar y, los demás intercambiamos miradas, divertidos con la oculta personalidad que se esconde tras sus anteojitos de secretaria.

Después de la exposición de Grete, la propuesta que plantea Johann de darle vida a un asesino en serie que encierra a sus víctimas en un hotel con el pretexto de realizar un *reality show* resulta insulso. Con una chispa inusitada, Adam bromea "los mejores guiones son aquellos en los cuales permitimos que se cuele nuestra sombra… ese alter ego que nos espanta… ¿Estás seguro Johann que quieres soltar a esa bestia que te habita?" Johann lo toma totalmente en serio y contesta asustado. "No… no creo que eso sea lo que quiero… Este… ¿de verdad crees que eso suceda?" Todos nos ponemos a reír y Johann se pone tinto de la vergüenza.

A continuación la ronda se pone aburrida… el chico del Bronx desea hacer una película de dibujos animados. Su héroe será un chico deforme que se esconde bajo un capuchón… versión infantil de una saga manida que escenifica el conflicto entre el bien y el mal. El gringuito rico ha elaborado una compleja historia que mezcla actividades de espionaje y el mundo del espectáculo, todo en un ambiente de los años veinte. Con miradas de complicidad implícitamente concordamos que bajó el argumento de Internet.

El exburócrata suizo quiere poner en la pantalla la guerra del acero y los conflictos del mercado internacional. Según mi opinión, el proyecto es demasiado intelectual y pesado para una película. Vaticino que será un fiasco. El canadiense francófono escribirá sobre una fiesta que termina siendo una bacanal, propuesta que tampoco me inspira mucha fe.

Kate no logra aguantar más el impulso de soltar su verborrea. Según pude notar, Adam evitaba adrede darle la palabra. Su guión será una historia para niños: varios fantasmas necesitados de purgar el karma por robar, cuando estaban vivos, un diamante sagrado del templo de una vieja civilización. Empujan a un grupo de niños londinenses a planificar un nuevo robo de la joya. El diamante debe ser recuperado de un famoso museo y llevado de vuelta al templo en Indonesia. La aventura servirá para vincular a los niños con sus padres, ausentes y ocupados, como la mayoría de ejecutivos modernos. En todo caso, parece una versión juvenil de *Indiana Jones*.

Siendo que los demás compañeros están ausentes, me corresponde el turno a mí. Tengo la mente en blanco. No sé qué decir. El instante se alarga sin que logre articular pala-bra. Me odio a mí mismo por no haber hecho el esfuerzo de cumplir con mi trabajo.

Lo cierto es que Felipe había pasado días pensando el asunto. Una gula interior lo dominaba. Escoger implicaba dejar las otras cosas fuera. Nunca pudo elegir fácilmente una posibilidad por otra pues, curiosamente, sentía que sal-dría del proceso... empobrecido. Al final, siempre se queda-ba inmóvil y sin nada.

Cuando el silencio en el salón es tan pesado que parece que la fuerza de gravedad lo hará estrellarse en el suelo, un difuso recuerdo llega a mi memoria. El asalto a una camio-neta por un grupo de pandilleros. Violaron allí a una mu-chacha. Mi mente vuela. "Escribiré sobre la violencia en Guatemala. La historia iniciará con el asalto de una camio-neta por una pandilla. Los acontecimientos que suceden durante el asalto marcarán toda la historia que narrará el nacimiento de un líder oscuro".

Adam se entusiasma. "Esa promete ser una buena his-toria" me premia, lo cual (no lo puedo negar) me brinda una momentánea seguridad de la que estoy necesitado. Acto seguido, nos pide que redactemos las primeras cinco hojas del guión para la próxima clase que resulta ser, nada más y nada menos, mañana. Mi recién inflado ego se desinfla, me recuerdo a mí mismo que mi historia... no existe. Los leves trazos que he esbozado quizá no logren sostenerse cuando quiera articularla. Rezo por que ser tan *bocón* no me abra la puerta dorada del ridículo.

XVII

Camino sin dirección por las calles. Ceno en un restaurante vietnamita. Al llegar al apartamento, la rejilla de luz bajo la puerta me indica que Toni está allí.

Se enreda en mi conciencia un sentimiento inesperado: expectación. Tenemos un par de semanas cruzándonos. Mientras ella está en el apartamento y deja impresas las huellas de su presencia para que las persiga como un galgo a la caza de una presa, yo divago en este mundo recién estrenado. Levito en el vientre de la ciudad intrigante, bebo de su cordón umbilical. Cuando entro, sólo la nada me espera y, curiosamente, es la ausencia de una mujer que apenas conozco la que pesa en la atmósfera y la hace sofocante.

La cuestión a dilucidar es: ¿Deseo acercarme a ella? ¿En carne y hueso? Al entrar, la poderosa magia de Janis Joplin me sacude, apretando en mí algunos botones oxidados de sensibilidad.

Summertime, le despierta una emoción pretérita. Se ve a sí mismo, tiempo atrás, como si se observara desde un alto tejado. Se conmueve ante aquel joven tan predispuesto a la vida y tan confiado en su fuerza vital, en su pasión. Saber lo que la vida traerá a aquel muchacho lo acongoja. Lo acongoja conocerlo tanto.

¿Es ya demasiado tarde para... todo?

¿Deseas que apague la música?" La voz de Toni llega desde la minúscula mesa y sin esperar respuesta, continúa "la mayoría de estudiantes de la Academia no la soportan, están siempre tan presionados... se encierran y no hacen más que torturarse el trasero sentados frente a una pantalla".

"Me gusta Janis..."

"Bueno, entonces quizá quieras tomarte un trago".

Al sentarme, la curiosidad que he venido cultivando en forma diligente salta afuera sin que pueda detenerla. Le pregunto a quemarropa: "¿quién eres, Toni?"

Una enorme carcajada le devuelve a su rostro ese aire de juventud perpetua que tanto me atrae.

"No pensarás que puedo contestarte eso así nomás. Se supone que tengamos conversaciones más ligeras, señor desconocido". Noto que está un poco ebria.

"Hace poco alguien me iluminó sobre lo inútil de las conversaciones ligeras..."

"Wow... interesantes relaciones te estás agenciando... cultívalas".

"Y entonces... no respondiste a mi pregunta".

"Perdona, pero no tengo tiempo para conversaciones serias. Tomemos tranquilamente un trago, si te parece. En un rato tengo que salir".

"¿En qué trabajas?" vuelvo a la carga. Me interesa tocar su vida.

"Imagínatelo... podrías acertar. Sólo te encargo que tomes en cuenta que no tengo ningún maldito interés en un *standard way of life*"...

Pensé que, dado el giro de la conversación, sería inútil preguntarle adonde iría a esta hora, aunque pagaría por saberlo. Así que hablamos de cualquier cosa. Nos reímos... nos reímos mucho, pero con amargura. Sí. Había algo oculto y amargo en las cosas de las que hablamos de esa manera sesgada. La mezcla entre la liviandad del humor y la dolorosa huella escondida me fascinó. Es el lenguaje secreto de los ángeles caídos que, para encontrarnos, no precisamos más que las innatas antenas.

Toni buscó otro CD dentro del montón esparcidos sobre el gabinete de la cocina.

"¿Te gusta Coltrane?"

Entre las cenizas de mi memoria, rescaté la impresión que me causó *Meditations*... un canto dionisíaco avasallador. "Sí...es un músico inquietante".

Toni rió. "No te preocupes, pondré algo suave, quizá una de sus baladas. Esta la canta Nina Simone".

You don´t know what love is... La voz de aquella mujer quitaba del ambiente capas de impostura. El austero arreglo desnudaba en lugar de cubrir y dejaba limpio eso: la voz y su desgarro. Era íntima de una manera que golpeaba. Y uno no podía sino abrirse a la invitación. Intimidad. Una voz dolorosa se convirtió en la ofrenda propiciatoria. Toni continuó la conversación, pero escuchaba la música con fervor, como si cada matiz, cada nota, hubiese dejado cicatrices. Escucharla era recorrer una vez más los surcos marcados de la memoria.

Me dediqué a mirarla. Su encanto no surgía de las palabras, sino de esa conversación que intercambiaba conmigo sin hablar: jugaba con el cigarrillo y la vulnerabilidad salía de su ser como una callada emanación; retiraba de su cara el cabello de forma lenta, interminable. Cada gesto sinuoso parecía un mensaje cifrado, algo que quería decir otra cosa. Luego, cambiaba como una tierra de clima inestable. La risa abierta se le salía del cuerpo y parecía como si un costal descosido derramara, sin cuidado, los granos de

91

su plenitud. En estos momentos, era transparente como un manantial impoluto. Justo entonces, volvía a cambiar. La poseía una tensión interna que incitaba mi curiosidad. ¿Cuál era el misterio que escondía, mientras mordía sus uñas con fruición?

Pero lo más seductor era la permanente presencia de la niña que alguna vez fue. Una niña que lucha por retomar la lectura de una vida de la que perdió la página. Toni es un jeroglífico incitador y... apetecible.

You don't know what love is
Until you've learned the meaning of the blues

La música seguía jugando su papel, envolviéndonos en un dosel de gasa blanca. Toni mantiene su juego de dualidad. Una coraza de defensa rígida y tensa, un arco dispuesto a soltar la flecha. Y de repente una peculiar gracia que emerge y la ilumina. Fluye entonces el río poderoso que me arrastra. La visión desaparece y vuelve a ser esa mujer que se guarda para otro momento. Esquivo y mágico, ese momento no será *ahora*. Ahora, es tiempo de ruina.

how lips that taste tears
lose their taste for kissing
you don't know how hearts burn for love
that can not live, yet never dies

La veo estoica frente a una tormenta que adivino. Un extravagante impulso dentro de mí quiere acudir corriendo a salvarla. ¿Será un ardid de mi mente crear esta imagen fantasiosa? ¿Y qué es el deseo sino las posibilidades infinitas de la imaginación que giran y giran en un carrusel ilusorio?

Ella se marchó alrededor de las diez. Yo intenté sentarme a escribir. Pero no lograba asumir que la velada había terminado. Me di a la compulsiva tarea de darle vueltas a una cuestión profundamente imbécil: ¿Sería obra del destino el que yo viniera a dar precisamente a este apartamento… con Toni incluida? ¿Sería mi destino conocerla? Y llegando más lejos aún: ¿Estaría ella destinada para mí?

Entre más vueltas le daba al asunto, más perdía la habilidad de ver en nuestro encuentro una mera coincidencia. Caía, sin poder evitarlo, en una supersticiosa fe: una mente gigante en el cielo, había estado sutilmente haciendo rotar nuestras órbitas para que nos encontráramos un día, en este minúsculo apartamento.

En un mundo donde Dios había muerto hacía cien años y donde los nuevos oráculos eran las computadoras, mis lucubraciones resultaban infantiles para cualquiera… incluso para mí.

Con el tiempo Felipe sabrá que el error de aquella noche no fue descubrir una predestinación en el encuentro. El error fue asumir que la predestinación era Toni. Lo inevitable nunca es un amante, sino el impulso de amar.

XVIII

Me levanté temprano a escribir. Descubrí que hacerlo en inglés era un muro casi infranqueable. El diccionario se convirtió en un constante bastón. Terminé las cinco hojas que debía entregar cuando pasaban las doce del mediodía.

Toni no había regresado a dormir y un confuso sinsabor se adueñó de mi ánimo al constatarlo. Que ella viniese o no a dormir era hasta ayer solamente un hecho. Pero me había subido a las nubes la noche anterior. Había imaginado que podría amarla. Los potros galopantes de la neurosis quisieron apoderarse de mi mente, pero tomé temprano la sabia decisión de no dejarlos pasar.

Una sencilla sopa en un ínfimo restaurante tailandés me sirvió de desayuno y almuerzo. Las ancianas que atendían el lugar se portaban afables, sirviéndome con una cálida amabilidad que se acentuaba porque no hablaban inglés y, entonces, su cortesía se expresaba con delicados ademanes de refinada feminidad, sin duda aprendidos generación tras generación y destilados en una cultura milenaria. ¡Qué lejos de esta delicadeza en el trato, de esta cotidiana ternura, nos había llevado nuestra pujante sociedad occidental!

Esas mujeres me hicieron recordar a mi abuela. Pasó su vida en la cocina, pero logró hacer de su presencia una delicia. Lejos de borrarse en medio de su aislamiento hogareño, fue el centro que reunía con intensidad la fuerza de la familia. Esa mujer construía, todos los días, con actos sencillos, lo que entendimos alguna vez como *hogar*.

Felipe, todavía guardas los genes recesivos de una cómoda masculinidad. Allí, la virtud de las mujeres está en ser serviciales, sostén de la familia y del hogar... ¡Uff!

Sin duda me convertiría en un cliente de este lugar (además la sopa había sido un suculento platillo que me dejó más que satisfecho, por un precio cómodo).

Al inicio de la tarde, aprovecho los minutos que me quedan antes que inicie la clase para sentarme en una banca de Union Square. El sol es una delicia y el parque tiene una atmósfera amistosa que me envuelve en una nube de bienestar. La gente parece tener tiempo: un viejo fuma despacio un cigarrillo, una mujer susurra para sí misma sin recato, dos jovencitas se asolean, abandonando su blancura al sol. Parecen envueltos en una apacible entrega. Estoy metido dentro de una burbuja dichosa que desdice todo el estrés y la preocupación que agobia el mundo exterior y las imágenes de la Nueva York *jungla de hierro*.

Manuscrito en mano, estoy listo para hacer mi lectura esta tarde y acaricio la expectativa de este primer encuentro. No existe escritor que no sucumba a la tentación de desear con vehemencia la ocasión de leer lo que ha escrito a los oídos que se ofrezcan. En unos instantes, yo tendría diez pares reos de mi narrativa.

La estimulante expectativa se mezcla en el ánimo de Felipe con la ansiedad recesiva. Desea que las horas vuelen para regresar al apartamento y constatar que Toni existe, como la había presentido: una puerta que invita a pasar.

Un efervescente regocijo me conmueve. Si le pudiera confesar esto a alguien, ¿podría entenderlo? Curiosamente, la alegría es más difícil de compartir que el dolor. Un genuino gozo, una delirante felicidad, son amenazantes. Ponen el dedo en la llaga. El mundo está siempre llorando desdichas. Qué extraños los seres frente a quienes se abre sorpresivamente el éxtasis. Al entrar en su atmósfera rara, el mundo aparece poblado de seres volátiles, dioses.

Cuando entré a la clase, ya todos estaban allí. Desde su rincón, Rodolfo me saludó con un guiño de complicidad. Un infinitésimo paréntesis de duda (no sabía si el gesto tenía que ver con lo que había pasado entre Teresa y yo) y guiñé de vuelta. Me senté con confianza, esperando el momento de leer mi trabajo.

Iniciamos la clase con los usuales trastrabillos de Adam. Sin embargo, hoy me encontré con una recién adquirida paciencia. Terminó su torpe intervención "académica" e iniciamos el trabajo del día. Quienes faltaron a la última sesión relataron el argumento de su historia. Me interesaba sobremanera saber de qué escribiría Rodolfo. Pensé que su argumento sería fuerte, político. Me sorprendió cuando resultó que escribiría sobre la vida de su padre. Un viudo que crió a once hijos solo. "Mi padre fue tremendo ejemplo", dijo al terminar.

Cuando empezamos la ronda de lecturas, no lo dudé. Me ofrecí a ser el primero.

EXT. CALLE DE LA CIUDAD DE GUATEMALA. DÍA

Marioco y Leo llevan prisa. Leo se nota nervioso, es su primera salida.

> MARIOCO
> Si hoy te portás a la altura mano, dalo por hecho, sos parte de la mara, es más, como sos mi hermano, hasta mando te doy.

Leo viste una camiseta sin mangas para exhibir los tatuajes en sus dos hombros: dos máscaras con la cara de la luna. También lleva el cinturón que le regaló su madre con su signo del zodíaco y el collar cuya pieza de metal cuadrada lleva la insignia de la mara "Luz y Ley". Mira con admiración a su hermano mayor que hasta el día de hoy ha sido como su padre.

> MARIOCO (CONT'D)
> Eso sí, si alculás que te vas a ahuevar, mejor te quedás con mi mamá haciéndole los mandados, como que fueras marica.

Para darse valor, Leo toca la pistola que lleva escondida en la pequeña mochila que cuelga de su hombro. Fue el regalo que su hermano le hizo cuando cumplió catorce años.

> LEO
> A mi mamá la ayudo por respeto, pero vos ni te preocupés, yo echo verga parejo.

Marioco lo mira con enojo y se ríe con sarcasmo.

MARIOCO

Dejáte de valentonadas. Has estado pegado a
las faldas de mi mamá desde chiquito. Sólo
acordáte: si me fallás te meto un plomazo, ca-
brón. Esto es un asunto de hombres. En la
sexta nos juntaremos con los otros cuates.

CUT TO:

EXT. AVENIDA DE LA REFORMA. DÍA

María Elena cuida su cartera, apretándola bajo el brazo.
Hoy le pagaron. Mientras camina para tomar su camione-
ta, va mirando las vitrinas llenas de objetos que no puede
comprar.

Los pájaros cantan sobre la Avenida de La Reforma, igual
que cada tarde.

La parada del bus está atiborrada. Esta es la hora de salida
del trabajo: secretarias, empleados de oficina, mensajeros.
Todos hacen un esfuerzo para verse tan arreglados como lo
exigen sus trabajos citadinos.

Trajes mal cortados, camisas gastadas y zapatos de tacones
torcidos son los inofensivos estigmas que traicionan las
apariencias. A esta hora, los esfuerzos para maquillar su
pobreza y entrar en el ritmo de una ciudad que se mueve a
fuerza de imágenes de éxito, parecen desplomarse.

Las aglomeraciones de la turba que batalla para alcanzar
espacio en un bus desvencijado, distorsionan la atmósfera
sofisticada de los edificios de vidrio.

El bus se detiene en la parada, repleto como siempre. María Elena entra con dificultad y busca algún espacio en la
parte trasera, cerca del agujero que dejó la puerta cuando
meses atrás se cayó.

Cerca de ella, un hombre con pelo muy sucio escucha un aparato de radio, apoyándose en él, contra la ventana.

CUT TO:

EXT. PARADA DE BUS. DÍA
En la siguiente parada, mucha gente baja. Varios muchachos jóvenes suben. Sus tatuajes y la insolente expresión de su rostro son la seña: pertenecen a una pandilla.
En el interior del bus, la gente se pone nerviosa. Tratan de permanecer tan indiferentes como pueden.
A María Elena la recorre un escalofrío que le advierte que algo malo va a pasar. Intenta bajarse, pero es demasiado tarde, el muchacho más joven ha puesto la pistola en la cabeza del chofer y lo obliga a continuar la marcha.

MARIOCO
Vamos a dar un paseíto... pedazos de mierda.

El pandillero recorre con su mirada opaca a la gente aterrorizada y les dispensa una sonrisa malévola.
Los otros dos muchachos exigen las joyas de bagatela, celulares y dinero de los pasajeros.
Los zapatos tenis de un jovencito llaman la atención de uno de los pandilleros. Le pega con la pistola en la cabeza y un hilo de sangre atraviesa su rostro.

GIOVANNI
Mirá bueno para nada... te me vas a quitar los zapatos rapidito y me los estás entregando ya. Sos muy feo. Estos rieles son demasiado buenos para vos, ja, ja, ja.

La parada siguiente se acerca. María Elena mira ansiosamente hacia la puerta abierta justo a su derecha.

MARIOCO
(Dirigiéndose a Leo)
¡Eh, Leo! Mirá que el chofer hijo de puta pare,
hay dos hembritas esperando para ir de paseo
con nosotros.

Leo, un poco intimidado, acerca el cañón de la pistola a la cabeza del chofer.

LEO
(Exagerando el tono grosero)
Ya oíste vos, cerote, pará el bus.

El bus se detiene. Giovanni va acercándose peligrosamente a María Elena. Ella se paraliza de miedo y trata de esconder su bolsa sentándose encima de ella.
Con agonía, escucha los silbidos y flirteos obscenos con los que los mareros reciben a las muchachas. Ellas se cubren el rostro con sus cabellos, riéndose con angustia, vestidas con sus faldas cortas y sus piernas gordas.
El bus empieza a marchar dubitativo, pero pronto sube la velocidad cuando Leo presiona de nuevo la pistola en la cabeza del chofer.
Marioco mira viciosamente a las mujeres que acaban de entrar, lamiendo con la lengua su labio inferior.

MARIOCO

Puta, vos Giovanni, vení paracá, vos hueco.
¡Mirá qué buenas están las putas recalientes
que tenemos aquí!

Giovanni está más interesado en robar a la gente de atrás
que en la propuesta de Marioco.

GIOVANNI

Esperáte, vos... todavía hay mucha lana aquí
atrás.

Marioco le apunta con la pistola desde la parte de enfrente
del bus. Un bosque de cabezas se alza entre los dos. La
gente se estremece.

GIOVANNI
(Sumiso)

No te pongás grueso vos... Si ya voy, hombre.
Giovanni acude. Marioco toma a una de las muchachas y
la acerca al pecho del otro delincuente. La muchacha se
estremece entre Marioco y Giovanni. Marioco hace movimientos sexuales por la parte de enfrente.

MARIOCO

Subile la falda... ¿usa tanga, vos?

Giovanni la toca por detrás. La muchacha cierra los ojos y
las lágrimas le corren por el rostro.

GIOVANNI

Sí... ya se me está parando

MARIOCO
Y ¿qué esperas, pues?... cogétela por detrás, ja, ja, ja.

El bus se acerca a la próxima parada. Marioco camina hacia la parte trasera. Los sollozos de la muchacha que es ultrajada imponen un silencio escalofriante a los pasajeros. La mano de Leo, espantado por la violación que presencia, tiembla. El chofer del bus, avasallado por el temor, apenas logra mantener el control del timón.
María Elena ve acercarse la parada. Los segundos parecen eternos. Los frenos lanzan un ruido estridente que parece que llegará a la eternidad. Como si fuera un sueño, María Elena se da cuenta de que el bus no se mueve.
Entonces, no piensa, hace el intento de saltar por la puerta trasera, pero sobre ella cae Marioco como una pantera. Con un miedo animal, María Elena lo muerde. Marioco la abofetea y con su fuerza la domina. La lleva hasta la parte de enfrente en el bus.

MARIOCO (CONT'D)
Esta hija de puta se quería pasar de lista. De aquí no sale nadie cerotes. Yo mando, aunque les caiga en la verga.

El bus prosigue la marcha. Marioco agarra a su hermano del cuello y lo empuja sobre María Elena.

MARIOCO
A ver, hermanito, ahora te toca el bautizo. Demostrá que sos tan de ahuevo... ahora sí, llenáte la boca con eso que sos tan macho: cogéte a esta cerota para quitarle las ganas.

Leo está sudando. El rostro de una señora desdentada lo afronta. Sus labios murmuran sin voz. Sus ojos se encuentran con los de María Elena. La mirada se prolonga como una habitación que se ha quedado sin puerta y de la que no se puede salir.

Leo toma una decisión. Se voltea contra su hermano, le apunta y sin pensarlo, dispara. La bala le atraviesa la pierna y Marioco cae al suelo, soltando el arma.

La mano de Leo arrebata el volante del bus al chofer. Toma control de su dirección y, con un viraje violento, lo estrella contra un árbol. Los otros pandilleros saltan asustados y salen corriendo, intentando no ser atrapados en las calles. Leo apunta con la pistola a Marioco que yace en el suelo.

LEO
Agradécele a mi vieja que no te mato. Pero eso sí, te advierto, yo tomo las decisiones a partir del día de hoy.

No sospechaba que al hacer la lectura mi voz temblaría y que me quedaría sin aliento. El texto se iba haciendo cada vez más largo. Ki…lo…mé…tri…co. Deseaba terminar antes que la saliva abandonara de una vez por todas mi boca. Cuando terminé, la clase estaba en silencio.

"Uff…" exclamó Kate abrumada, parpadeando muy rápido con sus ojitos de comadreja.

Un súbito arrepentimiento por descubrir las vergüenzas de mi patria me acongojó. Nunca me sentí tan desnudo y tan desvalido con mi desnudez. Estos extraños observaban mi intimidad expuesta sin ningún pudor. Sabía que nadie aquí (excepto quizá Rodolfo), podría comprender el contexto desde el cual les hablaba. Aquel universo sangrante que había desvelado con mis palabras era mi patria. Era mi carne. Ahora quería desdecir lo dicho. Cubrir con una sábana la realidad. No debía estar así, abierta, para que estos testigos la juzgaran desde allá arriba, Campos Elíseos, desde donde miraban espantados el espectáculo de circo romano.

Luego de su marcada ausencia de reacción, Adam intervino.

"¿Por qué ahora?"

La interrogante me cayó encima como un balde lleno de letras irreconocibles. No entendía qué quería decir.

"¿Por qué ahora?", repitió.

Yo continuaba sumergido en un silencio idiota. "Leo, es el héroe de tu historia" y, queriendo ayudarme. "¿Por qué decide iniciar su viaje en este preciso momento?"

La pregunta cayó como una piedra dentro del vacío de mi mente y generó interminables ondas expansivas. Respondí: "no sé".

"Pues resulta vital que lo averigües. La seducción no es gratuita".

Me sentí pillado. Había confiado en mi suerte, en mi capacidad narrativa, pero no había hecho mi trabajo. No conocía un carajo de mi personaje. De hecho, todas estas historias oscuras que abatían mi patria eran como un veneno. Las repudiaba. Sería un laberinto infernal meterme dentro de la correntada de degradación que inundaba mi país, haciendo intransitable cualquier camino.

En contraste con mi turbación interna, mis compañeros estaban excitados con la historia. Una febril discusión se desató. Adam sintió la atmósfera propicia y se lanzó a improvisar. Vimos un filme de Quentin Tarantino que me pareció muy malo. El resto de la clase pensaba lo contrario.

¿Qué fue lo que no te gustó? preguntó Kate, para quien el director hollywoodense era un icono.

"En muchos pasajes, la violencia no está justificada por el argumento de la película. Me parece que resulta gratuita y sospecho que es un mero truco para la audiencia adicta a los filmes de acción".

La discusión tomó un giro inesperado. Todos estaban de acuerdo en algo: la violencia no necesitaba ninguna justificación. Era simple. Una parte de la naturaleza humana. Grete dijo con su voz gutural: "La violencia por la violencia misma, genera una bocanada de energía vital, me causa placer... yo diría que... *It's sheer power*".

Los acontecimientos de la tarde habían disparado algo dentro de mí. Al terminar la clase, salí a la calle lleno de ansiedad. Del éxtasis que me había inundado horas antes, no quedaba nada. Ahora, mi cabeza era un bote lleno de gusanos.

El guión que había empezado a escribir me parecía tan detestable como la película de Tarantino, pero otras ideas lanzaban llamaradas también: la violencia es una realidad humana. ¿Debe ocultarse? ¿No resulta honesto, plenamente válido, mostrar desde el arte ese rostro mutilado y mórbido de la humanidad? La respuesta no se dejó esperar en mi cabeza; ninguna censura tenía posibilidades. Había que representarlo todo: lo monstruoso, lo horrendo, lo inacabado y podrido de nuestra dudosa humanidad. Quizá una de las funciones fundamentales del arte era precisamente esa: abrir los espacios pestilentes de la sombra, resquebrajar la máscara, romper con la hipocresía...

Un libro tiene que hurgar en las heridas, incluso provocarlas. ¿Lo había dicho Ciorán?

Pero dolía. ¿Era eso lo que yo buscaba? ¿Encontrar en la gozosa expresión del arte un nuevo y acuciante dolor?

XIX

Entré al apartamento y la inercia compulsiva inició su discurso infame. El vacío me golpeó. En consecuencia, me resultaba impostergable saber de Toni. Recibir una señal de que ella existe. De que no es una ilusión más de las que me engañan cada día, haciéndome creer que voy por buen camino construyendo un sentido... que algo significo. Sólo el silencio responde a mi necesidad.

Pienso en salir a buscarla. Pero, ¿adónde? ¡Qué importa! La inocencia de esas calles, los restaurantes, el espacio sideral, serán más benévolos que este cuarto donde su ausencia puede matarme.

Quiero rasgar la puerta, abrirla a patadas, salir espantado a la calle. Pero no tengo fuerzas. La duda se me arrastra por encima como un viscoso reptil. ¿Qué podría decirle si la encuentro? ¿Invitarla a un café, repitiendo con ese gesto común el cansancio de los estúpidos rituales? ¿Me atrevería a seducirla con plena honestidad?

Si lo que yo quiero es partirla en dos. Sacarle de dentro (a ella que es una soberana extraña) un pretexto para sentir que *r-e-a-l-m-e-n-t-e* estoy vivo.

Quiero amarla y, con mayor vehemencia, deseo que ella ame de mí algo que yo mismo no logro ver. ¿Soy amable?

Necesito ver**me**, sentir**me**, eludir el espectro de piel traslúcida que me aprisiona. Lo que quiero, no soy capaz de

107

pedírselo. Soy un cobarde… O, quizá, es la *cordura* la que me vuelve loco.

Se acuesta en la cama, encogido y con la cabeza en llamas. Le tiene terror a esta parte de su ser, ese hombre acuoso. Se abandona a una impotencia tan poderosa como la muerte. Cierra los ojos y suplica.

¡Ojalá que una marea de sueño me arrastre! En los dominios oníricos, habrá escapatoria. ¡Qué anhelo poder caminar con certeza hacia algún destino!

Parece que su castigo es divagar por éste y aquel camino sumido en la niebla, sin saber… sin nunca saber. ¿Logrará salir del círculo vicioso? Casi nadie lo logra.

XX

Mortalmente aburrido. Son los últimos días del verano. El calor húmedo y pegajoso que abrasa la ciudad hace prohibitivo moverse o pensar. Las cosas suspendidas, caen en profundo estupor.

El sudor humedece mi cuerpo, las sábanas, deja una huella grasienta en lo que toco. Como una ballena encallada, me abandono a las costas desoladas de mi cama. Sólo puedo observar el tiempo mientras muere.

Dormito. Espero. ¿Qué espero?

El teléfono suena, sé que es Rodolfo. Habrá una fiesta en su barrio, amenizada por una diva de la salsa. Dijo que llamaría por si quería ir. Podría contestar, pero... ¿quiero? Decido olvidar el insistente timbre. La inercia lleva mi mano hacia el paquete que está frente a mis ojos. Lo abro: *El contador de los días.* Su título me vuelve a intrigar. Me pregunto qué habrá movido al viejo librero a entregármelo. En las páginas iniciales están los nombres de sus autores Benjamin y Lore Colby.

"Establecimos contacto con Shas Ko´w en abril de 1966. Queríamos conocer a un adivinador, dispuesto a dejarnos observar sus rituales con las semillas del árbol del coral, el *b'aq'mic.* Shas tenía entonces 71 años. Era alto para ser ixil y tenía unos ojos bondadosos que chispeaban con interés y buen humor. En su rostro apenas empezaban a aparecer las arrugas y sus canas eran pocas. No era un hombre rico, sus pies descalzos lo atestiguaban. Conocerlo nos hizo descubrir que se trataba de un hombre inteligente e intelectualmente curioso. Era casi frágil en apariencia y sabía sentarse tranquilamente a escuchar a los demás con gran paciencia, su porte era de inconsciente autoridad y equilibrio. Cuando nos conoció mejor llegó a compartir con nosotros las corrientes más íntimas de sus pensamientos..."

Después de esta breve introducción, empezaba el registro de las grabaciones realizadas por la pareja de antropólogos norteamericanos donde el narrador es Shas Ko´w. Lo primero que me salta a la conciencia es la distancia entre nuestros mundos. Todo lo que hay en su entorno, desdice el mío. Pero, lo siento próximo. ¿Por qué?

Se trata de una narración desnuda, sin pretensiones y, quizá por ello, puedo escucharlo como si estuviese frente a mí.

Las imágenes que evoca la historia de este hombre desatan (como el primer día que entré en contacto con el manuscrito) un bombardeo en mi cerebro. Nací en un país indígena, sin embargo la vida de su gente ha sido ajena para mí. Tajantemente ajena. Cercenadamente ajena. Me enseñaron a ser indiferente a su presencia. A verlos como parte del paisaje. A verlos como ver llover. ¿Tenía que venir a Nueva York para percatarme de su existencia? Seguramente que sí. En Guatemala, los indios no existen.

XXI

Anocheció y una suave brisa atemperó el calor.

Salgo a la calle repleta de gente: grupos de jóvenes ruidosos, parejas que se encaminan a cenar o se sientan en los bares con los rostros iluminados por las velas. Música y risas tejen el ambiente de un aire de impostura. Elaborados maquillajes y telas que se arremolinan alrededor de jóvenes muslos desnudos o describen insinuantes escotes. Pulcros rostros, recién afeitados, exudan el perfume de moda. Una gigantesca falsificación de la que uno se hace cómplice casi sin notarlo.

La ciudad parece haber olvidado el castigo que imponía hace unas horas a sus habitantes, golpeándolos con la tiranía del sol. Ahora es una generosa meretriz que se deshace en atenciones: ofrece espejismos y liviana satisfacción a las interminables fantasías de todo el que se lanza al río de su cuerpo venal y condesciende con su ritmo sinuoso.

Camino por la Calle Broadway. Escojo a mujeres deseables entre los mil rostros que ofrece la marea humana. Las sigo con la imaginación hacia destinos misteriosos. Me permito entrar en sus vidas, sin pasar por el peligroso estrecho donde Caribdis y Escila hacen escabrosos los encuentros. Imagino que cruzaré la calle, tomaré a una de esas mujeres del brazo y la llevaré a una esquina oscura. Imagino que será sencillo que nuestros deseos se entrelacen. Imagino que la soledad es sólo un velo irrisorio que bastará con apartar y que, entonces, se producirá una voluptuosa entrega. ¿Habrá muchos como yo, mirando sin participar, el desborde de vida que ofrece la noche?

Toni aparece en mi memoria con pasos de libélula. Si tan sólo saliera de uno de aquellos restaurantes, recortándose de entre las carcajadas de la gente. Si tan sólo saliera de las sombras que engendran las luces citadinas para describir con sus pasos un destino a seguir, en medio de la confusión infinita que permiten estas calles.

Me aparto con precaución del abismo de mis pensamientos.

En una noche como ésta, me resulta difícil pensar en vivir aquí. Soy un extraño. La soledad que no resuelven los amigos casuales me interroga. La soledad fundamental. ¿Se puede uno salvar de eso? Todavía me faltan varios meses, solo, varado en esta ciudad... Y, no sé si pueda hallarme.

Hallarse. Hallarse en una calle, en un barrio, en las imágenes que destilan las habitaciones de una casa.

"No me hallo", dice la gente en Guatemala con su lenguaje sencillo, donde la sofisticación de la educación no ha logrado acartonar las palabras.

"No me hallo", dice la gente, cuando nada de lo que la rodea sirve para reflejarla. Y así, sin espejo, se siente el pánico del desvanecimiento. Una libre caída a los ámbitos de la nada monstruosa. ¿Por qué aterroriza?

¿Podré hallarme en Nueva York? ¿En el espejo frío de sus vitrinas, en su aire sofisticado, en el lujo y la lujuria de la orgullosa Babilonia, en su aire de capital del mundo, en su ejecutividad de gran ciudad? ¿Me hallaré en este lugar sin memorias mías, donde no me reconocen los recuerdos que, como fantasmas, habitan las calles? ¿Puede encontrarse aquí un desterrado del tercer mundo, hijo de un país pobre, lleno de los consiguientes complejos, alguien que debería renegar del imperio y todas sus representaciones? ¿Puede encontrarse alguien en otro idioma, en el roce con pieles fundamentalmente ajenas?

Abandono la nostalgia como se abandona un barco que se llena de agua y respondo a la poderosa interrogante con una convicción que empieza a surgir de los escombros que dejé atrás cuando partí: sí. Mil veces sí.

La ciudad ignora que existo y esta circunstancia es salvadora. Son quienes nos conocen los que tejen los hilos de nuestra condena. Nos miran con ojos que afirman: sé quién eres. Y eso... es una camisa de fuerza.

La ciudad es permisiva: me deja escapar de las cárceles que ha ido construyendo mi historia. Ser alguien sin imagen. Alguien sin representación. Un rostro anónimo.¡Qué alivio! Puedo salir de mis zapatos, convertirme en un tipo que vuela lejos de sí mismo.

La ciudad es básica y móvil. No me exige tener una ruta, ni saber adónde voy. Me surge un gozo (inexplicable) por algo que de ordinario me cuesta distinguir: mi existencia. Y, entonces, la soledad deja de ser fundamental. Se convierte en tonos, formas, notas, de un extenso paisaje donde apenas soy un trazo.

Nueva York es benevolente. Basta entregarse. Abandonarse sin resistencia a su corriente de movimiento perpetuo. Dejarse complacer por su oferta desaforada. En medio de su fulgor intenso, dejo de parecerme a mí mismo y eso... es el mejor amuleto contra la muerte.

XXII

La lluvia cae sin parar hace ya un par de días. Hoy empecé a escribir mi guión. Por la mañana desperté lúcido. Me pareció sorprendente que las dudas se hubieran desvanecido, como una espesa neblina que disipa el calor.

Con la lluvia, había llegado a mi vida un fuerte catarro. Me quedé encerrado. Aproveché el tiempo para leer una buena parte de *El contador de los días*. Lo tuve claro: la historia de Shas, un hombre indígena de Guatemala, era la historia que yo quería convertir en guión cinematográfico. Podía ver las imágenes, sentir al personaje de una manera íntima. La historia tenía vida autónoma en mi cabeza y no paraba de fluir. Yo no tenía más que "transcribir" esa visión. Nunca me había sucedido algo así. Que algo fluyera en mi cabeza con vida propia y que me convocara a descubrirlo.

Aparte de esta extraña sensación imaginativa, no había una razón de peso para escoger ésta, en lugar de otra historia. Pero el oscuro entusiasmo del cual no podía desentrañar el sentido, era más fuerte que cualquier razón. ¿Le pasaba así a los escritores? ¿Escogían sus historias por cuestiones esquivas y misteriosas?

Decidí confiar en mi incipiente instinto.

Tomé una parte del manuscrito y lo dividí en secuencias narrativas. Sin más dilación, puse manos a la obra.

PRIMERA SECUENCIA: Nadie que hiciera nacer mi alma

No puedo recordar cuándo vine al mundo. Sé que nací en Nebaj en 1895. He oído decir que fui desventurado al ir creciendo. Mi nacimiento fue anunciado por un amigo de la familia a los funcionarios y quedé registrado en las actas como Jacinto de León aunque ese nombre no significó nunca nada para mí.

Al nacer, yo había recibido ya una combinación de nombres en mi lengua materna. Los nombres pertenecían a mis abuelos. Yo era el reemplazo del anciano de quien recibí mi nombre. Yo era el pago que él hacía a la vida. Era justo: yo recibí de ellos un nombre y ellos me protegerían y cuidarían. Mis ancestros murieron, pero nunca los olvidé en mis plegarias.

Dicen que yo tenía seis meses al morir mi padre. Por ello, le tocó a mi abuelo criarme y hacer aparecer mi alma. Tenía tierras, vacas, caballos y gallinas. Pero, cuando yo tenía apenas cinco años, él murió.

Entonces apareció un tío que no conocía. Él sólo iba a donde lo llevaban sus viajes. No estuvo presente cuando el abuelo murió, pero sí regresó al saber que había muerto. Empezó a vender las tierras. La tierra de mi padre era mi herencia, pero mi tío la vendió. Le entregaron el dinero a él. Lo usó para ir a bailar al son de la marimba cada domingo. Tocaban la marimba donde el viejo Paa Toriipio, y allí iba a beber mi tío con sus hermanas. Yo no comprendía mi infortunio, porque era pequeño. No entendía nada. Mi madre tenía demasiado miedo para ir a quejarse al juzgado. Por eso no recibí mis tierras. El dinero se acabó. Cada pedazo de tierra se fue.

Mi tío también acabó partiendo un día. Se marchó para trabajar en sus negocios, pero sin dinero. Otra vez era pobre. Murió en Puerto Barrios. No murió en su tierra porque cometió un crimen contra la tierra de su padre. No está bien que hagamos mal y no demos sustento a nuestros hermanos menores. Las almas de nuestros antepasados se llenan de ira y, probablemente por eso, mi tío murió de embriaguez en la cárcel de Puerto Barrios. Ser enterrado lejos es de por sí un gran infortunio. El alma tiene que recorrer una gran distancia cuando es llamada por las plegarias del pueblo natal y, luego, debe regresar a donde está enterrada.

A los cinco años empecé a vagabundear. Mi madre deseaba que viviera con ella, pero su marido la puso a elegir: si quería que yo estuviera con ella, tendría que irse de su casa. Mi madre escogió: me puso en la calle y me fui silenciosamente. Días después, estaba llorando en la esquina y una pariente que pasó me llevó a su casa. Ella encontró un lugar donde yo podía trabajar en los montes, cuidando ganado. Había que cuidarlo de los pumas y otras fieras.

Crecí allí, con esa gente rica. Cuidaba sus ovejas. Cuidaba sus cerdos y los engordaba. Me entregaron una pistola y cuando sentía miedo disparaba al aire, haciendo ladrar a los perros. Era mi manera de mantener alejados a los pumas y los coyotes. Pero sólo me ganaba la vida. No me daban ropa; sólo me daban harapos que ya no les servían. El cuerpo se me puso negro de sol. Pero, ¿adónde podía ir? ¿Quién me habría cuidado? No tenía padre y mi madre había muerto para mí.

Podía sentir la noche allá afuera y su serenidad me invadió. Había terminado la primera secuencia. Faltaba insertarlo en el formato, decidir cómo escenificaría cada parte.

Nunca había encontrado una historia que yo realmente quisiera contar. Menuda dificultad para alguien que ha acariciado con tanta reverencia el sueño de ser escritor.

A la luz del feliz acontecimiento, el proyecto de venir a esta ciudad y dedicarme a escribir un guión de cine me pareció por fin, razonable. Un proyecto que tenía los pies bien puestos sobre la tierra.

Shas creció solo, sin alguien que *hiciera nacer su alma*. Me siento identificado con él. No anduve vagando en las calles. Pero el desamparo también encuentra alojamiento en los lugares que uno menos sospecha, como en la casa de una *decente* familia de la ciudad, que lustra a diario un apellido de origen europeo cada vez más borroso. Yo tampoco tuve quien hiciera nacer mi alma. ¿No es mi estancia en esta ciudad una muestra de que todavía vago en busca de ella?

Crees que te acercas a Shas, que se trata de un vínculo humano verdadero, pero... ja, ja, ja ¡Despierta! Ese Shas que percibes es un relato. Literatura. Lenguaje. O sea... nada.

XXIII

Llegó el otoño. Nueva York brilla con sus recién adquiridos colores. Los árboles se incendian en amarillos estridentes, morados profundos, naranjas de fuego. Las hojas caen sin parar. Se dejan arrastrar por la brisa. El movimiento habla de suavidad y abandono. También lo hacen las tardes grises que sustituyeron a los días largos y ardientes.

Las hojas van formando en el suelo una alfombra gruesa y mullida. Me entretengo enterrando los pies en los promontorios, sólo para sentir esa resistencia grata de las hojas al enredarse entre mis pantorrillas. Es agradable saber que algo en mí retoma el placer de jugar.

Han pasado ya cinco semanas. La ciudad ha ido construyendo sobre el suelo de mi conciencia una variedad de imagenes: una mujer de mirada sombría fuma en una banca en Union Square y me desata un ciego impulso por conocer su historia; una niña tomada de la mano de su padre es retrato de la ternura; el vaho que expulsa mi boca con el frío cortante de la mañana y su sabor a estómago hecho puño...

Nueva York y sus signos. Los días van acumulado los sonidos reiterados de la ciudad en mis oídos: el metro con su estertor matemático que incita a moverse; las bocinas de los carros atrapados en el laberinto insondable del tráfico; el ulular de la gente que pasa a mis costados, como ráfagas de viento.

También las rutinas: el largo corredor de la 13 Calle que me lleva a todas partes, la oscuridad de las aulas de la Academia con su olor húmedo y nostálgico. Nueva York con su cara de vieja acomodada y su aire decadente. Nueva York, con sus aires de metrópoli grandiosa, pero insalvable.

Disfruto mucho del tiempo desarticulado de mis mañanas. Salgo a desayunar siempre al mismo lugar: un café italiano donde preparan los mejores capuchinos. Los meseros saben mi nombre y van al tanto de los avances de mi guión, lo cual no deja de ser divertido. Yo también vengo adquiriendo la extraña costumbre de preguntar por sus cosas, cuestión ajena a mi carácter. Esta familiaridad con los extraños me resulta interesante, sobre todo por los mitos que se construyen acerca de las grandes ciudades y sus manías inhumanas.

Se aúnan a mi familia extendida el coreano donde a veces compro frutas, la señora húngara de la lavandería que me da consejos para que mi inexperiencia doméstica no haga destrozos con mi ropa y el viejo ruso de un almacén de curiosidades. Nunca le compro nada, pero lo visito con frecuencia. Él aprovecha para contarme una y otra vez sus experiencias como soldado en la Segunda Gran Guerra. El sitio de Stalingrado fue el último evento digno de recordar en su vida. Al parecer, la guerra ha salvado a muchos de una existencia sin eventualidades.

La pequeña comunidad de mis entornos, respira y palpita. Se siente viva. Hay una calidez inexplicable alrededor de estos intercambios informales. Cada rostro sale del anonimato, como recortado entre la bruma. Cada historia que se rescata de las conversaciones (intencionalmente cortas, para no molestar, para no interrumpir), va armando en mi cabeza un paisaje de esta ciudad. Tratamos de mantener los rigurosos rituales. Su violación haría que el equilibrio se resquebrajara en pedazos. La ciudad es así. Impone múltiples barreras y luego permite pequeñas ventanas de intimidad.

Alterno la vida de mi barrio y su provinciana familiaridad, con mis incursiones en el amplio y vasto mundo del cual Nueva York es el escenario. Me sumerjo, una y otra vez, en el anonimato de las grandes masas y su poder liberador me exalta. Mientras dura, me siento como una página en blanco. Yo podría escribir sobre esa página otra historia, o mejor aún: infinitas historias.

Tengo que cumplir con los requerimientos de la Academia, produciendo cinco páginas diarias en el desarrollo de mi guión, pero eso lo hago desde distintos escenarios: en la cafetería de la librería Barnes & Noble's, en uno de los muchos Starbucks, y, últimamente, en Central Park. Este nomadismo me impone la tarea de tomar el metro cargando todos mis papeles, pero la complicación vale la pena: me aseguro al menos tres horas de trabajo útil antes de clases. Para el almuerzo, regreso siempre a mi restaurante oriental favorito, donde las dos ancianas tailandesas me esperan con la sopa lista y alguna cosita adicional, sin costo alguno, lo cual contribuye a su *dharma* personal, según intentaron explicarme.

Rodolfo y yo hemos descubierto lo mucho que nos gusta trabajar juntos. Tenemos la capacidad de potenciar nuestras historias con comentarios amables o las más sarnosas críticas. Si nos decidimos por la sede de Central Park, nos sentamos siempre en el mismo sitio: frente a la laguna. Los niños llegan a colocar sus barquitos en el agua y, lejos de interrumpir, su distendida compañía relaja, permite una apertura que antes no encontraba en el encierro de las cuatro paredes del apartamento.

La historia de Rodolfo me parece humana y profunda. Una maestra rural llena de hijos que muere por una simple diarrea, pues no pudo llegar a tiempo al hospital desde su recóndita aldea. El estupor de un telegrafista ante la muerte de su mujer y la realidad terrible: se queda solo, con once niños, el más pequeño de dos años. Todo esto en medio de la infinita espiral de violencia en Colombia que fue conocida como la *destorcida*: enardecimiento popular entre *godos* y liberales que desgarró la provincia colombiana por varias décadas. El heroísmo de ese personaje anónimo, cotidiano y doméstico, su sentido común, el humor, me parecen entrañables.

El telegrafista era un borracho empedernido. Su mujer murió porque él estaba ausente el día que enfermó... igual que tantos otros días. El padre heroico que vive en la cabeza de Rodolfo, es tan solo una fantasía. Lo ayuda a distraerse de la amargura fundamental de su infancia. Un discurso conveniente ayuda siempre a sobrevivir. El guión de Rodolfo es ficción pura: aquello que pudo ser.

Mi guión se va poblando de escenas que me entusiasman. La vida de un pueblo indígena. Las palabras de Shas K´ow son la mejor guía para eludir cualquier inercia complaciente. Narrar esta historia me enseña lecciones que nunca habría comprendido de otra manera: a respetar, a tener curiosidad por conocer, a no juzgar, a admirar cosas fuera de los parámetros que me dieron a comer y a beber.

El ritmo de la Academia me ha impedido avanzar en la lectura completa del manuscrito y todavía no encuentro los puntos de inflexión en la narrativa.

Hay un misterio que me aguarda en la parsimonia de Shas K´ow, en su existencia tan cierta, apegada a la tierra y a las necesidades más básicas. Su voz se alza en medio de mis dudas, pero todavía no comprendo con claridad su peso. Y, sin embargo, quiero escucharlo.

Detrás de cada hombre o mujer existe un universo de diferencia que hace inevitable la separación. De igual manera, existe un universo de coincidencias, de puntos de unión, que hacen inevitable el amor. El sendero existe y se bifurca.

¡Realmente romántico! ¿No te das cuenta? La experiencia de este indígena ixil te está siendo narrada por extranjeros. Él respondió a sus interrogantes. Preguntas que quizá nunca fueron fundamentales para él. Preguntas sobre cosas que quizá no necesitaran explicación ante sus ojos. ¿Qué diferencia existe entre lo que estás haciendo y el acto despreocupado de un turista?

XXIV

SEGUNDA SECUENCIA: El tiempo del gran castigo

"Es el año 1902. A todo dar claman los tambores y clarines en la plaza principal de Quetzaltenango, convocando a la ciudadanía. Pero nadie puede escuchar nada más que el pavoroso estruendo del volcán Santa María, en plena erupción.

El pregonero lee a gritos el bando del gobierno. Más de cien pueblos de esta comarca están siendo arrasados por el alud de lava y fango y la incesante lluvia de ceniza. Mientras el pregonero, cubriéndose como puede, cumple con su deber, el volcán Santa María hace temblar la tierra y bombardea a pedradas a quienes andan sin resguardo.

En pleno mediodía, es noche total. No se ve más que las bocanadas de fuego del volcán. El pregonero chilla desesperadamente, leyendo a duras penas, entre los sacudones de luz de la linterna. El bando, firmado por el señor presidente Manuel Estrada Cabrera, informa a la población que el volcán Santa María está en calma y... en calma permanecerá. Que el sismo no ocurre en Guatemala, sino en algún lejano lugar de México. El bando termina diciendo que, estando todo en situación de normalidad, nada impide la celebración de la diosa Minerva que tendrá lugar en la capital, a pesar de los malévolos rumores de los enemigos del orden".[1]

---

1 Cardoza y Aragón, Luis. *Guatemala, las líneas de su mano*

Días después, el mismo Presidente que antes negaba la gravedad de los hechos, ordenó que la gente de todo el país acudiera a ayudar para reconstruir la capital dañada. Se exigió que cada departamento enviara hombres, comida y materiales de construcción. Trescientos ixiles llevaron vigas, estacas, cuerdas y paja que tuvieron que conseguir con su propio esfuerzo. Recorrieron un largo y tortuoso camino a pie desde las montañas del Quiché hasta el valle capitalino.

Shas era un niño frágil. Tuvo que ayudar a trasladar una viga de siete varas de longitud, caminando varios días hasta extenuarse. Al llegar, el grupo de hombres y niños fueron puestos a trabajar. Necesitaron varios días para construir un simple rancho. Unos acarreaban agua, otros mojaban la masa de barro y paja y la mezclaban con los pies para hacer adobes. Las casas terminadas eran entregadas a las víctimas del terremoto. Shas recuerda el quejido que salió de una gran tienda donde estaban curando a un herido.

Una vez terminada la construcción que les asignaron como tarea, el grupo de ixiles volvió a su pueblo. Los habían obligado a prestar servicios por una ley que se aplicaba a los hombres entre veinte y sesenta años. A menudo, no se hacía caso a estos límites de edad. Niños y ancianos por igual sufrieron bajo cargas irrazonables en el trabajo agotador que tuvieron que desempeñar en los campos de construcción, no solamente con ocasión de esta tragedia. Era usual que fueran obligados a estos trabajos forzados para construir caminos.

Shas tenía siete años cuando sucedió el terremoto. Era demasiado joven para el servicio obligatorio, pero no tenía medios ni apoyo de un patrón ladino para librarse mediante dinero de su obligación, como habitualmente lo hacían los no indios. No fue la única vez que tuvo que realizar estos trabajos pesados, acompañando a los hombres adultos. Llegó a los diez años sufriendo la imposición de llevar cargas pesadas, a pie, a lugares remotos, con salarios simbólicos. El dinero que le pagaban no era siquiera suficiente para pagar su alimento en el camino. Shas recuerda este tiempo como 'el gran castigo'.[2]

La historia tiene otro sentido cuando se ata a las biografías. Sabía del trabajo obligatorio, pero nunca me pareció tan injusto, tan inhumano, como ahora, cuando toca a un ser concreto, a una persona que ha salido de la neblina del anonimato. Sin embargo, sin el marco de la Historia, la biografía se torna anecdótica. Lo crucial entonces es comprender el punto en el que se cruzan.

Despacio he ido tomando conciencia de la importancia que puede tener poner estas imágenes en la pantalla. Permitirá hacer conexiones, atar cabos. Sobre todo, será darle voz a quien no la ha tenido.

¿Y no le correspondería a *quien no ha tenido voz* tomar la palabra por sí mismo? ¿Por qué deberías tú ocuparte de ello? En todo caso, ¿puedes ocuparte de ello? ¿No fue siempre estrategia del colonizador un paternalismo cargado de *buenas intenciones*? No puedes hablar por el otro. Tu mirada está infectada por tu propia cultura. Eso... no lo podrá resolver ningún artificio literario.

Mi trabajo adquiere un peso que antes no tenía. Pero, ¿quería yo un trabajo con un peso atado?

---

2   Colby, Lore y Benjamin. *El contador de los días*

XXV

Los golpes en la puerta son el sobresalto que me saca de mi trabajo. ¿Abro? La mano anónima continúa golpeando sin misericordia. ¿Abro?

El rostro es pálido y desgarbado. Una mujer que no causa ninguna impresión y que olvidaré un segundo después de cerrar la puerta.

"Necesito hablar con Mara. ¿Puedo pasar?" pregunta a quemarropa.

"¿Mara? No vive aquí". Quise cerrar y terminar con el asunto.

"Espere… Soy su hermana… Este es su apartamento. ¿Dónde está ella?"

No logro entender. Son casi las tres de la mañana. "Señora, se lo aseguro, No sé quién es Mara".

La mujer señala con un dedo hacia las fotografías. "Ella… Ella es Mara, mi hermana".

"¿Toni?"

"No sabía que había vuelto a usar ese nombre…" musitó. "Mire, no hay tiempo. Necesito hablarle… ". Abrí la puerta y la dejé pasar. Ella se sentó casi al borde del sillón.

"No puedo ayudarla, perdone, no sé dónde está. La vi por última vez hace unos diez días".

"Ya veo". Era evidente que la mujer daba vueltas en su cabeza a muchas cosas. No se resignaba a marcharse y yo tampoco quería que se fuera. No sabía cómo preguntarle por Toni. No sabía cómo hacer para que abriera para mí aquel libro cerrado.

"Mire…" dijo después de un largo silencio, "no tengo ninguna razón para pedírselo o usted para acceder, pero necesito que me acompañe. Es bastante tarde …" Parecía un asunto urgente, impostergable. La oportunidad de incursionar de lleno en la vida de Toni me fue servida en azafate.

Al salir, la mujer se presentó formalmente.

"Soy Hellen Lacrosse".

"Felipe Martínez. ¿Adónde vamos?". No contestó.

Girar dos o tres cuadras a la redonda por East Village nos lanzó al submundo neoyorquino. Bares descoloridos y funestos, poblados a estas horas de los alcohólicos habituales que Bukowski retrató de manera inmejorable. Seres caídos, resaca de la brillante ciudad. Barcos a la deriva que encallan en estas playas fantasmagóricas.

"Mara toca algunas noches en estos locales. Eso es cuando no logra conseguir algo mejor. Le pagan lo suficiente para comprarse algo de comer. Eso y… una botella. Tener a la mano una botella parece indispensable para ella en estos tiempos".

Una pelea callejera explota frente a nosotros. Un tipo saca a empellones a otro que parece muy borracho. Cae al suelo. Furioso, se levanta. Ahora él ataca. Los dos hombres se revuelcan en el suelo entre insultos soeces.

Parecen perros rabiosos. Quedo hipnotizado por la crudeza de la escena. La gente se empieza a aglomerar, divertida. No para de azuzarlos. Ríe y se excita. Hellen me saca del trance de ira que satura el ambiente.

Entramos y salimos de distintos lugares. La luz azulina que iluminaba el último, hace entrar por mi retina un angustioso sentimiento de devaluación y de pérdida.

Al no encontrar a Toni, Hellen me mira con sus ojos cansados. "¿Podrías acompañarme un poco más lejos? Con frecuencia duerme donde Alexa. Ella es… un *she-man* ¿Comprendes? ¿Sabes qué cosa es un *she-man*?"

No respondí intentando todavía pescar el sentido de la frase. Ella ofreció la explicación: "sus clientes las prefieren así: apariencia de mujer, para luego encontrarse con… una sorpresa escondida". Quiso reírse pero solo se asomó a su rostro una fea mueca. "¡Ah.. los hombres!… o son homosexuales encubiertos o adolescentes que nunca crecerán. En todo caso, una promesa hueca".

Sin mirarme, seguía hablando como una máquina descompuesta. Yo tenía la sensación de que no conversaba conmigo. La compulsión de su verborrea parecía ser el bastón que la sostenía. Quizá el instinto le decía que si callaba se deslizaría como un montón de tierra suelta por una ladera sin árboles. "Nunca quiere molestar a sus inquilinos cuando se va por ahí. Ellos podrían quejarse… los inquilinos, quiero decir. No puede darse el lujo de perder la conexión con la Academia. El dinero de la renta sirve para pagar los gastos de Ángela. ¡Pobre chica! Esta noche ha tenido un colapso… tenía varios días de no tragar bocado".

Volteó a mirarme, asustada de su indiscreción, tomó mi brazo para asegurar mi complicidad y añadió: "Mara no debe saber nunca que se lo dije: *she is… a very private person*".

"¿Ángela? pregunté.

"Es… su hija".

"¿Qué tiene?"

"¿Qué tiene?", repitió Hellen, cansada. "¡Qué diablos voy a saber!" Y luego añadió con voz baja: "*The devil has gotten into her…*"

El metro nos llevó más abajo de la Calle Houston. Yo acompañaba a la sombra de mujer que era Hellen por aquellos laberintos. Como si poseyera el hilo de Ariadna, avanzaba con prisa y sin dudas en medio de las calles siniestras. Entramos a un edificio viejo. Era un tugurio. Subimos por las escaleras desvencijadas, escoltados por murmullos de ratas. En un corredor sombrío una hilera de puertas despintadas estaban cerradas. Todas menos una. Se detuvo frente a ella.

Empujó la puerta semiabierta. Toni estaba acostada sobre un sofá, boca abajo, dormida. Otra mujer, de complexión recia, se restregaba contra ella con la viscosidad de una víbora.

Hellen observó la escena con frialdad. Cuando Alexa se percató de nuestra presencia, se encolerizó, leyendo el repudio en mi mirada. "¿Cuál es el problema? Ella ni se entera... está completamente intoxicada".

"Se trata de Ángela", musitó Hellen desde su cuerpo de piedra.

Alexa rompió a reír con una risa aviesa. "Mara ya lo sabe. Le avisaron hace unas horas. Después de eso, tuve que darle una buena dosis de su veneno preferido para tranquilizarla... *She was craving for it*. Tú lo sabes Hellen, a veces Mara es... insaciable".

El hermafrodita resulta un ser ridículo. Alto y desgarbado con unas facciones muy masculinas que desdicen los senos y el delgado torso. Sus manos y pies son toscos, casi brutales.

La mano de Alexa recorrió el cuerpo de Toni, delineando su silueta. La imagen de esas manos sobre el cuerpo abandonado, me descompuso y me lancé sobre él. Lo golpée en plena cara. El tipo se me tiró encima con histeria.

Me ensartó sus filosas uñas por todas partes. Parecía una gata en celo, goteando sangre de la nariz amoratada.

Hellen nos separó. Me acerqué a Toni y la cargué. Al tocarla, nuevamente sentí la sensación de que se trataba de una niña perdida en el complejo cuerpo de una mujer. La llevé a la regadera de un baño asqueroso y el agua helada la sacó de su profunda modorra.

Cuando abrió los ojos, Hellen se apresuró a explicarle que Ángela estaba grave, la habían llamado del hospital a media noche. Toni se enfureció. "¡Joder!… quiénes son ustedes para meter su sucia nariz en mi vida. *Fuck you, fuck you all…*" La cólera la sacudía.

Yo intentaba contenerla, sosteniéndola con fuerza entre mis brazos, mientras escupía su rabia. Luego se desmoronó. Abandonada en mis brazos, repetía con un llanto histérico, "ya no puedo soportarlo".

No sé cuanto duró la explosión de emociones, pero cuando terminó parecíamos estatuas de sal. Incapaces de marcharnos de allí sin mirar atrás. Sin duda, no merecíamos salvación.

Finalmente, Hellen habló. "Debemos apresurarnos…".

Toni era ahora un trapo suave y flojo. Con el cabello mojado, sin maquillaje, dolorosa, tenía la implacable belleza de un ser humano real. Se levantó para partir. Quise acompañarlas y su talante cambió. De manera tajante me dijo con una mirada dura: "Esto no tiene nada que ver contigo. Desaparece".

BONDAD

–Una palabra escrita a la mitad de una hoja en blanco. Qué difícil es la bondad. Buscar a Toni para ofrecerle mi apoyo. ¿Sería un acto de simple y llana bondad?

–¿A quién engañas?

XXVII

La mañana amaneció luminosa.

Era uno de esos domingos que merecían que yo pudiese dar cuenta de una vida mejor. Que no hubiesen tantos recuerdos malignos metidos conmigo en la cama, asaltándome en los sueños o amargando el despertar. Que el atado de deseos irresueltos, con su rostro odioso, no estuviese tras de mi puerta, presto a degollar cualquier intento benigno de sentir contento.

El domingo limpio de una vida limpia... No estaría mal. Sus horas lentas no pesarían como largas cuentas de piedra colgando sobre las ventanas. Desde la funesta madrugada del sábado cuando dejé a Toni, no podía dejar de pensar en ella. ¿Qué habría pasado con su hija? ¿Por qué deseaba yo tanto estar cerca de sus conflictos?¿Cuál era el vínculo que me ataba a su vida? ¿Por qué su lejanía me hacía sufrir? Resultaba absurdo.

Quería ir a buscarla, pero no tenía una razón para hacerlo. Yo no era parte de su vida.

¿Razón? ¿Siempre necesitas encontrar una *razón*? ¿Qué tal un poco de espontaneidad, para variar?

Empujado a la calle por mis demonios, salí temprano. El brillante sol servía de poco, el aire frío quería cortarme la cara. La inapetencia me dominaba, pero sí me urgía un café. Luego de comprarlo, me encaminé a Washington Square.

El parque, de ordinario poblado por estudiantes de NYU, hoy había sido invadido por las jóvenes parejas del entorno. La gente respiraba y absorbía el sol que se tornaba más cálido a cada instante. Me senté en una banca. Fumar un cigarrillo tras otro y mirar es suficiente. Soy un voyeurista de la vida, pienso con desgano.

Poca cosa... ¿no crees? Pero a eso te ha reducido tu cobardía.

La gente viene y va. Conversa, intercambia torpes pedazos de esa experiencia enmascarada. Monedas en curso del falso intercambio social.

Los niños corren de arriba abajo, haciendo bulla. Las madres los reprimen con voces suaves o imperativas, da igual: coartan sus impulsos más osados. Tierno juego. Maligno juego. En el mejor de los casos, un delicado equilibrio entre el deseo innato de desplegar las alas y esa miedosa veneración (ancestral) a nuestras modestas seguridades.

Unos jóvenes estrafalarios se colocan al centro de la plaza. Su intención de iniciar un espectáculo para conseguir dinero es evidente. La gente empieza a acercarse, curiosa. Pronto el círculo es respetable.

La gente me tapa y ya no puedo ver lo que pasa. Las risas crecientes me provocan curiosidad y el sentimiento que me pierdo de algo. Dejo mi cómoda estancia en la banca.

Los jóvenes hacen pantomimas, alardes físicos, trucos de magia, para interesar a la gente. Es un público dúctil, abierto, dispuesto a reír o aplaudir sin exigir nada. No quiero exagerar, pero la palabra ternura me pasa por la cabeza.

133

Una persistente, conmovedora, atmósfera de algodonosa ternura.

El grupo inicia una interesante intervención de teatro callejero, donde todos terminamos involucrados: la gente baila, se atreve a atravesar los umbrales del ridículo, grita consignas, se divierte desaforadamente. Una chica muy joven compra una gorra de un vendedor callejero y con naturalidad la coloca en la cabeza de uno de los actores. Lo besa y soba sus mejillas frías. La gente de este círculo está dispuesta a... amarse. ¿Amarse? Suena grandilocuente. Que un grupo de humanos se reúnan espontáneamente y puedan amarse les parece a muchos una idea extravagante. ¿Qué nos hemos hecho? Le tenemos miedo al amor, le tenemos miedo a la indiferencia. ¿Por qué todo nos amedrenta?

Idiota... se trata de un útil gesto de civilidad urbana que brillará solo mientras el azar los reúne. ¿No puedes verlo?

No me importa qué sea lo común, lo esperado y menos aún, lo que considera correcto la convención social. En esta mañana, el anónimo amor, sí, AMOR, de un grupo de desconocidos que se reúnen en círculo a encontrarse con algo parecido a la dicha es una posibilidad válida y... me parece suficiente.

Me sumerjo en la energía colectiva. Participo. Es bondad humana. No estoy dispuesto a negarla o a menospreciarla. La absorbo, la bebo, río con ellos, me alegro. Dejo que el insólito contento de estar en manada sane mi alma despavorida...

XXVIII

El lunes me atreví a ir al hospital en busca de Toni. La ansiedad pudo más que mi tímida prudencia. No quería invadir su privacidad más allá de lo aceptable, pero no podía continuar sin saber qué había pasado.

Ángela estaba recluida en el New York-Presbyterian Hospital. Un rimero de facturas guardadas en una gaveta en el apartamento atestiguaban de su estadía allí, víctima de una larga enfermedad: anorexia nervosa. A mí la gravedad de la niña no me causó simpatía. Más bien me pareció detestable. Dejarse morir de hambre en una sociedad atiborrada de comida, me parecía una excentricidad obscena.

Pensé que tendría dificultad para explicar mi presencia. Sin embargo, la enfermera a cargo del mostrador no inquirió por las razones que me había esmerado en inventar. Me explicó que no podría verla pues estaba en la unidad de cuidados intensivos.

Pregunté por su madre. La enfermera dijo, condescendiente, que podría buscarla en el salón social de la residencia, un apartado del hospital muy cercano en su apariencia y funcionamiento a una residencia estudiantil.

Nada me había preparado para lo que vi al entrar. El lugar era exclusivamente para mujeres, todas con trastornos alimenticios, según el léxico institucional. Estaban en una sala de estar, entreteniéndose de diversas formas.

Parecían seres fuera de este mundo. Extrañas. Sin las redondeces de la carne, sus estructuras óseas las hacían verse alargadas, con las cabezas demasiado grandes, como personajes salidos de los dibujos animados de Tim Burton. La dureza de las facciones afiladas, la sombra oscura bajo los ojos, la dislocada conformación de sus cuerpos, alados a fuerza de pura delgadez, la opacidad de sus semblantes... parecían ángeles distorsionados, emergiendo de un cielo de cabeza.

Una muchacha armaba con paciencia un rompecabezas sobre una mesa. Se me quedó mirando con los enormes ojos verdes.

"Hola", jalé una silla para ubicarme dentro del recinto, comprando tiempo para merodear con la mirada buscando a Toni.

"Hola", respondió la chica con afabilidad y, leyendo mi actitud, preguntó

"¿Buscas a alguien?"

"A una amiga... es la madre de Ángela. ¿La conoces?"

"No... acabo de llegar a la residencia. Casi no conozco a nadie. Soy modelo, ¿sabes? Me llamo Dorothy. En pocos días me dejarán salir. No entiendo qué infernal motivo hay para que yo tenga que estar en un hospital. Es la prensa ¿sabes? Se han empezado a meter con nosotras... si bajas mucho de peso la agencia te exige que te hagas un tratamiento. Todo por no tener mala reputación. ¡Mierda! ¿Sería mejor que fuese un cerdo atiborrado de grasa?"

"Seguro que no...", contesté condescendiente. "¿Te gusta modelar?"

"Me gusta la energía. Los trajes, las telas flotando alrededor de mi cuerpo, las cámaras, la urgencia, los aplausos... Es como estar en un escenario. Hay cientos de chicas que mata-

136

rían por mi trabajo y te lo aseguro... abrir mi enorme boca sobre un plato de comida me alejaría corriendo de allí. Operamos bajo un código: delgado *tipo Paris*. Más o menos, talla 0".

"Las mujeres son hermosas con un poco de grasa aquí y allá. A los hombres nos gusta eso".

"No estoy particularmente interesada en gustarle a los hombres".

Se quedó callada un instante.

"Nunca me gustó tener tetas, ¿sabes? Cuando era adolescente, amarraba una tira de tela sobre mi pecho para aplastarlas. Parecía un muchacho afeminado. Me maquillaba mucho, pero no quería tener nada que ver con un asqueroso cuerpo lleno de rollos de grasa. Me siento bien así. Quiero ser yo quien escoja cómo presentarme frente al mundo: un cuerpo limpio que no tiene nada que insinuar. Me siento... *pura*. ¿Cómo explicarlo? Es como estar metida en el cuerpo de un ángel". Se rió burlona.

Después de una pausa, añadió: "No, en serio. Me gusta pensar en mí como una preciosa imagen. Algo que no es ordinario en esta vida de mierda. Quiero sentir que soy esa fotografía de mi rostro que aparece en las revistas y que no se parece en nada a mí. Esas imágenes sí que son reales... como si el ojo de la cámara pudiese encontrar algo cierto que yo no alcanzo nunca a percibir".

"A mí me pareces muy real".

"Yo no me siento nunca". Se sumió en sus pensamientos y luego continuó: "Pero no hay nada malo conmigo, ¿sabes? La gente pasa por la calle y mira mis fotografías. De verdad me mira. Es curioso que en una imagen esté yo más presente que ahora aquí, contigo..."

Después de un silencio, continuó. "Es que allí estoy abierta, revelando algo que siempre escondo. Pero no es que yo sea rara o algo así. La gente lo hace todo el tiempo. La gente no hace sino ocultarse".

La chica se distraía viendo por la ventana. Señaló con su dedo a un grupo de personas que atravesaban la calle. "Mira a esas mujeres que corren al trabajo... Nadie las mira... son nadie".

"No sé si estoy de acuerdo con lo que dices.... Una foto es una puesta en escena, un arreglo. Me parece que la gente es más real cuando no está posando".

Lanzó una carcajada.

"La gente siempre está en medio de una puesta en escena, siempre está posando. Pero es diferente si lo buscas premeditadamente. Posar a sabiendas es un arte. Lo otro, un estúpido acto de monos".

"Exageras..."

"Sí... quizá exagero en esta búsqueda de un mundo perfecto. Pero, mucha gente hace lo mismo y no la encierran en una institución. Vivir en nuestros pequeños mundos de fantasía y soñar con la perfección. Cada quien la encuentra a su manera. Para mí es un cuerpo sin mácula". Silencio. "Y para ello, no hace falta más que disciplina... ¿no es cierto?"

Calló, como si se le hubiera acabado el aire. Había expuesto su caso con la firmeza de quien manifiesta una ideología. La rígida normativa sobre el cuerpo, el tajante universo de lo aceptado y lo que no es aceptado. La manía uniformadora. Me sentí repentinamente incómodo.

Las cosas perfectas siempre te causaron desazón, Felipe. La posibilidad de ser rechazado conforme a un sistema rígido de normas te angustia. ¿Es por eso que siempre escoges relaciones torcidas que no están *del todo* bien? Amas las cosas que llevan la huella de un daño, una herida, una señal de destrucción... El universo descalabrado te reconforta. Bueno sería que tuvieras la pasión para hundirte en el desorden. Dejarte ir... Pero vacilas entre ambos mundos. Siempre vacilas.

Al rato me atreví a decir: "... si exageras la disciplina, podrías morir".

"Morir", repitió. "Mmm...", me miró con una mezcla de burla y determinación, "tengo la creencia de que aferrarse a la vida está sobrevaluado".

Ninguno de los dos encontró nada más que decir. Empezó a recoger sus cosas. "Perdona, murmuró, tengo que hacer una llamada telefónica. Espero que encuentres a la persona que buscas". Pero no la encontré.

XXIX

Encerrado, escribiendo. Pasé varios días así.

Quería apartarme de la añoranza que me causaba la ausencia de Toni, su silencio. Y literalmente había sacado el mundo que conocía de mi cabeza. Nada existía que no fuera la historia que me empeñaba en desentrañar.

Sí, para olvidar mi impulso estéril hacia ella, me sumergí en otro mundo, uno distante: el de Shas. Y descubrí con asombro que la vida es más grande que ese *yo mismo* que me atrapa. Más fundamental que mis circunstancias.

La magia de moldear una historia se empezó a manifestar: yo era un mago, un creador, un ser lleno de gracia. No tenía dificultad alguna en ver la vida de aquel hombre indígena. Esas imágenes eran más reales que mi propia existencia. *Yo* existía sólo para que naciera esa historia. *Yo* era sólo un llano instrumento. Pero, al mismo tiempo, era el alfarero, el gran Dios que decide el curso de las cosas. Y estas dichosas cualidades me hinchaban como un globo que flota en el aire y no siente su propio peso.

Shas había vivido sobre esta tierra. Tenía en mis manos su testimonio vital. Pero eso, lo real, era tan solo una tela que yo podría cortar a mi gusto. A mí se me había encomendado convertir esta historia en una representación, un símbolo, un objeto, donde la individualidad concreta y tangible se convertiría en otra cosa. La historia real nunca sería la misma después de haber sido impactada por eso sutil y a la vez poderoso que es la mirada. Mi mirada.

¿Se trataba entonces de inmortalizar a Shas? No. Todo lo contrario. El arte retrata la mortalidad y, con ello, la tangible existencia de los seres y de las cosas que mueren.

Recordé mi conversación con aquella modelo en el hospital. Ella estaba dispuesta a castigar su cuerpo para sacar de él la más prístina verdad. Me imaginé la restricción y el castigo. Me vino a la cabeza una extraña comparación: un escritor es también un anoréxico. Deja de comer vida, permite que otra historia exista a través de su propia piel. Se niega a sí mismo, no en un acto de generosidad, sino de apasionado narcisismo. *Madame Bovary, c'est moi...* Lo había dicho Flaubert. Entonces, otra preocupación me asaltó: ¿sería mi versión de Shas nada más que un encuentro conmigo mismo? ¿Sería mi mirada un límite?

No era lo que yo buscaba. Quería comprender a Shas y, en él, al pueblo indígena de mi país. Quería hacerlo con honestidad. Crear una poderosa representación que se convirtiera en llave para descorrer el misterio de la distancia, el vicio de la indiferencia y de la invisibilización.

El mundo de la representación... ¿Acerca o aleja de la vida? Permite comprender, pero... también aliena. La realidad se vuelve artificio. Todo es confuso. Muy confuso. A veces, escribir me provoca un tremendo hartazgo.

Entonces, la pregunta fundamental era si escribir logra saltar el abismo entre las realidades diversas de dos seres. La reflexión me hizo sentir ansioso. ¿Habría una imposibilidad intrínseca de comprender al otro? ¿Estaríamos condenados a un juego de espejos, incapaces de ver algo que no fuera

nuestra propia imagen? Estaba lleno de dudas y, sin embargo, escribiendo me sentía tan en lo cierto.

XXX

TERCERA SECUENCIA: Migración a las fincas de café.
Una tragedia a tres voces

VOZ I: LA HISTORIA
1512- En una real cédula, Fernando V «el Católico» escribía que la principal riqueza de las Indias, Islas y Tierra firme del Mar Océano era el provecho de los indios. Este mismo rey escribió: todo el caudal de esas partes (América) son los indios.

Entonces, para entenderlo de una vez por todas, los indios eran ¿bienes? ¿cosas? ¿objetos? ¿utilizables?

A finales del siglo XIX el café se había vuelto dominante en la economía guatemalteca. Los ixiles eran un pueblo aislado, pero esto no impidió que se viera profundamente afectado por la demanda de mano de obra en las plantaciones de café.
Las regiones en donde estaban asentadas muchas comunidades indígenas eran ricas en suelos que favorecían el cultivo. Por ello fueron invadidas por agricultores y especuladores interesados en obtener beneficios rápidos a costa del campesino indígena.

VOZ II: LOS PATRONOS CAFICULTORES

Que los indígenas no quieren dar sus tierras lo han manifestado de palabra y con hechos, para que tomase ensanche la agricultura, esto debe hacerse paulatinamente y con allanamiento pleno de parte de los indios. Obrar de otra manera es abrir una senda de desavenencias.

VOZ III: UN HOMBRE LLAMADO SHAS

Al principio no había ladinos en nuestro pueblo, pero poco a poco llegaron. Algunos de los ixiles encontraron patrones y empezaron a beber mucho. Aun los muchachos, no hacían más que beber. Los ladinos establecieron cantinas y contrataron marimbas. La tenían tocando cada domingo y cada jueves... llegaba la gente, con los salarios que les habían dado. Los patrones les daban dinero. Los ixiles tomaban el dinero y se iban a la cantina. Rodeaban a la marimba, bebían y gastaban.

Cuando todo su dinero se había ido, pedían más a su patrón. Él los sacaba de la cárcel si se enredaban en riñas. Y quedaban en deuda con él. Así, poco a poco, disminuía la riqueza del pueblo ixil.

VOZ I: LA HISTORIA

Antes, el alcoholismo no se había contado entre los vicios ixiles. Bebían comiteco sacado del maguey y más suave que el aguardiente de caña. Este les fue llevado por los primeros contratistas ladinos que se adueñaron de su comercio.

VOZ III: UN HOMBRE LLAMADO SHAS

Para pagar sus deudas, algunos ixiles entregaron sus tierras al patrón y así los patrones aumentaron sus posesiones. Nuestros ixiles vendieron sus tierras por causa del ron, no por falta de alimento. ¿Cómo habría podido faltarles el maíz, teniendo sus tierras?

VOZ I: LA HISTORIA

La necesidad de mano de obra había reactivado el antiguo sistema de trabajos forzados que provocaba resistencia entre los indígenas. Los empresarios foráneos presionaban a las autoridades para que pusieran a su disposición la fuerza de trabajo, los campesinos se resistían. Para quebrar su resistencia, crearon una estrategia ingeniosa: conceder adelantos a los trabajadores, logrando engancharlos y atarlos a los trabajos del campo.

Pero los trabajadores no estaban dispuestos a abandonar sus propios cultivos para trabajarle a los finqueros por un real diario, el mismo salario que acostumbraban pagar los hacendados en el periodo colonial.

Ante esta situación, el soborno a las autoridades para que forzaran a los indígenas renuentes llegó a convertirse en una práctica común.

VOZ III: UN HOMBRE LLAMADO SHAS

Yo crecí y busqué un patrón. El primero fue Arturo García, Secretario Municipal en Nebaj. Entré a trabajar como sirviente en su casa y fue bueno, porque me dio alimentos y pagó por mi trabajo. Me compré mi propia cobija. Fui madurando lentamente, porque había alimento y había paga.

VOZ I: LA HISTORIA

Los empresarios agrarios exigieron al Gobierno que institucionalizara el trabajo forzado. Ante la tremenda presión, se ordenó a las municipalidades abrir un libro donde asentarían los nombres de los campesinos para satisfacer rápida y ordenadamente las demandas de los empresarios.

VOZ II: LOS PATRONOS CAFICULTORES
En el libro, cada trabajador tendrá una página reservada para su nombre y tiempo de compromiso. Los finqueros pagarán un real por cada hombre que reciban, dándole al Secretario Municipal una cuarta parte de los ingresos obtenidos, en compensación al aumento de su trabajo.

VOZ I: LA HISTORIA
Por medio de la corrupción, se lograba interesar a una autoridad menor para que velara por el envío de los comuneros.

VOZ III: LOS INDÍGENAS
Por disposición del Corregimiento se sacan periódicamente de nuestro pueblo cuadrillas de veinte o más hombres para ir a trabajar a la Costa Sur, a tres jornadas de Sumpango, en siembras del Sr. Corregidor. Tal providencia siempre se verifica con violencia y grave daño de nuestro pueblo.

No solo se quita a los hombres de sus sementeras, sin distinguir padres de familia, sino que se les lleva a climas mortíferos escoltados por tropa, intimidando con azotes al que prontamente no diere cumplimiento a las órdenes.

Se les detiene en la Costa hasta que llega otra cuadrilla del mismo pueblo, y si alguno logra evadirse se le trata como a un criminal y se pone en la cárcel por disposición del Secretario. Todo esto Señor es contra las Leyes de Indias muy terminantes.

¡Claro! Pero, el rey de España (con todo y sus leyes) siempre estuvo muy lejos. La codicia de los criollos, por el contrario, estaba muy cerca.

Resulta curioso: las Leyes de Indias eran producto de la Colonia. Esta nota fue escrita en tiempos de la República. Para los indígenas no había diferencia entre República y Colonia. Porque la finca es la Colonia.

VOZ III: UN HOMBRE LLAMADO SHAS

Me quedé dos años con mi patrón, sirviéndolo en su casa. Como era Secretario Municipal, también se convirtió en habilitador. Su posición le facilitaba reclutar trabajadores indios para los cafetales. Se paraba en la calle y hablaba con los jóvenes: ¿Qué estás haciendo muchacho? Estás haraganeando en la calle. Estás perdiendo tu tiempo. No estás buscando un medio de vida, no estás buscando un empleo. Vayamos a la plantación, amigo mío. Veamos qué dicen que puedes hacer allá. Tendrás dinero en la plantación. Tendrás un patrón.

Muy bien, *decían los jóvenes, siguiendo insensatamente el consejo.*

Creían en tales palabras. Pero, el consejo del habilitador no era bueno. Quien lo escuchaba, se arriesgaba a morir en la plantación. Tal era el peligro.

VOZ I: LA HISTORIA

El Reglamento de Jornaleros se puso en vigor. Los colonos podían contratarse para vivir y trabajar en una plantación durante cuatro años consecutivos. Durante este tiempo no podían trabajar en otra parte y aún al término de los cuatro años no podían irse si no habían pagado todas sus deudas.

VOZ III: UN HOMBRE LLAMADO SHAS

No es verdad que beberás en la plantación..., *les decía el habilitador.* Nada de eso. Miren, sus madres alegan demasiado, sus padres regañan demasiado, *les decía.* En la plantación serán libres. *Los jóvenes lo escuchaban con interés y se entusiasmaban.*

VOZ I: LA HISTORIA

Los trabajadores debían llevar consigo una cartilla en que el patrón escribía el "debe" y el "haber". Los indios analfabetos no entendían lo que estaba escrito. Al hacerles contraer deudas mediante la venta de bebidas alcohólicas, este acuerdo se volvió particularmente abusivo. Había un gran número de cantinas cuyo propósito básico era obligar a los indios a contraer deudas para engancharlos. Muchos quedaban virtualmente esclavos de por vida y, a menudo, su esclavitud se extendía a sus hijos después de su muerte.

Arturo García, Secretario Municipal de Nebaj y habilitador de indios, viajó a tierras de la Costa para arreglar el asunto del tráfico de trabajadores y asegurar sus comisiones. Llevó consigo a Shas para dejarlo trabajando en una plantación. Recibió por él, su comisión respectiva.

VOZ III: UN HOMBRE LLAMADO SHAS

Mi patrono quería que yo trabajara para los finqueros en el corte de café en la Costa. Me ofreció ropas de ladino y me dio una carga ligera para el camino: una jaula de pájaros. Él quería que yo estuviera de buen humor... pero me sentía extraño y solitario en aquel poblado.

Al verme tan agobiado, un viejo trabajador de la planta-
ción me dijo: joven amigo mío, siembra tu milpa. Si no tienes
campos, debes alquilarlos. Hay campos que pertenecen a tus
hermanos ixiles. Vé y pídelos, porque la milpa es buena para
ti, porque la milpa tiene alma. No es como la plantación. La
plantación no es buena. ¿Qué pasa si nos enfermamos?
¿Quién vendrá a recogernos? ¡Queda tan lejos! Nos quedare-
mos aquí y moriremos. Aquí somos en verdad desgraciados...

Decidí volver a mi casa, después de tres días. Aún tenía
dinero del anticipo que me habían facilitado.

VOZ I: LA HISTORIA

Si un indio huía de una plantación, su patrón lo llevaba de vuelta y su deuda aumentaba por los costos
de la persecución. Muchos habilitados tenían la ten-
dencia de burlar a los hacendados escapando antes de
haber pagado su adeudo. El gobierno los consideraba
hombres viciosos y perseguidos de la justicia.

VOZ III: UN HOMBRE LLAMADO SHAS

Como el marido de mi madre había muerto, alquilé una
casita para que viviéramos. Mi madre se encargaba de la ropa
y de la comida. Yo alquilaba tierras para cultivar y mi madre
me decía: perdóname porque es culpa mía que no tengas nin-
guna tierra. Cuando murió tu padre, no pude reunir valor
para ir ante el alkaalte. Así que es por culpa mía que no tengas
propiedades. Sólo porque no tuve corazón para ir al juzgado,
por eso no tienes nada tuyo.

VOZ I: LA HISTORIA

Arturo García sabía que Shas se las debía: podía
perseguirlo por haberse fugado, meterlo preso o

regresarlo a la plantación por la fuerza. Pero él conocía bien a Shas y las limitaciones de su vida. El dinero nunca le alcanzaba pues no era fácil mantener a su madre y a sus dos hermanas... con tierras alquiladas. La milpa es una siembra miserable y no siempre agradecida. Sería sólo cuestión de tiempo para que de su propia voluntad volviera.

VOZ III: UN HOMBRE LLAMADO SHAS

Cuando no ya no tuve dinero para pagar las tierras, regresé a buscar a mi patrón el habilitador. Él me jaló para una plantación de café y completé treinta tareas sin regresar a mi pueblo. Todavía usaban el dinero de otros tiempos. Sólo un tustuun, sólo cuatro rial que el jefe nos pagaba en aquellos tiempos. Así vivía yo.

VOZ II: LOS PATRONOS CAFETALEROS

Innumerables quejas de los propietarios, dueños de cafetales, y fincas rústicas debido a los fraudes y mal desempeño de los jornaleros, tanto porque éstos se comprometen con diversos patrones y reciben de ellos salarios anticipados, sin ánimo de cumplir, como porque más del tiempo viven entregados a la embriaguez y el osio.

VOZ I: LA HISTORIA

Por decreto presidencial se exigió que el indígena no permaneciera ocioso. Si no trabajaba podía ser castigado por vagancia. Cada trabajador debía llevar una cartilla con su identificación y las anotaciones de los propietarios de las plantaciones, indicando el número de días trabajado en cada plantación.

VOZ III: UN HOMBRE LLAMADO SHAS

Yo sólo podía pensar en el jefe: siempre le pedía dinero prestado y lentamente la deuda aumentaba. Yo bebía mucho en aquellos tiempos, por lo que el ron se acostumbró mucho a mí. Pedí dinero al jefe, seguí bebiéndome el dinero porque ¿para qué otra cosa servía?

VOZ I: LA HISTORIA

También se instituyó que todos los hombres sanos de cuerpo trabajasen al menos dos semanas de cada año en los caminos públicos. Los que podían pagar dos quetzales (equivalente a dos dólares) quedaban exentos de este requerimiento laboral. Los ixiles no tenían dinero para pagar y no tuvieron más remedio que trabajar en los caminos.

VOZ II: LOS PATRONOS CAFICULTORES

Las continuas y crecientes exigencias hechas a la población indígena de parte de la agricultura (léase: de parte de los finqueros) para el trabajo en las fincas; de parte de los exportadores para el acarreo del café y de parte del gobierno, para la construcción de caminos, contribuyeron a que esa población se resistiera a trabajar, lo que se hizo sentir en las respectivas y cada vez mayores dificultades confrontadas por todas las empresas.

VOZ III: UN HOMBRE LLAMADO SHAS

Yo sólo podía pensar en el jefe: siempre le pedía dinero prestado y lentamente la deuda aumentaba. Yo bebía mucho en aquellos tiempos, por lo que el ron se acostumbró mucho a mí. Pedí dinero al jefe, seguí bebiéndome el dinero porque ¿para qué otra cosa servía?

VOZ I: LA HISTORIA

En la plantación, además de los malos tratos, el finquero solía imponer multas a sus trabajadores cuando dejaban de laborar un día, incluyendo los festivos. La jornada laboral se extendía hasta las ocho de la noche.

En la finca había una tienda y cuando los trabajadores adquirían un artículo, se anotaba su precio en un libro de cuentas. Allí estaban escritos sus nombres y el propietario de la plantación aprovechaba cualquier oportunidad para falsear las cifras anotadas. Las multas impuestas a los trabajadores y el fraude en las ventas contribuían a que el trabajador estuviera en deuda permanente.

VOZ III: UN HOMBRE LLAMADO SHAS

Seguí bebiéndome el dinero porque ¿para qué otra cosa servía?

VOZ II: LOS PATRONOS CAFICULTORES

El mozo que debe a su patrón y no sale al trabajo en días comunes, será castigado con trabajo público, a menos que esté enfermo o tenga licencia expresa del amo. Lo mismo será a los que sean recogidos ebrios. Estos castigos serán inconmutables y los jueces tendrán que notificarlos en el respectivo cuaderno del mozo, como también todos los demás castigos que se le puedan imponer por otros delitos.

VOZ I: LA HISTORIA

Se crearon las milicias urbanas con los finqueros más importantes, médicos, abogados y aquellos que se hallaban al frente de empresas mercantiles.

Todos fueron designados jefes de tropa de una supuesta "Guardia civil".

VOZ III: UN HOMBRE LLAMADO SHAS
Yo bebía mucho en aquellos tiempos, por lo que el ron se acostumbró mucho a mí. Seguí bebiéndome el dinero porque ¿para qué otra cosa servía?

VOZ I: LA HISTORIA
Los antiguos hacendados tenían la costumbre de castigar físicamente a sus trabajadores colocándoles en el cepo y en prisión cuando eran renuentes al trabajo, se fugaban de las haciendas o se insubordinaban.

VOZ II: LOS PATRONOS CAFICULTORES
El señor Corregidor advierte a los alcaldes indígenas que se les hará responsables de perseguir a todo aquel que pretenda sustraerse al trabajo y ocupaciones honrosas, y deberá capturar y remitir a los individuos que se fuguen de las haciendas, viniéndose con las habilitaciones recibidas, por el fraude en que incurren, en cuyo caso el fugo queda obligado a pagar los gastos que ocasionen su remisión. De no cumplir, tanto el fugo como él estarían sujetos a castigos físicos y a encarcelamiento.

VOZ III: UN HOMBRE LLAMADO SHAS
Yo sólo podía pensar en el jefe: siempre le pedía dinero prestado y lentamente la deuda aumentaba. Yo bebía mucho en aquellos tiempos, por lo que el ron se acostumbró mucho a mí. Pedí dinero al jefe, seguí bebiéndome el dinero porque ¿para qué otra cosa servía?

VOZ II: LOS PATRONOS CAFICULTORES

Cada Municipalidad dará orden a todos los amos, de presentar el apunte de todos sus dependientes: mozos, criados, oficiales, meseros, con la indicación de su pueblo natal y una observación si están habilitados o trabajan voluntariamente. Cada uno, recibirá un cuadernito en blanco con su nombre, su procedencia, y una nota indicando si debe a algún amo o no. Este cuaderno servirá como pasaporte y sin presentarlo no se podrá acomodar un individuo en ninguna parte. Si esto sucediese, ambos serán castigados severamente: el amo con una multa y el trabajador con trabajos públicos. Ningún dependiente podrá abandonar el servicio de su patrón sin consentimiento de este último, aunque devuelva la cantidad que debe, porque el dinero se le ha dado a cuenta de trabajo y no como préstamo, sin embargo habrán excepciones en caso de malos tratos u otras quejas legales y bien justificadas contra el amo.

VOZ III: UN HOMBRE LLAMADO SHAS

Llegué a la edad viril y busqué mujer. Encontré una esposa que estaba en mi mismo estado: también era pobre. A Taa, mi esposa, le gustaba el trabajo en la plantación. Nos gustaba beber juntos y con amigos.

Un día, el capataz se me acercó entre los árboles de café. Era el medio día. Me preguntó: ¿Qué te ha pasado?¿No reñiste con tu mujer? Se ha ido

El capataz me habló de lo que el jefe había dicho: ¿Va a dejar que ella se vaya, o debemos ir y detenerla? Es posible traerla de vuelta.

El capataz preguntó, ¿quieres dejarla ir? Si no, la traeremos de vuelta, el jefe nos dará caballos.

Muy bien, entonces, si me hacen el favor, traigámosla. No tuvimos una pelea. No sé por qué lo hizo, vayamos y traigámosla.

Pero no me sentía un hombre. Mi alma vagabundeaba. Tenía el corazón triste. Llegó la hora, fui a dejar mi café al rancho, y a ver al capataz.

Aquí estoy, ya vine.

El capataz me dijo: Las palabras del jefe fueron las siguientes: 'Vayan y si un hombre la sedujo, atrápalo, amárralo a la cola de un caballo y tráemelo inmediatamente; y lo mismo a la mujer: átala y tráela, y si pasa algo, si el hombre que se la llevó se vuelve contra ti, aquí está una pistola. Y no hay dificultad: simplemente dispárale. Es una orden. Y donde termines en la cárcel yo iré y daré la explicación. Yo iré a poner en libertad a mi trabajador'. Pero yo lo he estado pensando y me parece que no puede hacerse. El jefe tendrá la razón, porque es un hombre libre, pero en cuanto a ti, puedes acabar preso por causa de esto.

El capataz hizo que todo me pareciera inútil.

Olvídalo, señor, dije al capataz. Que se vaya. No tiene importancia para mí. Sólo sentiría vergüenza si la trajera de vuelta. Ella me repetiría: 'Tú corriste tras de mí'. No. Más vale olvidarla.

Respondí así porque había reflexionado. El capataz tenía razón: el jefe podía actuar así, pues era un hombre libre. Yo no era un hombre libre.

–A través de esa experiencia, Shas comprendió que no era libre. Lo había sabido siempre, pero en aquel momento, tocó una pared de la invisible prisión. *Así eran las cosas.* No importando cómo construyamos la realidad, una vez construida, aceptamos la normalidad de sus fundamentos, aunque impliquen locura.

–Pues sí... La cordura se mide por la conformidad a una visión del mundo. Y la insania por la desviación de esa visión... Considerar esto, hace pensar que, a veces, ¡es mejor estar locos!

VOZ II: LOS PATRONOS CAFETALEROS

Para mejorar la condición de los indios, se presentan dificultades casi insuperables, ya que viven conformes con su actual condición. Esta conformidad los mantiene en una inercia tan pasiva, que ninguna persuasión, ni aún la fuerza misma los saca de ella, todo su goce es la ebriedad, i en el embrutecimiento que ésta y sus costumbres rusticas los reducen, nada puede significar la civilización. Así es como rechazan la educación, único elemento que con el tiempo los sacaría de su presente estado.

Me tomo la libertad de indicar el remedio. Consiste en declarar que todo natural que sepa leer y escribir i la doctrina cristiana, sea reputado como ladino, quedando libre de los servicios i contribuciones que pesan sobre esta clase.

Esta idea nace de que se ha observado que desde que un indio sabe escribir trata de abandonar su traje, de adoptar las costumbres de los ladinos i de buscar la sociedad de estos, separándose gradualmente de los de su clase.

¿Y no que Guatemala no es racista, pues?

VOZ III: UN HOMBRE LLAMADO SHAS

Mi madre vino a trabajar a la plantación. Mi hermana menor se separó del hombre después de que él había pagado el dinero matrimonial a mi madre, supongo, y, desde luego, se había gastado el dinero. Para devolverlo, fue a prestarlo con el viejo Paa Sayi, dueño de la plantación. Para pagarle tuvo que venir a trabajar.

Realmente fue un milagro que nos encontráramos. Sólo tenía diez días de haber llegado, cuando murió infectada por la peste. Se enfermó como se enfermaban muchos de malaria y aquí se quedó, en la plantación Manantial. Por fortuna yo estaba con ella y pude enterrarla.

Cuando el alma iba a dejarla, mi madre susurró: Vayan y encuéntrenlo y así fueron a buscarme al cafetal.

He venido madre. ¿Cómo te sientes?

¿Qué puedo hacer? Me quedaré aquí, no podré regresar ya a nuestra tierra.

Morir en la plantación no era extraño. Había hambre y muchas pestes. Los niños morían como moscas. Pero, aún siendo tan común, ser enterrado lejos del hogar era un gran infortunio y tener conciencia de ello era muy triste.

Mil gracias a los dioses que tú puedas cuidarme y tu me enterrarás. Quemarás incienso, porque eso fue lo que hicieron tus antepasados. Dale una de mis faldas a tu hermana menor. Hay un paño y una tela para la cabeza con los que puede quedarse. No le digas nada de lo que te he dicho. Guarda estas palabras en tu cabeza. En cuanto a ti, no hay dificultad. Hoy eres pobre, pero los dioses te darán quedamente sus bendiciones y su gracia. Sin gran esfuerzo adquirirás sus bendiciones y su gracia.

Luego añadió: Puede ser que, sin que lo notes, aparezca tu lugar en la vida. Pero no te emborraches, no te eches deudas. Gracias por enterrarme. Y despierta, no te emborraches más.

En la celebración de los funerales habían amigos míos y muchos mirones. Con los trescientos pesos que me prestó el patrón enterré a mi madre. Allí se quedó. Yo pagué la deuda con mis tareas. Dejé de beber y volví al pueblo al fin.

Mientras caminaba de vuelta a mi tierra, recordé a tantos jóvenes entusiasmados por ganar dinero en la plantación. Pero

157

estaban equivocados, porque seguro la plantación es perdición.

Ahora yo podía darles un buen consejo: morimos en nuestro pueblo natal. No salgas al camino. Así les hubiera yo dicho. No hagas tonterías. Compra algo de tierra. Serás dueño de tu vida. No vayas nunca a la plantación".

VOZ I: LA HISTORIA

En 1944 quedaron abolidas tanto la ley contra la vagancia cuanto el decreto de trabajar en los caminos. Las vidas de los ixiles habían estado constreñidas durante siglos por una larga serie de acuerdos políticos explotadores. Por lo que concierne a la vida de Shas, la situación política que más le afectó fue el donativo de su propio trabajo. Ello le negó la oportunidad de aprovechar muchos años de su vida en libertad.

VOZ III: UN HOMBRE LLAMADO SHAS

Todo ese tiempo quedó atrás en mi memoria. Años después, un anciano me dijo: tienes salud, comes y bebes bien. Es porque tu modo de vida es correcto. Si fueras malo, ¿dónde estarías? *Y yo le respondí: Estaría en la plantación o... peor aún, en la ciudad con los ladinos.*

Cambio de paradigma: que un campesino indígena pueda dialogar con un ladino urbano. Que ambos se comprendan. Que de esa comprensión nazca la posibilidad de la amistad... Y, del amor. En otras palabras: romper con las prohibiciones implícitas en una sociedad racista.

XXXI

Una historia me encandiló cuando era joven: cinco poetas reunidos para hacer una lectura libre en la galería *Six*, de San Francisco. *Howl*, el poema de Ginsberg electrificó a la audiencia. Uno de los poetas que lo acompañaban dijo de esta lectura: "una voz humana fue lanzada como una roca contra la dura pared de América, sus ejércitos, sus academias e instituciones, sistema de propiedad y todas las bases que sustentan su poder".

Vi las mejores mentes de mi generación destruidas por la locura,
Hambrientas, histéricas, desnudas,
Arrastrándose al amanecer por las calles de un barrio negro,
buscando un pinchazo rabioso que los aliviara.

En una curiosa conexión de mi mente, el poema de Ginsberg me hace pensar en el testimonio de Shas. Explotación. El racismo es parte de un esquema. Reducir al otro a ser nadie. Eso justifica la explotación, convierte al inconverso.

En la plantación Shas se perdió a sí mismo. La locura del planteamiento explotador lo sumió en la adicción al alcohol y quiso destruirlo. Supo lo que significa no ser libre por la arbitraria decisión de unos engranajes abstractos manejados por vientres anónimos o con rostro, en todo caso pletóricos de gula. Su madre murió, como muchos otros trabajadores, por las pestes que asolaban esos lugares. Su muerte fue irrelevante. Ella también era *nadie*. Ginsberg lanzó su majestuoso alarido para gente como ellos.

Generaciones destruidas por la locura, hambrientas, histéricas, desnudas...

Escribí esta parte de mi narración a tres voces, porque comprendí que el racismo funciona así. Quienes ven en el otro sólo a un objeto de explotación, no ven la realidad. Su voz se convierte en un discurso ciego. El otro es un misterio insondable que simplemente no es lo que *debería* ser, no hace lo que *debería* hacer. Para los explotadores la existencia del otro perturba.

La voz del explotado también habla. Lo hace desde su propio deseo y eso inquieta. El deseo es peligroso. Por eso hay que acallarlo, ningunearlo, negarlo. No se debe permitir su expansión. Al explotado hay que explicarle que el deseo es para él un privilegio inalcanzable.

Finalmente la voz de la Historia. La Historia es un cómplice que acude con regularidad a los intereses del poder. En su seno, se amolda y modifica. Se somete, como un charco de agua sucia, al pequeño agujero de la conveniencia.

¡Claro! ¿Cuándo han escrito la Historia los explotados?

El rey Minos mandó construir un laberinto de altas paredes para esconder al Minotauro, símbolo de una perversión. Así, sobre la realidad, los poderosos construyen altos muros para ocultar infinitos minotauros y estas edificaciones se convierten en casas de muerte.

Sí... había escrito esta parte de mi narración a tres voces y ahora tenía la tentación de añadir estrofas del poema de Ginsberg. Esta parte de mi guión sería un canto terrible, un canto capaz de provocar una epifanía. Me dominaba un exacerbado entusiasmo.

Ginsberg y Shas eran ahora una única y profética voz. El poeta lanza una roca hecha de palabras al muro de nuestras aberraciones; el hombre común y corriente lanza el testimonio de su propia vida. El poema de Ginsberg es épico. El viaje de Shas a la plantación es épico. Un pasaje por el infierno.

Ginsberg escribió *Howl* para los aprisionados en los engranajes del sistema. Estar colonizados, permitir la explotación, económica o de la conciencia, da igual. Todos sometidos, pero con la misma posibilidad de despertar y gritar ¡basta!

Enjuiciaron a Ginsberg por su poema, utilizando un subterfugio cobarde: las palabras obscenas que proliferan en él.

Shas había pasado de ser un tipo amable a mis ojos para convertirse en un maestro puesto allí por el destino para educarme. Y ahora, yo debía trasladar su enseñanza.

La explotación de Shas y de los demás trabajadores en la plantaciones de café en Guatemala, me hizo entender que siempre se necesita de alguien que lance un terrible alarido, capaz de romper la apariencia rígida de "las cosas tal y como son". Si no ponemos empeño en ello, no importa lo que hagamos, no será nada que valga la pena el esfuerzo.

¿Y recién te das cuenta? Estuviste enamorado de la rebeldía hippie, de las experimentaciones con psicotrópicos, de gente comprometida con su tiempo como Ginsberg, pero no pudiste ver lo que pasaba en tus narices. Cuando eras joven, Guatemala se debatía en un conflicto sangriento y perverso. ¿No era entonces tiempo de estar presente? ¿O, quizá resulta más cómodo aplaudir a los que pelean luchas que te son ajenas? ¿O ser un rebelde tardío que aparece cuando terminan los balazos? Los cadáveres en las fosas se convirtieron primero en un puñado de huesos y luego en un puñado de ceniza.

XXXII

Avanzábamos lento con la ronda de lectura de nuestros guiones. No dejaba de asombrarme cómo cada uno iba hilvanando en sus historias cuestiones de su propia experiencia vital que les urgía explorar.

Grete inundaba la clase con su poderosa sensualidad oscura que tenía que ver con el abuso y el poder. Su personaje era increíble: un adolescente de quien habían abusado todos los vecinos de un barrio de suburbio. El chico se había suicidado y su madre, ignorante del escabroso secreto, trataba de armar el rompecabezas. La vida de su hijo era un territorio misterioso del cual se descubría extranjera. Los detalles que Grete incluía en su narración hacían del relato algo muy perturbador. Como si nos hablara un *insider* de los barrios bajos de la perversión. Como si escuchar su historia nos permitiera atisbar en una íntima, desesperada y obscena confesión.

El héroe del guión de Johann era un ser dotado de una crueldad irrestricta que él jamás podría alcanzar. Afeminado hasta los tuétanos, dulce como un pastel, a través de este siniestro asesino, Johann vivía una masculinidad desafiante y tortuosa que lo apasionaba y aterrorizaba al mismo tiempo. Su relato era ridículo de una manera deliciosa. Los impulsos aniquiladores de un hombre fuerte, desde la mirada de un delicado ser. Curiosamente, el guión estaba resultando un éxito, mas no en el sentido que él lo había pensado. Se había convertido en una curiosa caricatura de *thriller*, con un humor ingenuo que resultaba irresistible.

A través de su fiesta desbocada Mark, el canadiense, estaba logrando una preciosa metáfora de la vida dentro de un ambiente tan banal como el de una fiesta incontrolable. Yo estaba fascinado, pues siempre me causó gran admiración esta capacidad de resumir en una compleja alegoría, el sentido simbólico de la realidad. Sin tanta palabra, sin tanto argumento. La más pura relación entre la imagen y su capacidad de evocación. Poesía pura.

En cuanto a la mujer oriental Yul Mai, a quien habíamos perdido de vista, un día de tantos se presentó de nuevo. Su historia me pareció excepcional: las peripecias de un detective chino, dedicado a buscar niños robados. Detrás del argumento principal, se trataba el extenso tráfico de personas que existe en ese país. La historia era apasionante, a pesar del pobre inglés de Yul Mai, que trastrabillaba entre las palabras y, frecuentemente, debíamos adivinar lo que quería decir.

En cuanto a mi propio guión, Adam no terminaba de entender mi obcecación por romper las reglas de la rígida estructura de tres actos. Una secuencia de cine a tres voces, como si se tratara de una obra operática, de un desvarío poético o una representación de teatro de vanguardia, no funcionaría en lenguaje cinematográfico, repetía. "Resulta demasiado... literario", decía Johann. "Teatral", añadía Mark. "El cine no es argumentativo", opinaba Rodolfo. Kate se engolosinaba con mis palabras o con el trágico mundo que traían a escena y repetía *Its quite beautiful*.

En todo caso, parecía que el formato de mi obra causaba escozor y yo no estaba dispuesto a ceder. Al salir de la

Academia, eludí acompañar a mis amigos a cenar como era la costumbre. En lugar de eso, me despedí de ellos e invité a Yul Mai a tomar una cerveza. Al principio estaba muy tímida y hablamos de cosas banales. Luego, pasamos al relato de nuestras vidas y del mundo que cada uno de nosotros traía en la cabeza. Sin que yo pudiera prever que se rasgaría el velo de distancia entre los dos, ella dijo:

"A los dieciséis años quedé embarazada. A esa edad, la ley en mi país no permite a las mujeres casarse o tener hijos. Supe que mi hijo nacería bajo una maldición y que, para que pudiera sobrevivir, tendría que esconderlo. Tenía mucho miedo. Cuando nació, un traficante lo robó con la ayuda de mi madre". Me miró con una sonrisa triste en los ojos. "Ella no es mala. Sé que creyó que me hacía un bien. Busqué a mi hijo, pero no pude hallarlo. Escuché hablar de un detective privado. Él hacía las investigaciones que el gobierno dejaba de hacer y había recuperado a muchos niños robados. Le escribí varias cartas. Esperé por años su respuesta y nunca llegó. Quizá fue como dijo mi madre: el dinero lo mueve todo. Yo no podía pagarle. El destino fue cruel conmigo. Solo tenía a mi hijo y lo perdí".

Se quedó pensando un rato. "Todo habría sido diferente si ese detective hubiera querido encontrarlo. Pero, no es tarde. ¿Qué pasaría si lo encontrara ahora? Tiene apenas diez años. Todavía necesita una madre".

El aire triste de Yul Mai cambió. Ahora su conversación giró hacia los detalles de su guión. En él, ella resolvía la frustración que torturaba su mente sin descanso: encontraba al detective por sorprendentes giros del azar. El detective resultaba un hombre dotado de una fina inteligencia y terribles contactos con la gente más oscura. Juntos trabajaban sin descanso por recuperar al niño, hasta que regresaba ileso a su hogar.

Podía ver a Yul Mai caminar por los intersticios de su narración. Con cada viraje su rostro se iluminaba, como si los esfuerzos que haría escribiéndolo, sirvieran para cambiar la adversidad que había lapidado su deseo.

El canal de intimidad que habíamos abierto, se cerró. Yul Mai se tornó tímida otra vez y volvimos a la conversación de cortesía. Ella me explicó que alternaba su apasionada ensoñación de escribir esa historia, con los requerimientos básicos de su vida: administraba un salón de masajes en Chinatown.

"Gracias por escucharme", dijo al despedirnos. Su mano salió del bolsillo del saco que la abrigaba y me extendió un papel. Era un cupón para un masaje gratuito en el salón donde trabajaba.

"Ven, algún día... yo también podría ayudarte a liberar tu dolor".

XXXIII

CUARTA SECUENCIA: La vida en Mala

Las siguientes páginas describen el mejor tiempo en la vida de Shas K´ow. Logró salir del infinito círculo de dependencia en las plantaciones de café, pagó todas sus deudas. Consiguió una patrona que le pagaba buen salario por cuidar su ganado y también le había entregado unas tierras para cultivar.

An' era mi mujer entonces. Encontramos a una viuda muy rica. Quizá tenía cien cabezas de ganado en el corral, campos de café (quizá cien cuerdas de café) y los cultivé para ella. Terminado el trabajo, llegó a cien tareas. Terminé a tiempo, porque era joven y ágil y me sentí libre para haraganear un poco.

La patrona notó que yo tenía buen carácter. Me sacó del trabajo duro y sólo tuve que cuidar el ganado. Me pagaban cada dos semanas. Dinero en efectivo. Después ella me dio tierras, un lugar para mi milpa.

Pasé cinco años en Mala. Me dije a mí mismo, no volveré a nuestra aldea. Me he apartado del lugar y como aquí tengo mi comida y mi salario no necesito nada. Entonces, le dije a mi mujer: "más vale que no volvamos a nuestro pueblo, porque, ¿qué haríamos allí? Allá no hay nada para nosotros. No tenemos casa, no tenemos tierra, yo no tengo madre, tú no tienes madre, ni padre y estaremos tristes. Al menos somos iguales: la tierra no es tuya, ni mía. Quedémonos aquí hasta morir.

XXXIV

El sábado, la represa que había construido con mi impulso creativo cedió ante la fuerza del deseo. No había sabido nada de Toni en varios días y un par de visitas al hospital habían rendido el mismo resultado frustrante: ella no estaba y Ángela continuaba aislada de las visitas por la gravedad de su estado.

Al levantarme, no corrí a prepararme el café cotidiano, no encendí la computadora para empezar a escribir, ni releí incansable y neuróticamente lo escrito, como había hecho cada uno de los otros días.

En lugar de eso, me vestí sin bañarme y salí a la calle. Hacía frío y la lluvia amenazaba con enfriar más el ambiente, así que subí mi bufanda hasta las orejas y me puse una felpuda gorra con la cual mi rostro adquirió un aspecto abominable que veía retratarse una y otra vez en las vitrinas que pasaban con urgencia a mis costados.

Tenía una ansiedad insoportable. Sudaba helado y mi corazón no dejaba de latir. Seguramente en nada habían ayudado la centena de cigarrillos que había fumado en las últimas veinticuatro horas. Quería verla. El inmenso espacio vacío que implicaba su ausencia me daba terror. No quería olvidarla y, más importante todavía, no quería que ella se olvidara de mí.

La ansiedad es la principal asesina del amor, recordé la célebre frase de Anaïs Nin. Tenía razón. El pánico hace que los amantes se conviertan en náufragos capaces de ahogar al otro en su intento por salvarse. Me vi a mí mismo manoteando en medio de un mar confuso y lóbrego, deseando aferrarme a su cuerpo salvador.

Escribir había sido mi asidero los días pasados, pero el agujero negro se abrió esta madrugada de nuevo y de adentro salió una cabeza terrible de dragón. Si puedo hacer algo para evitar el miedo y el sufrimiento, lo haré. Voy a buscarla.

Una parte de mí se reía a carcajadas de mis sentimientos exacerbados y de mis exageradas pretensiones. ¿Qué podría ella recordar de un intruso/inquilino que nunca había significado nada en ese espacio de tiempo y circunstancias que eran su vida?

Su vida. Dejar una impresión sobre la dúctil superficie de *su vida,* era fundamental para mí. Ella era el pretexto, la encarnación, el alivio. Algo muy escondido en mí buscaba resolverse en ella, con ella. Pero, para eso tendría que alcanzarla.

–¿Otra vez con esa necedad?

– *Sí, otra vez.*

Llegué al New York-Presbyterian Hospital y pregunté, como otras veces, por Ángela. La recepcionista me sonrió, reconociendo mi rostro. A estas alturas creía plenamente que yo tenía un estrecho vínculo familiar con la chica. Esta vez fue muy amable y abundó en explicaciones. Ángela había despertado y accedió a comer un yogurt. Eran buenas noticias, porque ya no tendrían que alimentarla por la vía intravenosa. Tenía restringidas las visitas pues estaba muy débil, así que no podría verla, pero si venía la próxima semana...

La interrumpí para preguntar por Toni. ¿Estaba ella aquí?

"Estuvo aquí los dos últimos días, dijo la enfermera. La pobre durmió en la silla, *right beside the kid...* No se veía bien esta mañana. Parecía cansada. Dijo que necesitaba una ducha y cambiarse de ropa.

"¿Hace cuánto se marchó?"

"Quizá hará una media hora".

Media hora. ¿Qué estúpido detalle me atrasó lo suficiente para que no pudiéramos encontrarnos? ¿Cuál es el juego del azar que me obstaculiza? Si me topo en las calles con mil personas que no me interesan, ¿por qué la presencia suya (la única importante) se torna elusiva? El destino ponía a mi disposición muchas cosas. Todas eran materia inútil...

Odié la literatura y mis afanes creativos. Habían sido la causa de que se apaciguara una urgencia interior cuyo impulso podría haberme ayudado a encontrarla. En lugar de ello, opte por medicarme con el *alivio creativo*. Un error imperdonable. La vida, palpitante y actual, es más importante que la literatura.

–¿Otra vez la culpa? ¡Hombre! Te podrías ir liberando ya de ella, ¿no te parece?

–No lo veo así. Es más... no lo veo

De mi confusión salió una luz. Si Toni necesitaba cambiarse de ropa y tomar una ducha, el apartamento sería el lugar para ello. Seguramente mientras yo cavilaba ella ya estaría allí.

Salí del hospital y corrí hasta la estación. El mínimo retraso del metro me dejó exhausto. No podía con los nervios. El par de trasbordos los hice subiendo graderíos corriendo a toda prisa. A esta hora las estaciones ya estaban repletas de los paseantes sabatinos. Pocos comprendían mi absurda necesidad de correr un día de asueto en el que la mayoría disfruta de la parsimonia liberadora del fin de semana.

Las cinco cuadras que faltaban desde la estación hasta el apartamento las hice volando. Las calles corrían a mis costados, empujándome como sirenas benévolas que deseaban mi feliz arribo a donde ella estaba.

Abrí la puerta del apartamento y, de inmediato, sentí su suave perfume saliendo del baño. Sí, se había duchado hacía poco. El aire estaba caliente todavía. Dejé correr el agua de la regadera sobre mi mano y pensé que, hacía solo unos momentos, se había deslizado sobre su cuerpo desnudo. Me sentí invadido por su intimidad. El deseo se volvió insoportable.

Sobre la cama estaba, revuelta, la ropa que se había quitado y un maletín abierto. Cerca del teléfono, había dejado un pequeño papel con un número de teléfono. Una pista. Lo tomé en mis manos para examinarlo, como si pudiera decirme algo más que el número garabateado con prisa. Iba a llamar pero me detuve. ¿Qué estaba haciendo?

Quise relajarme: habría salido a comprar algo cerca y seguramente volvería. No había nada para comer en la casa. Quizá querría descansar, comer tranquila, hacer un poco de estancia hogareña.

Sabía que me engañaba. Desde que ocupaba este apartamento, lo único que había visto hacer a Toni en la cocina había sido preparar café y, por supuesto, el café abundaba.

Un minuto cedió al otro y al siguiente, hasta que pasaron treinta lentos y tediosos. No pude resistir más. Me acerqué al teléfono y marqué el número escrito en el papel.

"*Pier 57*", contestó la voz del otro lado de la línea.

"Perdone, tengo una llamada perdida de este número en mi celular... ¿Podría decirme dónde es allí?"

"*I already told you sir... Pier 57*".

"*And, that is?...*"

"*The restaurant, of course, how can I help you?*"

"*Is Toni there?*"

"*Toni?*"

"Lacrosse, Toni Lacrosse".

"*Not until 6 p.m. No cover charge for the show if you have dinner. Would you like a reservation?*"

"No", respondí con sequedad y colgué.

Me tomó unos segundos absorber la información. Según había dicho su hermana, Toni se ganaba la vida cantando en bares y restaurantes. Ella cantaría a las seis en ese local. Y yo había respondido que no quería una reservación. Mis nervios me traicionaban.

Volví a llamar y reservé una mesa. Iría esta tarde a encontrarme con Toni. Esperaría lo que fuera necesario para hablarle. Mi desesperación encontró en ello un poderoso calmante, pero mi ansiedad se triplicó. Tenía la enorme expectativa de verla y no quería una decepción.

XXXV

Antes de las seis llegué al puerto de Manhattan. Me acerqué al muelle 57, lugar conocido por sus restaurantes de mariscos frescos que llegan todos los días de los botes que pescan en la bahía.

Era un sábado por la tarde y el muelle estaba lleno de gente. Improvisados espectáculos callejeros, ventas diversas, daban al lugar un aire de feria. La gente aprovechaba el buen tiempo otoñal para vagar por la ciudad y divertirse, liberados del agudo calor veraniego y todavía lejos del frío invernal.

Me arreglé lo mejor que pude: recién afeitado, tenía puesta la única chaqueta formal que había traído a NY y una camisa de vestir nueva. Me alentaba la promesa que significaba tener a Toni en mis manos, como una mariposa prendida de un alfiler. Ella no faltaría a su cita y yo estaría allí esperándola. Me sentía fresco y poderoso.

Al llegar al *Pier 57, Lounge and Restaurant,* vi mi rostro reflejado en la enorme vidriera que permitía una preciosa vista al mar. No creí que me viera tan viejo. Por dentro era otra cosa: el hombre joven y enamorado que una vez fui estaba intacto. Toda mi certidumbre quiso desplomarse. ¿Cómo podía empeñarme en esto? La gente dentro intercambiaba risas y conversación. El viejo que en realidad era yo entraría y se sentaría solo. De pronto, todo lo que estaba haciendo me parecía ridículo. Estar aquí y tener un cúmulo de estúpidas pretensiones: venir a NY dejando atrás mis verdaderas obligaciones, mi deseo de escribir una gran historia, enamorar a una mujer que no sabía que yo existía... ¿Había perdido el sentido de la realidad?

La certeza que me había impulsado a venir se desplomó. Debía salir huyendo ahora, regresar a mi casa en Guatemala. Allá envejecería en paz, en medio de mi gente, resignado a mis posibilidades.

La pequeñez de esa imagen me pareció aterradora y, por eso, entré. Pedí mi mesa aparentando total confianza y ordené un whisky doble.

Cerca de las seis y media, las luces se difuminaron y las velas en cada mesa adquirieron un mágico fulgor. El diminuto escenario se iluminó y allí estaba ella. El maquillaje y obvio arreglo no podían esconder su cansancio. Noté que estaba nerviosa. Parecía un edificio a punto de derrumbarse. Su voz vaciló cuando empezó a cantar *Hard Times*, de Ray Charles acompañada de un diestro pianista. Parecía distraída, como si apenas recordara la letra de la nostálgica canción. Cerró los ojos, y noté su esfuerzo para meterse en la música.

Pero llegó el momento en que desapareció. Como un águila, poderosa y vital, Toni planeaba ya en las alturas. *All my roads lead to you...* ahora cantaba *Georgia* y esa frase se clavaba como un aguijón en mis entrañas: en este momento de mi vida, todos los caminos parecían llevarme con absurda persistencia hacia ella.

Allá, lejana, absorta en la música, Toni era magia pura, sensual, cálida, descarnada y móvil. *Learning the blues...* Yo estaba anonadado. No podía amarla más: lo que su ausencia me había inyectado de vacilación, lo exorcizaba su presencia. *Summertime...* Ella era lo que mi intuición había adivinado.

El concierto terminó y la gente se levantó entusiasmada para aplaudir de pie. Querían más. Pero Toni ya no salió a escena. El entusiasmo se fue diluyendo y el salón se llenó con el murmullo de la conversación. Llamé a la mesera y pedí la cuenta. Al pagar, quise darle una buena propina para que me condujera hasta el camerino de Toni.

"Are you kidding?", exclamó. "*That old hag!* No permite que nadie se le acerque".

Yo no me dejé amilanar. Busqué por mi cuenta el camerino, me acerqué y toqué fuerte. Pero la puerta quedó muda. Mi insistencia solo sirvió para llamar la atención de un empleado del restaurante que se acercó.

" Los clientes no pueden estar aquí. Por favor, salga".

"Debo hablar con Toni... tenemos un asunto pendiente".

"Mrs. Lacrosse acaba de irse. El camerino tiene una puerta a la calle".

Pude divisar a Toni caminando con prisa a lo largo del muelle. Corrí para alcanzarla.

La tomé por el brazo y ella me volteó a ver, sorprendida.

"Hola... ¿viniste a verme? Espero que haya valido la pena. Como te habrás percatado, no estoy en mi mejor momento".

"Hace tiempo que nada me hacía sentir tan dichoso. Gracias..."

"Bueno, me alegro". Un momento de embarazoso silencio cayó como un paracaidista en medio de nosotros. "Que la pases bien...", dijo al cabo de un momento, se soltó de mi brazo y se apresuró a seguir caminando.

"Toni", grité. Ella volteó. "Déjame invitarte a un trago... para conversar. Me gustaría..."

Miró su reloj. "Es temprano... De acuerdo, me caería bien un trago. ¿Adónde vamos?"

Justo enfrente de nosotros había una cabina donde vendían boletos para un paseo nocturno en barco sobre la bahía. Según el anuncio, el barco llegaba hasta la Estatua de la Libertad. Dos horas de travesía. La idea era brillante. Tendría a Toni todo ese tiempo conmigo, sin posibilidad de escape.

"Qué tal si subimos al barco. Podremos ver las luces de Manhattan. ¿Te seduce?"

"*Are you kidding*? Es una trampa para turistas. *But then, you are a tourist. Ok...* Hacer algo tonto, no me parece mal... si tú lo pagas".

Un incontrolable entusiasmo se expandió en mí. El ser elusivo y fantasmal que me había atormentado en los últimos días era ahora de carne y hueso, y... estaba conmigo.

Al nomás entrar a la embarcación vimos el bar. Los boletos incluían unos dudosos cócteles: margaritas color rosa, mojitos y daikirís de un verde fulgurante. Tragos de la peor calaña. Pero podríamos tomar todos los que quisiéramos. Yo opté por una cerveza que había que pagar aparte. Toni no vio con malos ojos los mojitos y tomó un vaso sin comentarios. Acto seguido subimos a la terraza para ver el panorama.

Ni bien nos habíamos acomodado, alabé a Toni por su voz.

Ella sonrió con tristeza y dijo con un tono de nostalgia.

"Ojalá me hubieras escuchado cantar entonces... *I had a golden touch*. La fama llegó a mi regazo como un gatito buscando caricias. Había giras y espectáculos. Todos querían escucharme, acercarse, tocarme. El fervor de tanta gente hacía que me sintiera como una santa, dorada e inalcanzable. La gente parecía creer que acercarse a mi aureola luminosa haría el milagro. Lo mejor eran los conciertos: la energía de la multitud frente a ti es poderosa. Nada mejor que eso para embriagarte... y perder contacto con la realidad".

Buscó un cigarrillo y lo encendió. "Creí que una vez llegabas a la cima era para siempre. Pero nada escapa tan pronto como la fama. Es como la espuma que llega con las olas. Te cubre con suavidad, te colma y, cuando menos lo esperas, se retira sin que puedas frenar su huida. Entonces comprendes la crueldad de las cosas... Te preguntas, ¿qué hice para merecer toda esa mierda? Si no fuera porque necesito la plata, no volvería a cantar en público. Son todos unos buitres". Tomó varios tragos de un tirón.

"Y, ¿por qué?"

"¿Por qué?"

"Sí...¿Por qué la caída?"

"Él murió. Eso fue lo que pasó..." Rió sin ganas y me di cuenta de que estaba empezando a emborracharse. "En consecuencia, todo se fue derecho al infierno". Después de una breve vacilación continuó su relato. "¿Has visto en el circo a los trapecistas? Hacen malabarismos en el aire y, a pesar de la altura, a pesar de lo osado de sus movimientos, no tienen temor. *But here's the trick...* abajo hay una red que los resguarda. Una caída al abismo y el largo brazo de la red *will snatch them from death.* Los trapecistas saben eso. Bobby era esta extensa red". Silencio. "Cuando murió, me invadió el terror. No podía salir al escenario. Nadie esperó a que pudiera recuperarme. Vinieron las demandas, la ruptura de los contratos. Todo desapareció como por encanto: fama, dinero, amigos... todo. Me hundí más rápido que el Titanic". Se rió de sí misma con amargura.

"¿Bobby?"

"Era mi marido".

Largo silencio. "Luego, vino lo de Ángela..."

Su rostro se distorsionó con un sentimiento sombrío.

"Está empeñada en destruirme", la rabia encendió sus pupilas. "Y, ¿sabes qué? lo va a lograr... No sé cómo defenderme de ella... Después de todo, es mi hija, ¿no?"

Después de un silencio incómodo, la invité a que bajáramos a servirnos otro trago. Cuando volvimos a la terraza, le conté sobre mi trabajo en la Academia, procurando ridiculizar a mis compañeros para hacerla reír. Tomamos, con el placer de dos paladares adormecidos, varios mojitos demasiado dulces. La borrachera nos golpeó de repente. Los edificios de Manhattan empezaron a pasar frente a nuestros ojos como enormes panales con sus minúsculas celdas llenas de miel encendida. Se movían sobre el agua como islas luminosas. Alucinadas, mágicas, islas. Una tras otra, surcando el mar nocturno, como embarcaciones festivas salidas de un cuento de hadas.

Pasé mi brazo alrededor de su cintura. Ella no me rechazó. Mi mano sobre su cadera lanzó a navegar un deseo vago sobre su cuerpo. Barquito de papel que vacilaba sobre el poderoso mar. Su presencia era oxígeno vital. No tenía palabras para describir eso: su presencia.

Entendí por qué no es posible hallar la razón del impulso seductor que nos empuja a una persona. Era algo simple, o quizá demasiado complejo para poner en palabras. La presencia no se puede explicar.

Cuando bajamos por la siguiente ronda de tragos, me fijé en la pista de baile. Un grupo de amigos, negros todos, bailaban de una manera sexual y desfachatada.

"*They are literally fucking...*", dijo Toni divertida.

"¿Quieres bailar?"

"Mejor saca a esa chica". Señaló a una bella mujer de

largas piernas huesudas y el cabello alisado, pintado de rubio. La muchacha bailaba con un muchacho atlético que tenía la destreza de un maestro de danza. La música cambió de tono. Ahora era una sinuosa canción romántica. *I'm longing for your touch...*

Desobedecí la orden de Toni. Tomé su mano para llevarla a la pista. Las sensaciones se mezclaban. Su cuerpo cálido, tan físico, tan abierto. La blanca piel de su nuca. Podía ver en detalle los diminutos vellos rubios que erizaban la ondulante colina que reposaba sobre mi hombro.

La corporeidad de Toni. Su olor. Lo etéreo se volvía carne, respiración, tibieza. Había algo en esta encarnación que era confuso y perturbador.

Felipe recuerda algo que le sucedió cuando era niño: un pájaro había caído en la terraza. Estaba lastimado. Al tomarlo sintió entre sus manos el cuerpo palpitante. Este pájaro tembloroso era real de una manera que nunca lo habían sido los cientos que había visto volar. Felipe se asustó y lo abandonó en el suelo. La vida era demasiado poderosa. El perro salió entonces de la casa. Felipe lo quiso detener, pero lo mordió y tuvo que soltarlo. No apartó la vista mientras el perro destrozaba al pájaro. La vida era demasiado frágil. Y ... dolía.

Quería llorar, estaba ebrio.

Intenté decirle algo. Comunicarle la tremenda conmoción que me causaba la experiencia física de tenerla entre mis brazos. Pero sus ojos se cruzaron en mi campo visual. Parecía un cíclope de cuyo único ojo emanaba un torrente azul profundo que quería arrastrarme. Me dio pánico. Le dije que no podíamos seguir de pie, intentando mantener el equilibrio en un barco bamboleante.

Ella estuvo de acuerdo.

"*Lets get out of here*" dijo, cuando el altavoz anunció la primera parada: Brooklyn. Obviamente no era la nuestra, pero nos dio igual.

Tambaleándonos, bajamos del barco. El golpe de aire frío bajó la intensidad de mi borrachera. Nos acercamos a un callejón y llevé a Toni suavemente contra la pared. Iba a besarla. Pero al acercarme a su cuerpo, el urgente deseo cedió a la invasión de una inclemente ternura. Rocé apenas sus labios con mis dedos. Quería decirle... Ella tomó mi mano y la hizo subir por su muslo, dirigiéndola hacia su pubis. Entendí que prefería apartar la ternura. Su gesto crudo me excitó. Intenté deshacerme de su ropa interior. Sentí su mano desabrochar el botón de mi pantalón. Mientras su boca se abría para permitirme pasar, ella se abandonaba al viaje de mis manos y yo sabía que me dejaría penetrarla aquí y ahora, en el presente absoluto que como una burbuja nos aislaba.

Una voz terrible se impuso desde otro mundo.

"*What do you think youre doing?*"

Era un viejo borracho.

"*Move right out of there!*", ordenó. "Mejor se buscan un cuarto... la calle no está para que se echen un polvo a la vista de la gente decente", dijo con desprecio.

Toni pareció despertar de un sueño.

Alisó su falda y se pasó la mano por el rostro, apartando las hebras de su cabello desordenado. Entonces reaccionó.

"*Fascist pig!*" gritó rabiosa, "*Damn you bastard... All we needed was a righteous citizen to mess everything up...*" murmuraba. "*Damn fool!*" Volvió a gritar, pero el hombre ya caminaba en otra dirección, ajeno a nuestra presencia. Nos alejamos de allí. Caminamos en silencio hasta un pequeño parque aledaño. Las bancas esperaban, heladas, como las luces de Manhattan que brillaban en la otra orilla. La luna era un ojo abierto sobre la ciudad que naufragaba como un diamante que se hunde en aguas oscuras.

Yo quería que conversáramos. Pero ella no seguía el hilo. Parecía desinteresada y ausente. Al rato, empezó a hablar como si lo hiciera para sí misma. "Qué lejos está El Hoyo donde nací".

Me reí pensando que era una broma.

"¿De qué te ríes? El Hoyo es un pueblo en Louisiana. Un lugar cruel. Las tormentas llegan cada verano, envolviéndolo todo y no puedes hacer nada más que sentarte a escuchar su infernal ruido. El río inunda las calles, las casas. Y luego se retira, dejando atrás una calma silenciosa, llena de muerte, lodo y mosquitos".

"Justo cuando crees que no puedes odiarlo más, la corriente se llena de vida: cangrejos y camarones. Enormes peces y lagartos. Los pescadores se vuelven locos. Regresan por las noches con las barcas llenas y la fiesta no termina hasta que amanece. Nadie piensa ya en la tormenta, ni en los muertos que el río sepultó en sus aguas turbias".

"Mi padre amaba ese lugar. Cuando llegaban las tormentas, ¡no tengas miedo! gritaba con desaforado entusiasmo, mientras yo me escondía bajo la cama. Él salía desnudo a desafiar los truenos como un pequeño dios enloquecido".

Ella ríe al recordar a su padre.

"Sí, mi padre amaba ese lugar. Bueno, era lógico. Nunca conoció ningún otro. Antes de morir me hizo prometer que nunca me iría de allí y ya ves... no cumplí la promesa".

Encendió un cigarrillo y fumó un rato en silencio.

"Escapé de casa una vez, continuó. Quería buscar a mi madre. Convencí a Hellen, mi hermana mayor, de que me acompañara. Nos lanzamos al río a nadar por nuestra cuenta. Era inmenso y a nadie se le ocurría atravesarlo a nado. Pero yo tenía diez años y había tenido un sueño: ella estaba del otro lado. Decía mi nombre, una y otra vez, llamándome. Valía la pena intentar atravesar aquel río para encontrarla. Estaba segura de que ella me ayudaría a llegar. ¿Si no, por qué habría de llamarme en sueños?"

"Pero, el río nos venció. No pudimos llegar a la costa. Era, como todos decían, demasiado ancho. Igual que la vida...", añadió filosofando, "nadie puede atravesarla sin hundirse antes de llegar a la otra orilla".

Tiró el resto de su cigarrillo al suelo y lo apagó con un gesto distraído.

"¿Por qué se habría aparecido mi madre para llamarme a un lugar donde yo no podía alcanzarla? ¿Era para enseñarme lo que me pasaría cada vez que deseara algo? Pues si fue así, ¡qué razón tenía la muy zorra...! los acontecimientos se encargaron de enseñarme que el deseo engaña siempre. Llama para decepcionarte... Llama para dejarte una huella que no podrás ya nunca borrar".

Encendió un nuevo cigarrillo sin decir palabra.

"Un bote logró salvarnos. Era de un viejo pescador. Estaba ebrio. Nos llevó a la parte baja del río para comprar más licor. En un local amplio y destartalado, había un montón de mujeres. Tenían uñas largas, pieles lisas y enormes ojos. Se veían hermosas, vestidas de seda, con tantos collares enredados en sus cuellos y en los brazos. Atendían el bar..."

"Yo había estado antes en otros bares. Abundaban en mi pueblo, lo cual era bueno... todos eran mejores personas cuando estaban ebrios. Pero éste era distinto. Había músicos que llenaban el lugar de un extraño encanto. La cantante tenía una voz tan suave que me recordó de inmediato un lienzo de terciopelo rojo que mi madre dejó olvidado en una gaveta cuando se marchó. No podía dejar de escucharla".

"¡Qué curioso! No recordaba aquél pedazo de tela. Olía a humedad. Estoy segura que también sus ilusiones tenían ese olvidado olor..." sonrió con amargura.

"Había comprado la tela para hacerse un vestido. Pero el vestido que ella imaginó era para otra vida. Una vida que nunca vivió. Decía que ponía la tela bajo su almohada para no olvidar sus sueños en medio de tanta tristeza. Nunca entendí qué quería decir con eso de *tanta tristeza*. Cuando se fue, empecé a dormir con la tela bajo la almohada, igual que ella. Si no hubiera podido tocar todas las noches esa tela, hubiera llegado a creer que la existencia de mi madre era una de esas mentiras que pretenden hacernos más benévola la existencia. Basura de la peor calaña".

"Siempre pensé que regresaría para recuperar el terciopelo. No era usual que ella desperdiciara nada. Cuando era niña, me parecía una esperanza razonable".

Fumó un largo rato en silencio. Luego siguió. "Daban ganas de acariciar la voz de aquella mujer que cantaba en el bar del río. Era como abrir la gaveta y ver la nostalgia de mi madre salir volando, partida en mil mariposas negras".

"¿Pero, qué pasó aquella noche, cuando tú y Hellen llegaron?"

"No había clientes, excepto el viejo lanchero que nos había llevado. Las mujeres se acercaron para mirarnos de cerca como a extraños insectos salidos del agua. 'Son mujeres *dulces*', dijo el viejo, queriendo explicarnos por qué eran tan diferentes a las mujeres que conocíamos. Seguramente que esa noche lenta y sin clientes, no querían pasarla sin acariciar un cuerpo. Nos abrazaban con una ansiedad melosa, mientras nos secaban y peinaban. Bailamos pegadas a su piel pegajosa. Atrapada entre sus senos, recordé que a mi madre le gustaba arrullarme... Yo no tenía ninguna impresión de ello en mi memoria... nada, hasta aquella noche. Entonces pude recordar su abrazo. A la mañana siguiente volvimos a casa. Mi padre murió a los pocos días de una neumonía. Quedé al cuidado de Hellen que era la mayor".

"Regresamos muchas veces al bar con el viejo lanchero. La mujer que cantaba se llamaba Sondra. Dijo que yo tenía buena voz. Me enseñó las canciones que sabía. También a usar mi voz, pero más que eso, me enseñó a meterlo todo allí".

Quise interrumpirla para decirle la impresión que había causado en mí. Ciertamente, su voz era como un hechizo. Al escucharla uno presentía ese *todo* que ella metía allí y... provocaba escalofríos. Pero antes de que abriera la boca, ella continuó hablando.

"I 'ts funny... Había olvidado el abrazo de mi madre, pero nunca pude olvidar lo que pasó una tarde de verano. ¡Hacía tanto calor! Parecía que el sol se había bajado del cielo, enfurecido. Ella me regañaba, buscando cualquier pretexto: los platos sucios, el polvo... Yo estaba irritada por el calor y por la cantidad interminable de palabras que salían de su boca. Para que se callara, lancé al suelo un florero de cristal que brillaba sobre la mesa lleno de flores apagadas, con las cabezas colgando. Ella gritó. Se quedó mirando con asombro cómo los vidrios se esparcían por el suelo. 'Has roto la única cosa bonita que había en esta casa', dijo dolida. 'Ten cuidado. Tu vida será muy mala si aprendes a quebrar las cosas buenas'.

Unas semanas después, se fue y nunca volvió. *Shit!* No quería realmente quebrar el jarrón".

"Cuando Sondra me enseñó a cantar, pude finalmente librarme de esa culpa sobre las cosas rotas y las miradas de dolor que traen dentro. Pueden perseguirte por una eternidad, como pequeños demonios, ¿sabes? Cuando cantaba, todo se iba allí, como una cañería que desagua lo estancado".

Me mantuve en silencio esperando que retomara la historia. En lugar de ello, se recostó contra mi cuerpo, buscando calor. Yo apreté su mano. Quería hacerle sentir que podía protegerla del mundo y sus afiladas garras.

Entre los dos se había abierto una enorme ventana por donde pasaba un viento cálido y... mucha luz.

Al buen rato, vio su reloj.

"Tengo que irme. Hay alguien a quien debo ver esta noche..."

"Pero Toni, es tarde. Quédate..."

"¿Tarde? ¿Qué dices? Apenas es medianoche... tengo un asunto que atender".

Quise impedir que partiera. La tomé del brazo.

Ella se soltó y, mientras se alejaba, dijo con un dejo de picardía:

"Te buscaré uno de estos días... Así, podremos terminar lo que empezamos..."

Se apartó sin que yo me atreviera a insistir.

"No te inquietes, ya volveré", repitió con ligereza, mientras se alejaba.

XXXVI

Dormí hasta ya entrada la tarde. Al despertar, me dominaba la confusión. Ella dijo que vendría... ¿Cumpliría su promesa? En todo caso, ¿debería yo esperarla?

Vagaba por el apartamento sin saber qué hacer, demasiado ansioso para ocuparme de nada. Vi sobre la mesa un cuaderno de pasta roja. Seguramente, Toni lo había dejado allí ayer.

Mmm... esa no es la verdad. Lo cierto es que, en contra del mandato de tu razón, te acercaste al maletín que Toni había dejado. Hurgaste su contenido con curiosidad. Aparte de algunos cosméticos y un frasco de aspirinas, encontraste el cuaderno y lo sacaste. Te da pena confesarlo. Lo ocultas aun de ti mismo.

Lo abrí. Era de Ángela, una especie de diario personal, pero llevado de manera caótica. Anotaciones sueltas, dibujos, muchas letras de distintos tipos, tamaños y colores, trazadas con esmero, como si fuesen símbolos con significado propio. Poemas, narrativas diversas.

Conozco el hambre como se conoce a una persona
Vive dentro de mí, mitad sapo, mitad culebra.
Trato de acunarla como una madre para que duerma.

Ella voltea hacia mí su cabeza de gárgola
Y la deja reposar sobre la abultada almohada de mi corazón
Mas cuando despierta me grita desesperada, como una loca
No me toques hambre, madre.
No te comas mi cerebro
Soy una persona pura, mágica, que se revela mientras desaparece
En una sonrisa final, delgada, donde no hay recuerdo del dolor
Soy una persona pura, mágica, que se revela mientras desaparece
En una sonrisa final, delgada, donde no hay recuerdo del dolor

El punzante dolor de una jovencita más joven que mi propia hija se desplegaba en esta página, mostrando sus íntimos detalles. Yo volaba sobre esta intimidad como un buitre llevado por mi deseo de su madre. Me sentí despreciable. Pero, no podía dejar de leer.

En otra hoja, un verso escrito con varios tipos de letra:

soy la reina de mi cuerpo
¿quién necesita una madre?

Con marcador negro, en letras muy grandes.

Antes era una horrible GORDA

Y luego...

Había perdido todos mis huesos entre la carne. Ahora puedo decir: **no** *y eso me hace sentir una persona.*

En la hoja siguiente, en grandes letras estilizadas, como en un grafiti callejero, una sola palabra:

PÁNICO

Esta otra frase suelta en medio de una hoja en blanco:

Mi padre murió y quedé a solas... con ella.

Una hoja entera rellena de esta letanía:

Ella lo mató. Ella mató a mi padre. Ella lo mató. Ella mató a mi padre. Ella lo mató. Ella mató a mi padre...

Y terminaba,

Malvada bruja. Malvada madre...
Mayo 5
Amo las palabras y también las letras.
Son como recipientes de consuelo.
Me protegen, pues puedo esconderme en ellas.
En las curvas de las "eses", o dentro del círculo de una "a".
A veces, me dan miedo las palabras y también las letras.
Por ejemplo tengo miedo de la letra "e"
E de "existencia"
E de "espera"
E de "ELLA"

Un par de notas en las siguientes hojas.

Mayo 10
Tuve un sueño. Los alimentos reposaban en la mesa. Un banano pasado de maduro. Un yogurt de un blanco asqueroso. Una humeante sopa de tomate. Un plato de pescado cuyo olor hirió mi nariz como un puñal. Toda esa organización funesta

quería hacer de mí una muñeca sin voluntad.

Se unieron en contra mía. Querían asaltarme, metiéndose dentro de mi boca.

La cerré con toda la fuerza que pude... y nunca más pude abrirla.

Mis labios se borraron. Tenía una cara sin boca. No podía hablar, pero sí podía escribir. Empecé a deslizarme desde mi yo sin boca, hasta las letras.

Eché a correr por ondulantes planicies de hojas en blanco.

Nadie salió a buscarme y yo no pude encontrar el camino de regreso...

Mayo 31

Hoy, me moría del hambre, pero no me dejé vencer. Comí algunos kleenex. Las chicas de la residencia me enseñaron el truco. Servía para matar el hambre. Tres fueron suficientes para calmarme.

Junio 15

Viajábamos mucho por sus giras de trabajo. Nunca pude quedarme en un sitio más de unos meses. La escuela era un lío. Mi padre la idolatraba. Cuando no estaba en un escenario, su mal humor era terrible. Él tenía una paciencia con ella que dolía. Como si mi magnífico padre fuera un títere, o estuviera hecho de palo.

Junio 18

La muerte de alguien amado, es como la propia muerte. Cuando mi padre murió, dejé de sentir mi vida. Fue entonces que empecé a enfermar. Dejé de comer, pero no quería morir. Solo quería que ella pagara por lo que nos había hecho.

Después, no podía dejar de pensar en la muerte. Uno puede llegar a desearla. Es un vicio como otro cualquiera. Sabes que te hará daño, pero no puedes parar. Se va volviendo el motivo principal de todas las cosas. Como una gran fogata, en la que quemas cada uno de tus antiguos deseos, hasta que no queda más que uno solo. A ese te agarras.

Junio 23

Tuve otro ataque de pánico. Ahora, vienen con frecuencia, como un persistente amigo que no permite que lo olvides.

Octubre 20

Me entubaron para obligarme a comer. Me inyectaron suero. Lo bueno es que me siento más fuerte ahora. Con la fuerza de mi cuerpo, ha vuelto mi rencor. Ella tendrá que pagar lo que hizo. En cuanto me dejen tranquila, dejaré de comer otra vez. Ella no podrá vencerme esta vez.

Octubre 23

El doctor le dijo a mi madre que quiero morir. Ella me reclamó: "¿Qué clase de persona trastornada se dejaría morir de hambre?". Realmente, lo único que le importa es no tener la culpa de mi muerte. ¿Y qué le hace pensar que puede ser culpable de algo que yo puedo decidir por mí misma?

El resto de las hojas estaban vacías.

XXXVII

Escribí la palabra anorexia en el ordenador. La primera información que apareció en la pantalla decía: "El control de la comida era un componente fundamental de la ideología femenina durante la época victoriana. Las mujeres que ayunaban eran dignas de admiración, pues su comportamiento era inspirador".

Luego, apareció un informe psiquiátrico: "El ritual de hacer dieta provee estructura a los sujetos que carecen de sustancia y necesitan un sentido de dirección".

Finalmente, encontré un documento que me interesó. Hablaba sobre Catalina de Siena, una joven religiosa del siglo catorce que dedicó su vida a la enseñanza de los evangelios y a predicar eventos milagrosos de los santos. Sus escritos describen su matrimonio místico con Jesús. En ellos comer es una metáfora: significa amar, convertirse en, ser.

En la forma que usa las palabras, comer y hambrearse tienen el mismo significado. Uno come, pero nunca se llena; uno desea pero nunca logra saciarse. Comer implica, por tanto, dolor y sufrimiento, pues abre la puerta insaciable del deseo. El cuerpo es la sede de este drama cuya única salida es la renuncia. Controlar el infinito deseo, es tener la infinita capacidad de hambrearse.

Así que la anorexia era eso: la problematización radical del deseo. ¿Puede el deseo ser monstruoso en su avidez? Reflexioné: la renuncia total (al deseo o al alimento) acarrea la muerte. ¿Entonces la muerte era la única salida? ¿Una liberación?

Tomé de nuevo el cuaderno de Ángela para releer algunos pasajes. Después de muchas hojas en blanco, encontré dos anotaciones que antes no vi. Eran recientes. Quizá unos cuantos días antes de la última crisis. Pero ya no pude leerlas. Toda esta cuestión me había provocado una inesperada náusea.

XXXVIII

QUINTA SECUENCIA: El sueño

Yo había vendido mi alma allá en Mala. Pero entonces algo ocurrió: tuve un sueño.

Vi aparecer a un ladino y supe que su mensaje sería importante. Los dioses de los días aparecen vestidos de ladinos en los sueños de los indios.

Una mujer iba caminando delante de mí en un camino muy ancho. Era alta, como las mujeres de Cotzal. Iba adelante y yo la seguía con deseo. Caminábamos bajo los árboles, en un lugar tan bonito: había cocoteros y muchas plantas muy verdes. Pasábamos debajo como si fueran los arcos de flores y frutas que se ponen en las fiestas. El ladino apareció a lo lejos. Estaba montado en un caballo. Lo oí silbar. Levantó la mano y gritó. Alto.

Me detuve con temor. Observé a este hombre y cuando busqué a la mujer, había desaparecido. El ladino se me acercó. Montaba un caballo y tenía una fusta en la mano.

Dijo: ¿A dónde vas?

Quería ir con la mujer, respondí.

Ah... insensato. ¿Por qué querías seguir a esa mujer? ¿Crees que puede ser tuya? Tú tienes tu propia mujer. Yo te he estado buscando. Ya hace tiempo salí a buscarte y no podía hallarte. ¡Vuélvete! No sigas a esa mujer. ¡Vuélvete! El camino que debes seguir, no es el más ancho, sino el angos-

to. Me señaló una vereda. Era estrecha. No era un camino y yo apenas tenía donde poner los pies.

Sigue y por ahí llegarás al pie de la montaña. Entonces tendrás que subir. Tendrás que trepar hasta lo alto. Cuando llegues a la cima, allí estará tu lugar esperándote, es tuyo. Si no obedeces, tendré que enseñarte con esta fusta. Éste es tu padre, él te educará si no obedeces, *me amenazó, pero todo era un sueño.*

Muy bien, le dije al hombre, obedeceré.

Desperté estremecido. ¿Qué quería decir? Le hablé a mi mujer.

Tuve un sueño. Mi sueño estaba lleno de castigos. Parece que no debemos vivir aquí, que debemos irnos.

Shas no dejaba de pensar en los relatos de su infancia. Cosas que su tiempo en Mala lo había hecho olvidar. Los tiempos cuando no había pago de multas; los tiempos en los que no se tomaba dinero de la gente como se hace hoy. En aquel entonces, la multa era el látigo. Se aplicaba por cualquier cosa, al que dejaba a su mujer, al que abandonaba la plantación. Lo llevaban a uno al tribunal... había un palo, una pilastra con brazos como una cruz. Le estiraban los brazos, como a Cristo en la cruz, y lo amarraban con un lazo. Una vez amarrado, llegaban con el látigo. Si el delito era grande le daban cien latigazos. Algunos no podían soportarlo, porque el castigo era rudo. No podían soportarlo y morían bajo el látigo... El látigo es la autoridad... el látigo es *el padre.*

También pensó en el ladino a caballo. Desde el principio del tiempo, era prohibido para los indios montar a caballo, pues era un símbolo de poder.

¿Qué haremos y dónde iremos?, dije a mi mujer. Esta es nuestra milpa y éstos son nuestros animales. Ahora, ¿qué haremos con ellos?

Deseé que llegara la luz del día. Sabía de un viejo llamado Juan que era contador de los días y tenía el envoltorio sagrado. El Dios de la Tierra lo visitaba. Cuando llegó el alba, fui a verlo y le hablé de mi sueño.

Él dijo: Si vuelves a tu pueblo llegarás a ser muy viejo y te gustará tu trabajo. Tu llamado te será dado a conocer. Sólo en tu pueblo podrás responder a tu llamado.

Shas y su mujer obedecieron la orden. Dejaron su vida confortable en las tierras bajas. Vendieron su ganado y volvieron a las montañas. Y Shas siguió soñando.

XXXIX

Un sueño iniciático. El giro en la historia de Shas me producía inquietud. No me esperaba una variación hacia la magia. Me preocupaba que mi personaje se volviera dudoso. La gente consideraría a Shas un ignorante, un supersticioso, un ingenuo. Mi obra sería rechazada y yo quedaría como un fantoche. La molestia me duró toda la mañana.

Por la noche, examiné la razón de mi descontento. Me sentía cómodo con una historia enfocada en el racismo y la explotación. Pero, la que tenía entre las manos, cuestionaba la percepción misma de la realidad. Era una escisión entre dos ideologías. Me hice una pregunta crucial: ¿dónde estaba mi fidelidad?

Encontré dentro de mí esa grieta fundamental por donde pueden escurrirse los mejores esfuerzos de un escritor: quería quedar bien. Que mi historia se alineara a los discursos intelectuales. Que fuera un eco redundante de la sociedad contemporánea occidental, atea y descreída. Que estuviera fundada en sus espejismos.

Para quedar *intelectualmente* bien, tendría que traicionar a Shas. ¿Tenía yo verdadero respeto por la historia que iba a contar? ¿Por la forma de vida que estaba allí narrada?

Entendí con claridad lo que debía hacer. Mi interés no era juzgar, sino comprender. Mi interés era no tener interés.

A la mañana siguiente, enfilé hacia la biblioteca pública.

Las dimensiones del edificio y la apabullante multitud de libros cuidadosamente alineados, como soldados de un poderoso regimiento, me dio vértigo. ¿Para qué diablos se necesitaba un libro más? ¿No estaba ya todo dicho en el montón de palabras encerradas en cada uno de esos ejemplares? Sin embargo, un manuscrito de Shakespeare expuesto en una vitrina, me recordó que la vastedad se une en un punto minúsculo y casi imperceptible a lo único. Y eso es lo que el artista busca... ese minúsculo punto en que su visión única tenga la atención íntima de una (aunque solo sea una) persona.

Pasé varias horas leyendo sobre viejas civilizaciones y sus rituales iniciáticos: sueños, uso de alucinógenos, viajes en busca de una revelación. Todo orientado por una visión superior del destino humano. Cada ser tenía un lugar y una misión. La vida era ese espacio para comprender las cosas más allá de lo evidente. ¡Qué lejos estábamos de esta noción misteriosa y trascendente en nuestra sociedad del espectáculo, el consumo y la gratificación! ¡Qué poderosos nos sentíamos desmitificando deidades sin percatarnos de las nuevas veneraciones, mitos y rituales que nos imponíamos!

Mis lecturas de aquella mañana me trajeron muchas sorpresas. Lejos de encontrarme con mentalidades simplistas e ingenuas, los relatos revelaban un pensamiento abstracto, capaz de la síntesis simbólica de la poesía. Invocaban la franca aceptación de un caleidoscopio de realidades diversas jugando unas con las otras en una danza gozosa.

Un indígena en el noroeste de Canadá, donde el hongo alucinógeno conocido como *Amanita Muscaria* es empleado como un sacramento, dijo de su experiencia: "Me arrebató. Ya no estaba en mi cuerpo. Limpio y maduro para la visión, me levanté como una bola de semillas en el espacio... He cantado la nota que rompe la estructura y la nota que quiebra el caos. He estado con los muertos y atentado contra el laberinto".

Los mayas lo utilizaban también. Le llamaban el *hongo del rayo*, pues estaba relacionado con Chac, el dios de la lluvia. Reconocían su poder sagrado.

Los huicholes reconocían que existía una puerta (que a su vez era una barrera) entre los mundos. Esta puerta se representaba con un círculo ceremonial. Era el rostro de la deidad, pero a su vez era un espejo. Este círculo se colocaba en medio de la cruz del destino.

Así, desde los inuits, hasta los shamanes siberianos, desde la India hasta Grecia, desde los incas hasta los maoríes, la humanidad por miles de años confió en la existencia de una diversidad de realidades, confió en el destino de cada ser humano como algo precioso, parte de un diseño complicado y trascendente.

Shas era un sobreviviente de aquel mundo antiguo que yacía aplastado bajo el peso del materialismo, el consumismo y toda una serie interminable de *ismos*. De aquellas ruinas había salido el hombre funcional, siervo de la sociedad industrializada que se atiborra con las migajas que, vestidas de golosinas, le lanzan los nuevos dioses: dinero, poder, saber académico. Me hubiera gustado que un sueño hubiese venido a buscarme. ¿Cómo habría sido entonces mi vida?

Vencidos mis prejuicios, ahora podía ver a Shas en su justa dimensión: era el héroe que narran los mitos. Un hombre dispuesto a romper con su mundo conocido para adentrarse en una aventura personal que pondría a prueba su fuerza y su templanza. Para ello no dudó en renunciar a lo que ya tenía asegurado.

Desafiar la realidad en brazos de una posibilidad atada apenas a una sutil visión. Eso requiere valor. Perseguir algo que nadie más puede ver. Perderse en aquello que parecerá a los demás un espejismo. Ojalá a mí me hubiese venido a buscar un sueño arrebatador. Ojalá yo pudiera soltar mis condescendientes afiliaciones.

¿Y si, de hecho, ese sueño ya te hubiese venido a buscar? ¿Y si estuvieras ahora mismo viviendo el viaje que te impuso? ¿Y si la única diferencia entre tu vida y la de Shas fuese una explicación diversa de la realidad?

XL

El lunes, al despertar, mi necesidad primaria era hablar de Toni con alguien. Un elemental pudor me detenía: ¿cuál era la historia que iba a contar? ¿quién era ella en mi vida? No había vuelto al apartamento desde la última noche que nos encontramos. De eso hacía ya una semana.

Me avergonzaba explicar mi desbordada fantasía por una mujer tan ajena a mí, pero tan implicada conmigo. Mi experiencia era estrafalaria como la visión de un animal mítico, pero real como son los seres extraordinarios a los ojos creyentes en magias y sortilegios.

Me encontré con Rodolfo cerca del mediodía y, a pesar de la absurda inconsistencia de lo que me pasaba, no pude evitar contarle.

Él me escuchó en silencio.

"Hay mujeres que son como un círculo", dijo. "Caminas y sabes que en algún momento habrá un encuentro. Pero hay otras, hermano, que son como una espiral. Puedes caminar para siempre, girando a cada recodo sobre una curva sin destino. Y es monstruoso. Allí puedes perderte. Como cuando uno mira un espejo reflejado por otro: la infinita reproducción de… la nada".

Dio una enorme mordida al hot-dog que acababa de comprar de la carretilla y la mostaza se regó sobre sus dedos. Cuando logró maniobrar para limpiarse y masticar, continuó.

"No seas bobo. ¿No ves cómo te coquetea la austriaca? Eso es comida para hoy, *brother*. La mujer no está nada mal y te está dando papaya. En Cali tenemos una sabiduría que te comparto: cuando una mujer te da papaya, toma toda la que puedas…" Se rió. "Tu problema no es real. Bájate de ese rollo vicioso. Agárrate fuerte de las sabrosas caderas de esa Grete, llena de gracia… ".

La imagen de la espiral me persiguió el resto del día. Un camino que nunca acaba y que no lleva a ningún sitio. ¿Era esto lo que parecía tan angustioso a la mística Catalina de Siena? ¿Un pavor descendente que se convierte en agotadora manía? ¿Era por ello que aquellas mujeres de la residencia preferían la muerte antes que entregarse al exceso pavoroso de un deseo sin salida?

Mi instinto me repitió lo que había afirmado mi amigo: debía salir de esta situación de inmediato. Sustituir un deseo irresuelto por una posibilidad realizable y para nada excesiva. Rodolfo era un tipo sabio.

La coincidencia se confabuló para facilitar el camino salvador. Esa tarde, en la Academia, Grete se me acercó con esa sensualidad sinuosa que acompañaba siempre a la mentida seriedad de apariencia. De la manera discreta que logran hacerlo las mujeres acostumbradas a seducciones ocultas y relaciones cómplices, me invitó a cenar. Según se empeñó en explicarme, tenía algunas cosas que conversar conmigo pues pensaba incluir en su guión un personaje latino. Quería… mi asesoría para que su personaje fuera creíble.

Rodolfo me había convencido de tomar ese camino conveniente y lúcido. Ser *juicioso*, como él decía, era importante en este escabroso momento.

Hace unas horas, suplicabas por un destino. Ahora estás dispuesto a torcerlo por algo *menos arriesgado*. ¿Quién puede confiar en lo que dices? ¿No es tu constante incoherencia lo que anula la claridad de tu camino? En fin, de todas formas la coherencia es una virtud de los personajes en las novelas... o de los héroes.

Por la noche, tomé el mapa de la ciudad para ubicar la Calle Madison, donde se hallaba el apartamento de Grete. En el trayecto, me sentí lleno de expectativas. La mujer me resultaba deseable de una torcida manera: la imaginaba pornográfica, sucia, corroída... pero encubierta bajo el velo del disimulo y la hipocresía, lo cual añadía morbo.

Abrió la puerta y una estela del mejor perfume me abrazó. Me pasó adelante con la delicadeza digna de su pulida educación europea. Tenía preparado algo para picar y buen vino.

Conversamos largo rato sobre cosas diversas, sin mayor interés. Ella hacía el intento de cambiar esta inercia: frecuentes roces de su mano en mi cuerpo, la caricia que hizo a mi barba mientras alababa lo bien que se miraba recortada o el gesto con el que quiso quitarme un mechón de cabello de la frente y que aprovechó para tocarme la oreja. Bebíamos con prisa. Terminamos la primera botella. Grete pensó que era bueno pasar a la mesa, donde ya tenía todo listo para la cena. Comimos distraídos por el pensamiento de lo que vendría después. Al terminar, puso música. Aprovechó para confesarme que una de las razones de su pasión por Nueva York era la ópera.

Escuchamos en silencio una de las arias de Bizet: *el amor es un pájaro que no se deja atrapar*... La voz de la soprano brillaba. Se levantó para cambiar la música. Yo aproveché para acercarme y pasar mi brazo por su cintura. Se dejó llevar sin importarle que mi brazo la atrajera hacia mi cuerpo y la apretara con exageración. No puso objeción a los besos que empecé a repartir por sus orejas y cuello. Tampoco protestó cuando abrí un par de los botones de su blusa para ampliar su escote y así deslizar mi mano dentro de su sostén. Sus pezones me recibieron erguidos. Yo no podía dejar de recordar las claras fotografías que guardaba mi memoria de su boca húmeda y viciosa, cuando hablaba de las perversiones con las que fantaseaba y que servían de trama a sus historias.

Me daba curiosidad descubrir qué había detrás de esta mujer tan fascinada por la parte más oscura de la sexualidad, pero escondida detrás de unas pequeñas gafas de secretaria.

Tenía el rostro de un rojo subido y sus narinas se abrían de par en par. Nos acomodamos en el sillón. Quité los pequeños anteojos de en medio. La besé y reinicié el camino de mis manos hacia sus senos. Ella me dejaba hacer, mientras recorría con insistencia mi muslo derecho, sin atreverse a llegar a donde insinuaba.

Finalmente, me pareció que bastaba de rodeos. Subí por su pierna. Si íbamos a tener sexo, que fuera de una vez por todas. Justo cuando estábamos a punto de hacerlo, se levantó y tomó una foto de su novio. La trajo a enseñar como un cachorro que trae de vuelta, con gesto inocente, la pelota que le han lanzado.

"Este es Hans… somos novios hace cuatro años. Vendrá a NY en dos semanas, ¿no es increíble? Ha prometido traer un *Sacher torte* para los compañeros de la Academia. ¿Te imaginas? Es un tesoro…"

"¿Una *Sacher torte*?", pregunté con la trepidante imbecilidad.

"Perdona… ¿cómo vas tú a saber? Es un pastel austriaco… creo que es una especialidad de la Selva Negra".

Yo no podía sino pensar en la selva negra de Grete que se escapaba frente a mis ojos con entera impunidad. La intenté abrazar poniendo mis brazos alrededor de sus piernas que tenía tan cercanas y en un rápido gesto mis manos subieron hasta sus nalgas. Pero se dio vuelta y se escabulló como una virgen indignada. Dijo con tono cortante que sería mejor que me fuera, lo cual se me hacía muy cuesta arriba, pero obedecí.

Como represalia y para no tener por perdida la noche, tomé el resto de la botella recién abierta del buen vino que Grete compró para escenificar este fiasco. Comprendí que me había tendido una trampa: ella quería ser el fruto que estaba fuera de mi alcance. Un fruto que me estaba vedado comer. Quizá pensaba que así me ataría y podría manejarme.

Desafortunadamente, su acto fue demasiado fácil. Hay mujeres que son infinitas espirales, había dicho Rodolfo. Pero hay otras que solo pueden imitarlas. La barata obviedad de su maniobra despertó en mí un terrible hartazgo. Antes quería hacerle el amor, descubrir a una mujer escondida detrás de una fascinante máscara. Ahora sólo quería un taxi.

XLI

Llegué a East Village antes de las diez. Entré al apartamento y la presencia poderosa del silencio me hizo sentir incómodo. Iba a encender la televisión para rellenar el vacío, pero me detuve. Mejor trabajar, pensé. Quizá algo podía salvarse de aquella estúpida noche.

SEXTA SECUENCIA: El llamado

Soñar tiene importancia fundamental en la vida tradicional de un indígena ixil. Los ixiles sueñan. "¿Estás bien? ¿Tuviste sueños?" Así se saluda la gente en las mañanas. Y la respuesta es: "No, no soñé nada. Estoy bien".

Por medio de los sueños un ixil recibe instrucciones y mensajes del poder sobrenatural o de sus antepasados. Si un peligro amenaza a una familia, varios miembros pueden soñar con el nefasto evento y buscarán ayuda.

Los sueños inofensivos son interpretados por el propio soñador o por un pariente o amigo de mayor edad. Los sueños amenazadores son presentados al *aj 'qiq* o contador de los días. Él tomará las medidas necesarias para devolver el equilibrio personal a su cliente, restableciendo los nexos vulnerables entre el mundo terreno y el sobrehumano del soñador. La angustia que causan los sueños amenazadores se alivia sabiendo que se puede llegar a los poderes ofendidos mediante plegaria y ofrendas en incienso y velas.

Los sueños participan en la decisión de un hombre o una mujer ixil de convertirse en contador de los días. Un hombre se vuelve rezador soñando los veinte nombres de los días del calendario. Si los sueños ocurren repetidas veces, buscará al rezador para que determine si realmente ha recibido la llamada. Si alguien viene de una familia que ha producido a otros rezadores, es más fácil que lo acepten como aprendiz.

Como la familia de Shas había producido rezadores al menos durante dos generaciones, sus credenciales eran perfectas. Cuando recibe el conocimiento de la cuenta de los días, el hombre se vuelve un *b'aalwactiis*.

Nadie me instruyó acerca de los días. Simplemente soñé con ellos. Luego fui a preguntar al rezador qué significaban los sueños.

Ah, es el día el que se te está entregando. No te preocupes. Lo que debes hacer es presentar algo tuyo como ofrenda, o mejor aún: preséntate tú mismo ante los días. Quizá debas ofrecer presentes, quizá debas ofrecer plegarias, de modo que los días te den conocimiento de cómo puede hacerse. Ofrece tu vela, ofrece tus plegarias. Ven... hagámoslo juntos.

Después de mis plegarias vinieron más sueños. Soñé con toda clase de cosas.

Soñé que estaba volando. Me elevé por el cielo con los pájaros, volé alrededor y miré hacia abajo. Atravesé una montaña volando... Di muchas vueltas, así como lo hacen los aviones. Subí y bajé por los cielos como lo hacen los buitres negros. Luego, perdí las ganas de volar, pero como no sabía quién me había elevado, seguí vagabundeando por el cielo.

Después bajé al valle. Allí estaba el viejo Paa' Pa'l, que vive en Ucuc y hace el oficio de sacerdote del calendario. Estaba sentado en un cañada cuando llegué.

¿Has venido?, me saludó. ¿Cómo lograste llegar aquí? Casi no hay camino para venir, casi no hay nada.

Oh, no hay camino, pero no me preocupó porque yo vine volando.

Muy bien. Tienes realmente buenas maneras. Tu adquirirás conocimiento.

¿Conocimiento?

Podrás curar las enfermedades.

Mientras él hablaba, yo desperté y comprendí que era sólo un sueño.

Pasaban los días y los sueños no dejaron ya de llegar a buscarme:

¿Estás despierto, wec, k´aol? [3]

Sí, estoy despierto.

¿Qué significa el sueño que tuve?

Ah, son los días los que se te están entregando, wec-k´aol. ¡Los días se te revelarán!

Al regresar a mi pueblo, fui a hablar con el rezador. Le dije que el día se me había revelado en la mente.

¿Qué debo hacer? ¿Qué es necesario para servir el día? Los Días están completos en mi cabeza. Soy capaz de completar la cuenta.

Lo que debes hacer es presentarte a los dioses antes de los veinte días. Debes orar cada día, cada día. Cuando se completen los veinte, celebraremos una ceremonia del amanecer. Comprarás velas y cinco libras de incienso, y ofreceremos los dones a 8 B´aac me dijo el rezador.

Eran las doce de la noche y el teléfono sonó. El sobresalto me sacó de la historia que escribía. Escuché la voz pastosa de Mark del otro lado de la línea. Estaba borracho. Los

---

3 Término utilizado entre los hombres ixiles de Chajul y Nebaj que significa una especial relación de amistad y privilegio de visita entre sí. Cada quien puede pasar la noche y recibir alimentos en casa del otro.

amigos con quienes había salido lo habían abandonado en un bar cercano y no tenía plata para pagar su cuenta. Recibí la llamada con la benevolencia de un padre y me apresté a salir a buscarlo. Además, el aire frío de la noche y la caminata me caerían bien para desentumecerme.

Al llegar, insistió en que lo acompañara un rato más. Accedí. Algo de conversación me ayudaría a dormir. Hablamos mucho de su vida desaforada en Vancouver. Las fiestas que armaba eran absolutamente estrafalarias y, según se esmeraba en insistir, siempre terminaban tan fuera de control que la policía debía intervenir. Sus relatos me divertían y hacían que olvidara por completo la frustración de mi cita con Grete.

Lo que no sospechas, crédulo Felipe, es que todo es mentira. Allá en Canadá, Mark es un modesto contador con una vida organizada. Sueña con ser el personaje de sus historias... las fiestas estrafalarias, la vida fuera de control. Pero, tú quieres creerle. No reflexionas en lo que dice, dejas pasar los detalles que te revelarían la verdad. Es más fácil así. ¿Qué clase de comunicación es esta?

Cerca de las tres, decidí regresar al apartamento pues las neuronas de mi cerebro parecían hacer contacto de manera intermitente. Un corto circuito total era probable. Quería estar en mi cama si aquello acontecía. Me despedí, asegurándome que Mark subiera a un taxi que lo llevara.

Subí las gradas del edificio. Parecía que había extraviado la llave, pero recordé que la dejé bajo el tapete. Al entrar al recinto oscuro divisé la silueta de una mujer en la cama. ¿Toni?

Quería acercarme a ella. Quería decirle... pero mi boca no se abría para dejar salir las palabras, sacándolas de su agonía. Tropecé con la ropa y zapatos que estaban tirados. Caí de lleno sobre su cama, torpe por el alcohol.

Su rostro apareció pálido frente a mis ojos, iluminado por la luna que se filtraba por la ventana. Un rostro evanescente. Su aliento estaba tan cerca y era tan cálido. Vida que yo quería beber. Beber mares.

No pude resistir la tentación de volver a tocar sus labios. Apenas una caricia leve sobre las dunas de ese desierto sabio y elusivo. Después, el deseo se volvió tosco: quería tomar esa boca por asalto como una ciudadela enemiga, entrar por ella hasta el corazón de su calidez y desbaratarlo. Besé a Toni con premura, con avidez. Estuve sediento tan largamente que, al asomo del agua, quería atragantarme. Ella aceptaba mi voracidad con paciencia. La vio agotarse. Pasamos a la ternura. La abracé pausadamente. Nos dejamos caer en un vacío, confiados, como si supiéramos que abajo esperaba un poderoso volcán de plumas.

El cuerpo alargado de Toni. Sus piernas entreabiertas. Su sexo que aguarda. Mis manos no se dan abasto para tocarla: mi lengua se empecina en sus senos, siento su peso, tangible y cierto, posado en mis manos, me adentro en sus nalgas, acaricio sus axilas, me pierdo en la base de su cuello, delineo las huellas de sus huesos. Me obsesiono con su olor, con el sabor de cada parte de su carne dulce.

Quiero ser mil hombres y penetrarla por todas partes. En cada recodo de su cuerpo, clavar mi huella. El poder de hacerla mía me alucina... la ilusión hace cabalgar un caballo sin rienda. Su vagina cálida y húmeda se contrae alrededor de mi sexo. Ella susurra cosas, perdida en su propio placer. Toni navega, a través de mi cuerpo, en busca de sí misma.

Esa noche ella fue mi amante, mi madre, mi hija recién nacida. La acuné, me salvó. Nos partimos los huesos. Fuimos un amasijo de carne, piel y algo más. Todo junto, todo revuelto, todo confuso, como el profundo e inocente vientre caótico que gestó el Universo.

Un sueño ligero y feliz me tragó en su nada. Varios siglos después, amaneció. Desperté con el sabor resiliente de aquel acontecimiento a la vez dulce y arrebatador. Busqué a Toni con el movimiento reflejo de un amante. Mi abrazo no pudo hallarla. Estaba acostado en su cama, desnudo, pero no había rastro de su presencia. Ni siquiera de que ella hubiera estado anoche allí. El sentido de la realidad también estaba extrañamente ausente. Me invadió un escalofrío tenebroso. La confusión me golpeaba. El solo pensamiento de que lo acontecido no hubiese sucedido de manera tangible como un hecho grabado en el registro del tiempo y el espacio en mi historia, me engullía como un manto de arenas movedizas.

XLII

Vi un cable de metal que colgaba del cielo. Bajaba desde allá, y yo até a ese cable la cuerda que tenía en la mano. Empecé a mecerme, como lo hacemos de niños para divertirnos. Cuando me eché para atrás, el cable subió por el cielo, llevándome consigo. Volví a bajar, pero a cada mecida iba un poco más alto y el cable también iba, más y más alto, hasta el cielo.

¿Qué haré? No puedo saltar, porque si salto voy a matarme, pensé.

El cable se meció unas cuatro veces, hacia adelante y hacia atrás, y la quinta vez bajó despacio. Yo traté de soltarme. Luego, volvió a elevarme hasta muy alto. Entonces bajó un poco y lo mismo volvió a pasar.

La cuarta vez, toqué tierra. Había unas cercas de corral como las paredes de esta habitación. Cuando pasé encima, me aferré a uno de sus costados y solté la reata que subió al cielo. Estaba de vuelta en la tierra.

Desperté.

¡Por Cristo! ¿Qué significa este sueño?, pensé.

Fui a hablar de esto con el viejo Paa que también era un rezador.

No es que vayas a morir. En cambio, tu tiempo de vida se eleva, es seguro que tu destino es ser contador de los días. Es tu vocación.

No estaba hablando así nomás. Hablaba por experiencia.
Sí, él sabía. Y mi corazón se llenó de gozo. No tener un destino
era lo que yo había temido. Y ahora lo había encontrado.

Los viejos, los rezadores, recitaban sus plegarias y yo escu-
chaba lo que decían. Iba a verlos en los lugares en los que se
quema incienso y en el cementerio. Yo escuchaba las palabras
que decían al quemar el incienso y gradualmente se me queda-
ron en la cabeza: lentamente las aprendí.

No estudié los días. Yo soñé con ellos. Sí, soñé con nuestro
señor Liq y soñé con nuestro señor Cee. Un viejo ladino que
montaba a caballo hablaba en mis sueños me decía: Es este el
día de hoy. Metélo en la cabeza. Son los dioses del día los
que se te están revelando.

(Me hundo en mis propios sueños. Son pesados,
aletargados, legañosos. Sueños de vino barato. He
perdido todo impulso vital. Mis párpados pesan
como las puertas de una bóveda de acero.
Shas sueña con los días. Yo me uno a sus visiones.
Kemé me acecha, es una cazadora que aparece a mi
izquierda. Tiene el rostro de la muerte y sé que es
una aliada fiel. *Q'anil* se esparce y las semillas ger-
minan en mi cabeza hasta que explota como una
maceta demasiado pequeña para contener sus propios brotes; *Ix* me ronda con su disfraz de mujer
jaguar. Sabe de hechicería y me vuelve cautivo de
su historia; *Iq,* señor de la tormenta, levanta un
viento fuerte que logra abrir la ventana.
El viento. Todo vuela. Papeles, hojas, recuerdos.
Extensos lienzos blancos. Una larga cabellera oscura marca mil caminos delgados. Yo me aferro a las
palabras. Son el único asidero que impide que yo
también salga volando por la ventana.

Sueño con un teléfono que no quiere marcar un número. Me empecino, pero por más que lo intento, los números que marco son distintos a aquellos que conducen a donde mi voz necesita llegar. Los números son una clave, un misterio. El teléfono no responde a la manipulación de mis dedos.

"¿Cuál es el maldito número?"

"No lo sé... No lo sé... Pero, si allí estaba escrito".

El número se deja arrastrar por el viento. Va pintado sobre un pequeño papel amarillo y pegajoso. Sale revoloteando.

Han pasado muchas horas (¿días?). El tiempo se ha vuelto un largo elástico, una cinta de Moebius por la que me deslizo, un imparable río de arena.

Han tocado a la puerta no sé cuántas veces. *Yo* no responde. *Yo* está ido. Lo que queda, se diluye en esta cama, en este cuarto, en este apartamento, en esta ciudad donde no hay nada a qué agarrarse.

Voy a dejar como única huella el féretro olvidado y vacío de mi cuerpo. Saldré también, como aquel papel, disparado por la ventana. Siguen tocando a la puerta. Me tapo la cabeza para no escuchar los golpes, ni la voz de quien llama, diciendo mi nombre, desde un lugar distante: un universo al que llaman *allá afuera*).

Soñé que los empleados (mayuul) del gobierno municipal fueron a verme a mi casa. Venimos a llevarte, Pap, *dijeron* porque el alkaalte quiere verte en el juzgado.

Pero no fuimos al juzgado. En cambio, de repente me encontré en el cementerio. Había un hombre allí. Estaba junto a la puerta, guardándola. Tenía su vara en la mano. Lo saludé:

Ca 's Pap.

Tii, me respondió, quitó la vara de frente a la puerta, y yo entré.

Junto a la cruz estaban cuatro ancianos sentados. Eran cuatro. Los Sut (chales de cabeza) que tenían puestos eran muy blancos; llevaban chaquetas de kotoon, como ésta, y tenían en las manos un paanyo (pañuelo), como este negro de aquí, pero el que ellos tenían era muy blanco. También su pecho estaba envuelto en algo blanco, no negro, sino blanco, y los chales de la cabeza eran blancos. El chal blanco en la cabeza, significaba que eran hombres de gran jerarquía. La envoltura blanca, que estaban muertos.

Ca´laas, Pap, los saludé.

Ca´laas Kumpaale, me respondieron

Así, que yo ya era un Kumpaale, pensé. La palabra significaba compadre, pero también... contador de los días. No les contesté.

Ca´laas Kumpaale.¿Cómo estás? ¿Has venido? Siéntate en la silla. Pasa, Kumpaale, acércate, *me dijeron.*

Trajeron una silla. Uno de ellos se levantó, y yo me senté en la silla.

¡Por Dios! ¿Qué estaba haciendo? Yo no era de la edad de los viejos que me sentaron en la silla. No era un anciano. "Casi no sé nada", me dije, y me levanté para irme. Pero allí estaba el hombre, ante la puerta, el guardián de la entrada. Quise salir, pero él dijo:

¡Espera, quieto! ¡Quédate aquí! ¡Espera! Debes ver lo que ellos hagan. Sólo un poco te enseñaremos, *así me habló el guardián.*

Gracias, repliqué.

Había allí un hombre, apoyado en la pared, ante mis ojos y ¡cómo chorreaba agua aquel hombre! Su cuerpo era verde por las algas (exactamente como en los arroyos), así se veía el cuerpo de aquel hombre. El agua le caía sobre la cabeza, corría sobre él, allí apoyado en la pared. ¡Cómo corría el agua por el hombre! Estaba empapado. Yo lo miré. Era seguramente un prisionero de los dioses; estaba muerto, pero era un prisionero, un hombre que había practicado la brujería mientras vivía. Le vi salir del agua e irse.

Y también había allí fuego. Había fuego y él entró en el fuego. Había una sección de la reja de metal atravesada sobre algunas piedras; el hierro era grueso. Estaba atravesado sobre el fuego, y vi al hombre caminar a través del fuego. Lentamente cruzó sobre el metal; sobre el metal caminaba. Pero a cada paso, la piel de su pie se pegaba, y cuando lo levantaba, la piel se quedaba en el metal. La carne del pie se quedó pegada. Dio dos pasos, y luego, con el tercer paso, llegó al centro del fuego, sobre la reja de hierro. El hierro quemaba ferozmente. Cuando llegó a mitad del fuego, la reja se volteó y él cayó entre las llamas.

Bueno, después de mucho rato salió de allí, pero como una cubeta de jarabe para dulces. Lo que salió fue una enorme cubeta, hirviendo como jabón hecho de huesos hervidos, burbujeando todo él...

¡Por Dios, tengo que irme!, dije, y eché a andar. Pero el hombre de la puerta me interrogó:

Bueno, entonces ¿es bueno lo que has visto?¿Te gusta lo que los viejos te hicieron cuando estabas sentado en la silla? Bueno, esa es la llamada que seguirás. Pero más te vale no seguirla como ese hombre. Esto es lo poco que te enseñaremos. Esto es lo poco que recordarás. Vete, *me dijo, quitó la vara y me dio una palmada en el hombro y yo volví a salir al cementerio.*

(Los señores del karma. El castigo eterno. Un hombre prisionero de los dioses. Se presentaron con sus cabezas cubiertas de blanco. Hablaron de culpas y le encontraron la razón al castigo.

Yo era el hombre verde que chorreaba agua. Yo era el prisionero. Yo terminaría dentro de una cubeta, como jabón hecho de huesos hervidos.

Clamé por que se abriera la puerta de la cárcel. Hice todas las promesas que mi cabeza febril fue capaz de inventar, y hubiera ofrecido más si se me hubieran ocurrido.

Supliqué

Supliqué

Supliqué

Shas me miraba desde adentro de mi sueño. Sentía pena por mí. Me hablaba, pero yo no podía escuchar sus palabras. Quería poner su mano sobre mi cabeza, pero estaba fuera de su alcance. Shas era un salvador al que achiquitaba la distancia. Shas era un puñado de hormigas regadas y yo era la piedra inerte sobre la que vagaban confusas y aturdidas.)

XLIII

Abrí los ojos. El viento hacía volar la cortina que ondeaba como una bandera blanca en medio de la habitación. Hacía frío. Las hojas del manuscrito se levantaban, danzaban en el aire y caían con un cortante chasquido. Las que yo había escrito alfombraban el piso en un desordenado despliegue y, con cada ráfaga, se deslizaban sobre el suelo como reptiles migratorios. Alentado por el viento, el cuarto tenía una cualidad móvil.

Me sentía débil y desolado, pero el viento infundió también en mí, el objeto más inerte de la habitación, el deseo de movimiento. Al levantarme, el hambre me hizo recordar que no había comido. Pensé que debía salir a buscar algo. ¡Pero qué pesado letargo!

Sentí la maloliente emanación de mi cuerpo. Debía bañarme. No lo hice. Me puse el abrigo y eludiendo mirar el espejo colgado en la puerta, salí.

La calle me golpeó con su presencia viva. Tuve pánico. Esta calle estaba hecha para seres cuerdos. Todos se darían cuenta de que yo merodeaba en pleno desvarío. No tenía fuerza para afrontar la poderosa ciudad, despierta como un animal joven.

¿En quién podía confiar? Me sentía sediento y perturbado. Un hombre perdido en un desierto cuyos signos son ilegibles. Estuve a punto de salir corriendo de vuelta al apartamento para sentir el cobijo apagado de su negación.

Metí las manos en los bolsillos de la chaqueta pues arreciaba el frío. Toqué un papel arrugado. Lo tiré al suelo. Un muchacho se apresuró a levantarlo y se acercó a devolvérmelo. "No queremos basura en nuestras calles", me dijo con la agresividad que tienen los buenos ciudadanos. Recibí el papel de vuelta. Lo extendí en la palma de mi mano. Era el cupón que Yul Mai me había dado semanas atrás. Un masaje gratuito. Contacto humano sin preguntas. Tomé el acontecimiento como una señal. Debía ir allí. La dirección era en Chinatown. Justo lo que necesitaba. Mi mente intentó convencerme de lo extravagante que era esta idea, pero ¿adónde más podía ir?

Atravesé las calles atiborradas de gente en Canal Street. Las ventas callejeras ofrecían una infinita gama de mercadería chatarra: zapatos, anteojos, bolsas de partida, imitación de productos de marca salidas de las maquilas de Tailandia, Singapur o Centroamérica, souvenirs de un gusto grotesco... La gente rodeaba todo aquel despliegue, como las pirañas a una vivaz mancha de móviles peces. Las aparatosas letras chinas y la multitud de colores de los rótulos abigarrados se añadían a la aglomeración de cosas, de gente, de matices chillones, de formas indescifrables. Los patos rostizados colgados de las vitrinas en los restaurantes que, codo con codo, abrían sus puertas a lo largo de las cuadras eran la única metáfora de quietud de donde agarrarse para conjurar el vértigo.

Cuando pensé que no soportaría continuar la travesía dolorosa por estas calles, apareció la dirección que buscaba: un angosto callejón donde estaba el local de masajes. Al entrar, lo primero que me asaltó fue lo austero del lugar. Minimalista, gris, en semipenumbra. Yul Mai estaba en el mostrador. Se alegró de verme. Hizo el intento de decirme algo, pude leerlo en sus ojos, pero calló. Entendió que yo no estaba para explicaciones.

Llamó a una jovencita de unos catorce años, flacucha y macilenta. Ella me llevó a un recinto aislado. Dentro había una estera de bambú con una ligera colchoneta, tres amplias tinas, dos de ellas humeantes y un pequeño cuarto cerrado que al abrirlo exhaló una bocanada de vapor caliente.

La chica no hablaba ni una palabra de otra lengua que no fuese la suya (no sé cuál). Su voz era inaudible, lo cual me pareció un regalo. Me indicó con señas que me desvistiera y me tendió una toalla que puse alrededor de mi cintura. La chica me señaló el cuartito de vapor. Adentro, encerrado en la oscuridad, el calor fue la primera bendición. Estaba débil y no podía pensar en nada. Una masa algodonosa tomaba posesión de mi voluntad y me sentía ebrio de nuevo.

Al rato, me sacó del cuarto húmedo para conducirme con su mano diminuta a las tinas. Sin pensar, entré en la que me indicó. No esperaba que el golpe seco del agua helada me pegara de lleno en el cerebro. Curiosamente, en lugar de despabilarme, añadió a la embriaguez. Cada una de mis células martilleaba contra mi piel, fuerte, como los corazones de una multitud.

La chica me trasladó del agua helada, a otra tina de deliciosa tibieza y olor agradable. El aroma humeaba dentro de mí, diseñando arabescos. Todos mis músculos cedían y mi cuerpo ya no estaba hecho de carne. Me disolvía en una melcochosa liviandad. Yo también era uno de los arabescos humeantes: me elevaba y salía por el tragaluz. Me unía al cielo gris de Manhattan.

La última inmersión fue en una tina hirviente. Mis huesos crujieron y se desplomaron. Quedé como un trapo flojo, aturdido, que ya no podía pensar. La chica me indicó que debía acostarme en la estera. Cerré los ojos y me bañó con esmero. No sé si alguna vez me sentí tan limpio.

Terminó de enjuagar mis cabellos con agua olorosa a jazmín, cambió la leve colchoneta y, luego de secarme concienzudamente con unas toallas felpudas y tibias, inició su travesía táctil a través de mi cuerpo.

Con sus pequeñas manos inauguró el delicado trabajo sobre mis pies. Uno a uno, cada dedo se rendía. Poco a poco, fui cayendo en la cuenta: nunca me habían hecho un masaje así. Sus manos eran una delicada, sofisticada, exuberante, caricia. Conocían cada ínfimo recodo de mi cuerpo, como si fueran las manos de una vieja mujer que me hubiera amado toda una vida. Tocaba cada hueso, cada tendón, cada escondite de la angustia, del dolor, del miedo, que no están escondidos en el alma sino en los recodos del cuerpo.

Su contacto no era libidinoso o contagiado por apetito alguno. Era bondad dirigida a ese viejo, olvidado e inocente, que era mi cuerpo. Estaba recibiendo una lluvia gratuita de bondad y me puse de nuevo rígido, a la expectativa. No estaba acostumbrado a la bondad gratuita. Toda bondad que había recibido tenía cuerdas atadas a un torcido negocio. Esta era sensación nueva.

Me derrumbé en una mansa entrega. Cada músculo se abandonó a su calor. Sus manos recorrían mi piel y, al hacerlo, recorrían algo más: una parte interior que quedaba al desnudo. Ella tocaba mi pantorrilla y yo lo sentía entre las tripas debajo de mi plexo solar que se encogía. Una expectativa despertó. Todo mi cuerpo quería su caricia, sus manos sabias, sedosas, suaves, abiertas sobre él. El cuerpo hambriento. A pesar del imperio de mi razón, se rebelaba hambriento.

Sus manos subieron a mi rostro y, con amoroso esmero, lo acarició. Entonces, lloré. Quise acallar aquel llanto infantil por elemental vergüenza. Ella hizo una señal: deja libre tu corazón parecía decir, con las pequeñas manos volando desde su pecho. Libre de la cárcel en que lo guardas, imaginaba que decía con ese lenguaje alambicado y gutural. Pasó sus manos por mi cabello, acarició mi cabeza, mientras yo sollozaba abiertamente. Lloré hasta quedar vacío.

Caí en un sueño de opio. Un distante *yo* se alertó preocupado por el abandono: quería irse de nuevo a la casa, a la rutina conocida e insípida, mas un implacable cansancio le impidió moverse...

Tiempo después, desperté solo y en la oscuridad. Me sentía extenuado, como si todas las fuerzas hubiesen sido dispendiadas. Me vestí lentamente. Una leve luz de veladora en la otra estancia me indicaba el camino. Allí estaba Yul Mai. Tenía la mesa servida.

"Pareces hambriento. Siéntate".

XLIV

Yul Mai dijo que podía quedarme y acepté su oferta. Lo que yo necesitaba era precisamente lo que me ofrecía: alejarme. Me dejé llevar. Aquel apartamento de East Village donde hasta ahora había vivido, me parecía un lugar dominado por fuerzas extrañas que podían hacerme perder la cordura.

Hechizado, sí. Aquella noche, en aquel lugar, el vínculo con la realidad se había vuelto peligrosamente delgado. ¿Había alucinado con ella? Todavía me costaba creer que Toni no había estado realmente conmigo, que los acontecimientos no habían sido realmente eso: acontecimientos.

¿De dónde había yo recogido el sabor ácido de su piel, o aquellas visiones de su cuerpo tan pálido? ¿De qué semillas habían brotado aquel rostro enmarañado por el placer, las esquinas, como recodos de calles nocturnas, de sus hombros, de sus rodillas, aquella línea tan recta de su muslo o la planicie de su espalda? ¿Cómo podía recordar la liquidez dulce de su boca, o sus ojos abiertos, urgentes, como un cielo en agonía?

No existía en mi memoria un acervo de imágenes de su cuerpo. ¿De dónde salían? Con solo cerrar los ojos, me asaltaba la sucesión imparable de retratos de aquella mujer y su desnudez infinita. ¿No eran prueba de la experiencia vivida?

A pesar de las evidencias, aquello no había sucedido. ¿Cómo me había soltado de la mano de esa cuestión dudosa que llamamos *realidad,* para vagar a mis anchas por un campo de feria lleno de delirio y fantasía?

Toni... un nombre pequeño. ¿Cómo podía crear tal caos? Tan solo pronunciarlo me hacía caer en una vertiginosa incertidumbre. La conocía muy poco. Pero estar lejos de su entorno, poner distancia, me provocaba la sensación de haber extraviado algo entrañable.

Acepté quedarme con Yul Mai sin considerar ninguna otra cuestión que mi miedo. Le temía a la irracionalidad, a la desmesura, a eso oscuro y fuera de control que se alojaba en mí, como un huésped malicioso que no podía echar fuera.

Compré un par de sudaderos en el barrio, uno con la siglas de NYU y otro, con la repudiable consigna de *I Love NY,* para tener con qué cambiarme. No hacía nada durante el día, excepto vagar por el barrio chino y jugar con los video-juegos que eran la pasión de Yul Mai. Sí, también la ayudaba a escribir su guión que avanzaba, mientras el mío dormía el sueño de los justos.

Al entrar en su intimidad, me percaté de lo delgada y pequeña que era. Tenía el cuerpo frágil de una niña en el umbral de la pubertad. Hablaba poco, pero parecía atenta a cada ínfimo detalle de las cosas. Se fijaba. Parecía saber sin necesidad de preguntar, o quizá no, pero lo importante es que no preguntaba. Me sentía a mis anchas en su presencia no-intrusiva, en su capacidad de escucharme, o de hablar de cualquier cosa, para que yo pudiera callar tranquilo. Yul Mai era una extensión del silencio, un espacio vacío. Por eso mismo, su presencia me resultaba acogedora.

Nuestro acuerdo tácito era difuso. Tan hermético como sus ojos que se abrían apenas, dos rendijas con una mirada determinada.

Me había ofrecido un colchón a la par de su cama, pero por las madrugadas bajaba y se metía entre mis sábanas, con una levedad parecida a la del sueño. Entonces, yo acariciaba su cuerpo: tocaba sus senos, besaba su espalda. Me consolaba con su carne tibia. Pero no la deseaba. Era el abrazo de un eunuco que me permitía huir de la atrocidad del insomnio en la madrugada.

Durante la mañana Yul Mai desaparecía. La imaginaba entregada a su tarea de manejar la sala de masajes. Al mediodía almorzábamos juntos y ella partía a la Academia de cine. Yo me abandonaba a largas siestas que alimentaban mi cansancio interminable.

Por las noches, me contaba lo que había pasado en la clase. Según decía, mis compañeros estaban intrigados por mi ausencia. Rodolfo había ido a buscarme varias veces al apartamento. Se hacían toda clase de conjeturas. Le pedí que no dijera nada. No valía la pena. Ambos sabíamos que este era un arreglo de corta vida. Que solamente estaba pasando el aguacero. En un par de días más, sería hora de que yo volviera al apartamento y reiniciara mi vida.

XLV

Después de posponer varias veces el viaje, finalmente una mañana tomé la decisión de dejar mi refugio. Me pareció que la decisión era sólida y que no tendría dificultad para ejecutarla. Sin embargo, al llegar al apartamento en East Village, la tarea de entrar me pareció imposible, como si un ángel exterminador cuidara la puerta.

Finalmente, entré. El desorden era el mismo. Nada había cambiado, excepto la ventana. Allí, ostensible a pesar de su pequeñez, estaba pegado un *post-it* amarillo. Tenía escrito un mensaje dirigido a mí: "llámame... llámame" y, a continuación, un número de teléfono que me costó trabajo dilucidar por lo descuidado de la grafía. Era de Toni. ¿Qué quería? ¿Por qué escribir aquélla palabra dos veces? ¿Un signo de urgencia? ¿Deseo? Escogí pensar que el detalle no era inocente. Que escondía un críptico significado que yo estaba llamado a dilucidar.

Mi cabeza empezó la tarea de tejer elucubraciones. *Llámame* escrito con reiteración era una provocación. Atenderlo era abrirle la puerta al ciclón que arrasaría mi casa. Así que, metí el papel en mi bolsillo y me prometí olvidarlo. Había estado sintiéndome mejor, no quería arruinarlo. Supe que no podía quedarme. Todavía no. Regresaría a Chinatown.

Arreglé un maletín con casi toda mi ropa. Lo pensé mejor. Saqué la mayoría de las cosas. Tampoco podía prolongar mucho mi estancia en la casa de Yul Mai. Tomé el manuscrito de Shas y mi computadora. Reiniciar mi trabajo era lo más importante. Debajo del manuscrito estaba el cuaderno de Ángela con su carátula roja. Sin reflexionar, lo tomé. Lo metí en el maletín y me largué.

XLVI

Busqué a Yul Mai para avisarle que estaba de vuelta. Me acerqué a la sala de masajes a donde nunca había regresado y pregunté por ella. La muchacha, que no hablaba inglés, me señaló una puerta.

Al abrirla, me encontré con una enorme sala. Decenas de chinos trabajaban en máquinas de coser industriales. Yul Mai estaba allí, gritando de fea manera. Se dirigía a una mujer tan pequeña y delgada como ella. No entendía el idioma, pero sí de qué se trataba el asunto: la pieza que la muchacha trabajaba tenía defectos.

Los ojos de aquella gente eran pozos secos. Sus cuerpos dúctiles instrumentos que solo servían para obedecer. Había algo en esta escena de una fragilidad terrible. Parecía que se iba a resquebrajar en cualquier instante bajo el peso de su propia iniquidad. Yul Mai volteó sus ojos hacia mí con una confusa mirada de ira y vergüenza. Cerré la puerta.

Más tarde, regresó a la habitación que compartíamos.

"No lo entiendes porque no sabes cómo vive la gente en mi país...", dijo.

"Lo comprendo bien", contesté. " Comprenderlo no lo hace menos... trágico".

"Pero... ellos serán libres un día. En China no sería posible. Morirían igual que sus padres y que sus abuelos, sin

nunca haber vivido. Aquí, hay un afuera adónde ir. Si no,
¿por qué vendrían?"

"¿Un *afuera*?"

"Sí... la posibilidad de existir para ti mismo. De hacer
lo que quieras".

La miré sin decir nada, escéptico de sus razones y
odiando la portentosa hipocresía del sistema capitalista y su
inmoral venta de ilusiones.

La atmósfera de comodidad se quebró. Yul Mai nunca
volvió a bajar de su cama a mi colchón y yo supe que tenía
que marcharme.

XLVII

SÉPTIMA SECUENCIA: Las esposas
La primera esposa
Me había casado con una mujer que se llamaba An'. Vivíamos en la plantación y estaba bien. Uno tras otro, nacieron nuestros hijos. Viajábamos a pie hasta la Costa, y ¡qué triste situación! Llevábamos nuestra comida (sufríamos mucho bajo la carga de nuestra comida) y, además, iban los niños. No avanzábamos mucho, y eso fue lo que me hizo pensar. Le dije: No vayas más a la plantación, tendremos más hijos y entonces ¡ay de nosotros! Pero a ella le gustaba su trabajo y no quería perder sus ingresos. No podía aceptar la idea de quedarse sola. Si yo no supiera trabajar, eso que dices estaría justificado. Pero yo nunca diré ¡cuánto trabajo!, nunca diré ¡cuánto por moler! Porque yo sé trabajar. No me quedaré aquí contigo. *Entonces, me abandonó.*

La segunda esposa
El día 8 Q´anil tuve un sueño acerca de una mujer llamada Sin K´ac. *Ella vivía con en Salquil. En el sueño, la mujer se puso un chal y se acercó a la barda para hablar conmigo:* Estoy aguardándote, *dijo.* ¿No quieres venir a verme? Ten, un presente para tí. *Así dijo y me tendió un Tal Su´t.* ¡No estés triste, yo estoy aquí!

Busqué a esta mujer. Descubrí que era viuda y no dejaba de pensar: El sueño debe tener razón. ¡Quizá ella sea buena para mí!

Platicamos durante largo rato y le propuse venir a vivir con ella durante un tiempo. Pero ella dijo: Si sólo quieres venir durante un tiempo, yo no quiero. *Decidí quedarme.*

La hija de Shas de seis o siete años, que se llamaba Anay dejó a su madre un mes después y se encaminó hasta Nebaj a preguntarle a su tía Ma'l acerca de su padre. Ma'l mandó un mensaje a Shas. Él y Sin fueron a recoger a la niña al domingo siguiente. La niña se sintió feliz de quedarse con Sin.

Busqué un reemplazo para An', y encontré otra mujer. Estuve casado con ella quizá cuatro, no, cinco años. Las disputas comenzaron a causa de su hermano menor. ¿No sería mejor dividir la tierra?, le dije. Pero ella no estuvo de acuerdo:

No debe ser, después de que yo divida la tierra, mi hermano podría irse. El alma de mi madre se enfurecería; todavía peor, podría llevarme. *Le tenía miedo a la muerte. Entonces, tuve que marcharme.*

La separación de Sin dolió profundamente a Shas. Había estado lleno de buenas intenciones y muy enamorado de ella. Shas tuvo que irse acompañado de su hijita Anay. Sin nunca volvió a casarse. Murió nueve años después durante una epidemia de influenza.

La tercera esposa

Recordé a Taa, la ya vieja Taa. Ella me había abandonado cuando yo era joven y estábamos en la plantación. Cuando regresé a Nebaj, yo la evitaba, pero ella envió a un tío suyo con un presente de ron para mí y me convenció para hablarle. Yo estaba tomado cuando llegué a verla. Ella se mostró muy contenta y lloró.

Yo le dije: "¿Qué mal te hice? No tengo ningún deseo de estar contigo. Si sentías nostalgia en la plantación, ¿por qué no me lo dijiste?"

231

Nos emborrachamos juntos, y volví a ella. Después de un par de meses, Taa se fue del pueblo y encontró a otro hombre con quien vivir.

A Taa le habían disgustado las ausencias de Shas durante sus actividades ceremoniales, así como habían disgustado a Sin. No decía casi nada cuando él se iba en sus misiones de oración, pero se mostraba enojada cuando él volvía. Además, Shas insistía en la abstinencia sexual durante las ceremonias de curación. Por lo general se necesitaban nueve días de vigilia, pero a veces el plazo era de veinte días. "A Dios no le gusta que llegue mojado", le explicaba Shas.

En otros tiempos, no sólo los rezadores y los contadores de los días observaban abstinencia sexual durante las ceremonias, sino también todos los que participaban cuando se plantaban los campos, cuando se cortaba la madera para una nueva casa, y durante los últimos días del calendario maya.

La cuarta esposa

La cuarta mujer no tenía defectos, pero no se quedaba en mi casa: pasaba todos los domingos en su casa en el pueblo y se llevaba con ella a mi hijita Anay. La casa que yo compartía con ella, se quedaba cerrada. ¡Si hubiera cumplido! La casa estaba cerrada cuando yo volvía. No había fuego, ella estaba en su propia casa.

Anay y yo tuvimos que partir de allí.

La quinta esposa

Entonces conocí a la vieja Ni 'l Chi 'w. Estaba buscando a otra mujer y la encontré a ella. Pero resultó mal: era una persona loca. ¡Qué berrinches hacía! No era culpa mía, y ciertamente no era verdad que le faltara comida; tenía su comida, tenía sus ropas. Se llevó todas sus blusas, todas las enaguas, todas las cintas para la cabeza, todos los cinturones, todos los paños.¡Todo

*quedó vacío! Le dí dos hectáreas de milpa, y ella se llevó todos
los utensilios y el metate. No dejó nada.*

La sexta esposa

*Busqué y busqué a la mujer que hoy está conmigo. Fui a
quejarme ante las almas. Fui a encender una vela ante Nuestra
Madre. ¿Qué es lo que hago mal? ¿Cuál es mi delito? ¿Cuál es el
secreto de la dificultad que tengo, que las mujeres no se quedan
conmigo? Poco a poco se fue borrando mi ofensa a las almas, y
me encontré con ella, en un sueño.*

*Las mujeres me acusaban porque yo conocía el calendario,
como tenía los Días en mi cabeza, tenía que salir a mis sesiones
de oración. Pero ellas decían que yo estaba visitando a otras
mujeres. Me acusaron de tener muchas mujeres "en la mano".
Llegaba tarde a casa: Y tú, ¿has estado sentado con alguien?
No es cierto que hayas ido a rezar una oración para tu ceremonia, ¡es una mujer! Tienes una querida, a ella fuiste a ver.
¡Cuánto me dolía la cabeza!*

*Supe de una mujer que estaba sola. Cuando llegué, ella
estaba en el patio.*

Tengo una razón para venir, le dije.

Mis palabras siguientes salieron lentamente.

*Estoy separado de mis anteriores esposas porque ellas no
han muerto. Es difícil que quieran quedarse por lo que estoy
haciendo. Esto vengo a decirte: Tuve un sueño contigo, ¿es posible que nos casemos?*

Entiendo tus dificultades con ellas. Pasado mañana ven
a verme de nuevo.

Al final del segundo día me dio su respuesta: Si estás de
acuerdo dentro de un mes me iré contigo. Tengo mucho que
tejer, y después de que lo haya sacado del telar, nos casaremos.

*Está muy bien, pero mi vida es dura porque tengo a mi
muchachita conmigo. Además, tengo dos corderitos, un cerdo,*

un perro, lo que sea, y no hay nadie que cuide de ellos. Esto es lo que me pone triste.

Oh, todo saldrá bien. Puedes traer a la niña para que se quede conmigo. Trae también tus cosas y tu ropa sucia y déjalas, puedes traer el maíz y yo prepararé comida para los animales. Lo que sea necesario, tráelo y déjalo. *Estuve de acuerdo con su proposición. Esperé un mes. Entonces, ella vino a mí. Llegó para quedase.*

XLVIII

Este pasaje en la vida de Shas me pareció curiosamente divertido. Imaginé a Shas compartiendo sus quejas acerca de las mujeres con cualquier hombre contemporáneo en un bar de esta u otra ciudad en el mundo. Ciertamente, las historias serían parecidas.

Más tarde, la parte divertida de aquella historia de desencantos amorosos cedió a algo más serio. Yo también quise construir relación significativa y profunda con una mujer. Encontrar un vínculo verdadero. Poderosos impedimentos arruinaron cada uno de mis intentos.

Mi matrimonio con Lydia resultó convencional y distante. A estas alturas haberla perdido no me causaba ningún peso. Pero recién me percataba que habían pasado semanas enteras sin pensar en Ana. Hacía dos años habíamos terminado una relación tormentosa. Casi tuvimos un hijo juntos. Su recuerdo era un peso profundo que venía acarreando y, sin embargo, su nombre no se acercaba ya a las costas de mi pensamiento. Me pareció un dato asombroso. La memoria de aquella angustia que, por tanto tiempo, fue un grueso surco sangrante, ahora estaba seco. Pensé que no podría sobrevivir el dolor y, sin embargo, su existencia se había extraviado ya en la enredada madeja de mi conciencia. Para efectos prácticos, había muerto. ¿Qué implicaba esto? ¿Era así de inconsecuente el amor humano? ¿Podía yo confiar en mis propias palabras cuando decía *te amo*? ¿Serían los presuntos vínculos de amor romántico una veleidad fantasiosa, una entretención del ánimo, una construcción hecha en el aire? ¿O era quizá yo el del problema? ¿Era un diletante para quien el tema era una distracción, por más que lo viviera pomposamente?

Ahora, existía Toni. Ella contenía para mí la fuerza de la vida y su presencia. Pero, ¿podía tomarme yo mismo en serio como amante?

Llámame... Llámame. El papel donde estaba escrito el número de teléfono que me había dejado me quemaba el bolsillo. La terrible cuestión de llamar o no llamar se había vuelto un dilema.

Llamarla, que ella respondiera del otro lado del teléfono, que volviéramos a vernos, que la promesa velada que significaba para mí se convirtiera en realización plena. Tenerla, como había sucedido aquella noche en la proyección de mi deseo. Un universo de posibilidades esperaba a la distancia de una llamada telefónica.

Pero también estaba lo otro: la frustración, la negativa, la nada. Huía de eso como de una casa gobernada por espectros.

Sísifo cargaba una roca hasta la cima de una colina y, cuando estaba por llegar, la roca volvía a rodar hasta abajo y tenía que emprender de nuevo la tarea. Yo cargaba con la penosa roca de mi renuncia a la espera de lanzarla al vacío. Pero antes de llegar, la roca rodaba colina abajo, obligándome a sentir de nuevo su peso, a empujarla por la empinada cuesta otra vez, en el fallido intento por liberarme.

Las mujeres en mi vida habían tenido ese sabor a incertidumbre. Esa cualidad de suelo arenoso. Una mujer sólida donde establecerse. Shas la había encontrado. Y yo, ¿podría alguna vez hallarla?

XLIX

Llamé a Rodolfo. Estaba feliz de escucharme. Lo primero que preguntó es si seguía escribiendo mi guión. No terminaba de regañarme por lo poco *juicioso* que estaba demostrando ser. Quería que volviera mañana mismo a la Academia. Quería que recordara qué propósito me había traído a Nueva York. Parecía un maestro aleccionando a un adolescente.

Me invitó a un concierto de jazz. Era el aniversario del Teatro Apollo en Harlem y allí estarían todas las estrellas de blues, jazz y otros ritmos afroamericanos. Tenía un par de entradas y su novia no podía acompañarlo por compromisos con la Universidad.

Llámame... Llámame. El mensaje de aquel papel no dejaba de martillar mi cerebro. Pero, la llegada a Harlem, un barrio lleno de fuerza, tuvo el poder de apartarme de su reiteración. Cenamos temprano en uno de los restaurantes locales. Un pollo frito estilo sureño, pan de maíz, *cole slaw* hecho en casa y otras amables delicadezas. Me sentía bien. La vida era buena.

Mientras una parte de mí comía tranquilo, otra me suplicaba respetar mi promesa de no llamar a Toni.

Al llegar al teatro, me sentía entusiasmado. Este había sido uno de los clubes nocturnos más importantes de la ciudad en los años 30 y 40. Ahora era un teatro legendario que había anidado a personajes de la talla de Ella Fitzgerald. No cabía en mí. Por momentos como este, había yo construido el sueño de venir a esta ciudad.

El concierto inició con un precioso abanico de artistas. Desde los *blues* más arraigados a las raíces sureñas, hasta versiones cubanas contemporáneas. Me gustó una muchacha menuda que tocaba la violineta con alucinante destreza, acompañada de increíbles improvisaciones de los bailarines de *soft-shoe tap*, tan típico de las regiones esclavistas de este país, que lanzaban al viento variaciones de ritmo, como flores diversas de un infinito ramo.

Después del intermedio, vino la parte toral del espectáculo: un tributo a Ray Charles quien había muerto unos meses atrás. Empezaron por *Georgia* y entonces comprendí la trampa que me había tendido el destino. Toda la secuencia de arreglos de Ray Charles me llevó de vuelta al bar del *Pier 57*, donde había escuchado a Toni. Ahora, ella estaba aquí, presente, en el lugar mismo en donde yo buscaba olvidarla.

Llámame... Llámame. Susurré a Rodolfo una disculpa para marcharme. Él movió la cabeza en señal de desaprobación, intuyendo la razón de mi salida. Ya en la calle, busqué un teléfono público. Marqué el número que me había acompañado en estos días como un objeto religioso. El teléfono sonó y sonó. Llámame... Llámame. ¿No había sido ella quien lo había pedido? Sí, pero de eso hacía ya muchos días. Demasiados, quizá.

L

Doce cofradías, establecidas por los sacerdotes católicos entre el siglo XVI y XVII atienden y honran a los santos particulares. Cada año, un nuevo grupo recibe los deberes de cada cofradía. El cambio incluye la selección de un *B'aal mertoma*, cabeza, o padre mayordomo y un ayudante para los ancianos. Los deberes de los mayordomos de alta categoría incluyen arreglar las ropas del santo y supervisar otros diversos aspectos de la ceremonia. Los mayordomos de inferior categoría acompañan y atienden a uno superior si éste se encuentra en estado avanzado de embriaguez. El ayudante inferior desempeña trabajos serviles como sostener el sombrero del ixil más viejo mientras éste orina.

El *B'aal mertoma* paga de su propio bolsillo casi todos los gastos de la fiesta y este proceso le da prestigio, aunque no riqueza.

Después de que alguien ha servido como *B'aal mertoma*, se vuelve miembro vitalicio de los *principales*.

OCTAVA SECUENCIA: El llamado de una vocación

Vine para hablar de la ceremonia del amanecer que debía celebrar para iniciarme como contador de los días. Era cerca del Año Nuevo y el rezador me aconsejó que esperara hasta esa fecha.

Cuando llegó, todos caminamos hasta el santuario Hu'il, al norte de Chajul. Este era un lugar muy sagrado para guar-

dar los días, pues allí peregrinan adivinos, sacerdotes, curande-
ros y gente del pueblo. 'Aanhel Hu'il es el que mantiene unido
al mundo. Yo había invitado a los parientes, amigos y vecinos.

Desde el exterior, el santuario parecía una casa ixil ordi-
naria, pero adentro había un largo altar con cruces. La capilla
era una gran casa rectangular de adobe, con grandes aleros col-
gantes por los que podía salir el humo de las fogatas y el incienso. Dentro había un gran altar, ocho cruces de madera y una
cruz de piedra a la que le faltaba la parte superior. Me dijeron
que años atrás habían traído la cruz de piedra de Quetzaltenango; las cruces de madera sólo tenían uno o dos años porque
los catequistas (de Acción Católica) habían quemado las que
estaban antes.

Las cruces estaban adornadas con flores, por todas partes
había semillas, así como grupos de velas e incienso. Cuando
empezó la plegaria por el Año Nuevo, en cierto punto, uno de
los cotzales cantó, leyendo de un libro de himnos católicos.

Esperaron a que el primer gallo cantara. Encendieron la
radio para ver qué hora era. En ciertos momentos, los que no
estaban orando dormitaban o charlaban. La gente que estaba
alrededor del fuego comía. Me ofrecieron una gran pila de tor-
tillas, con una baqueta. Después me dieron café de chile de
ambas hogueras.

La gente de los dos grupos iba mezclándose más al transcu-
rrir la noche. Había música y la gente charlaba. Ya entrada la
noche, los hombres bailaban con los hombres y las mujeres con
las mujeres.

Más tarde, fuimos a proteger la vela que yo había comprado, nos pusimos a hacer guardia sentados rezando, hasta que
llegó el amanecer. Quemamos incienso y los ancianos rezaron.

En la ceremonia del amanecer estaban todos: el sacerdote
ixil que celebraba la ceremonia, rezadores que pedían buena

providencia, o cura para sus clientes enfermos, y también mu-
chos contadores de los días y adivinos que utilizaban la semilla
del mic para hacer presagios. A medida que avanzaba la noche,
las plegarias se convirtieron en fuertes imploraciones.

Celebramos el amanecer como prueba de que yo iba a ser
contador ante la gente.

Pap We'l, uno de los ancianos, se convirtió en mi consejero.
Yo soñaba constantemente. Cuando terminó mi aprendizaje,
uno de mis sueños me hizo ver claramente que había sido elegi-
do para recibir el envoltorio sagrado.

LI

"Soy Felipe... recibí tu mensaje".

" Necesito hablarte. ¿Podrías venir a Columbus Circle?"

"¿A qué hora?

"A las doce".

"Mmm... ¿Y mejor si nos encontramos en el aparta-mento?"

"No... Allá no. Mejor llega a donde te dije... Te esperaré".

LII

Recogí mis cosas y me despedí de Yul Mai. Había abierto la puerta para salir, cuando ella me detuvo: "El dinero que me pagan por administrar la maquila lo estoy ahorrando. Quiero encontrar a mi hijo. Voy a pagarle a un detective para que lo encuentre. No sé si eso me justifica ante tus ojos... espero que no me juzgues mal. No quiero que te vayas..."

La abracé y hubiera querido borrar su penosa travesía como si se tratara de un camino dibujado en la arena. "¿Quién soy yo para juzgarte?", le dije con entera honestidad. Le di un beso y me fui.

Llegué demasiado temprano al lugar de la cita. Cargaba mi equipaje conmigo, no había tenido tiempo de llevarlo al apartamento. El maletín era ligero, pero también llevaba otras cosas: el cuaderno de Ángela, mi guión, el ordenador. Acomodarlos me resultaba bastante incómodo. Caminé para matar los nervios y mis pasos me condujeron a la famosa Quinta Avenida. Allí estaba Tiffany & Co. Me acerqué a la vitrina. Lo que veía dentro me parecía monótono y aburrido. Demasiado formal, pero me hacía recordar *Breakfast at Tiffany's* y a Truman Capote, hijo de esta ciudad por elección propia.

Holly Golightly, la protagonista, sabía que nada malo podía pasarle en Tiffany y era aquí que acudía en busca de contento. Esta tienda de artículos de lujo era el símbolo más poderoso de seguridad existencial para la embriagadora Holly, como para otros podría ser un templo.

Intenté comprender. Lo que había aquí era un despliegue de estilo, lujo y dinero. ¿Por qué estas cosas eran una fuente de consuelo? ¿Ordenaban el mundo? ¿Lo hacían más seguro? ¿Eran el rostro mundano que ofrecía el propio Dios?

¿Qué había detrás de la altisonante presencia de estas tiendas? Louis Vouitton, Bergman Dorfman, Brooks Brothers, Cartier, una tras otra con sus almidonadas vitrinas. Era difícil decidirse a entrar. Uno sentía cierto pudor, como si necesitara una venia especial, un permiso del Papa o de algún otro sacerdote terráqueo con influencias.

Me topé con la vitrina de Prada y una hilera de zapatos que parecían objetos de culto logró asombrarme. Mi curiosidad pudo más que mi pudor. Entré al recinto y el enorme retrato de un muy afeminado Benicio del Toro me recibió. El rulo caía sobre su frente en un novedoso peinado y su mirada me perseguía con un aire de fingido misterio. Me dieron ganas de reír, pues *el estilo* no le hacía ningún favor. Abajo, una frase: *Moda que hace a los hombres más humanos y a las mujeres más poderosas...* Me pareció intrigante que la presunta *humanidad* masculina estuviera cargada con la exigencia de ser tan afeminada.

Imágenes de excéntricas mujeres poblaban las enormes paredes. Sus vestidos arquitectónicos, sus estrafalarios zapatos, sus miradas ausentes hurgando en un lugar distante, más allá del horizonte, sus cabelleras rígidas y rigurosas, con cortes de pelo que nadie osaría sacar a la calle.

¡Qué difícil tarea buscar encontrarse en la mirada de una de aquellas mujeres! Su destino manifiesto era pretender. Nadie podía pasar la invisible barrera que las circundaba como un muro de alambres electrificados. Eran unas vestales. Eran impenetrables. ¿Sería este el secreto del poder que ostentaban? ¿Una elaborada y muy calculada impenetrabilidad? La terrible sensación de que ser penetrada pudiese ser un concepto ofensivo para la mujer, un concepto que mereciera la venganza de convertirse en aquellas heladas esculturas, me atravesó como una afilada hoja de decepción. ¿Dónde estaba aquí la sencilla presencia, fresca y adorable en su imperfección, de una mujer hecha de carne?

La tienda era inmensa, como un viejo castillo de enigmáticas habitaciones. Las frases escogidas para ambientar se fueron apilando en mi mente: *Zapatos que te permiten exagerar, vestidos que dan vida a tus impulsos fantásticos, faldas con posibilidades dramáticas...* o preciosidades filosóficas tales como: *Prada trata de entender qué es hoy la belleza, descubrir el cuerpo clásico, descubrir el cuerpo surreal...*

El cuerpo clásico, el cuerpo surreal. Estas frases me hicieron recordar a Dorothy, la modelo que había conocido en el hospital, con su precioso cuerpo atiborrado de normas que dictaban su significado, su forma, su adecuada representación. Una pobre muchacha sometida a toda esta maestría sobre el gusto, llevando sobre sus delgados hombros una institución tan pesada como la moda. Ahora entendía por qué no podía sentirse. Estaba irremediablemente alejada de sí misma por la vorágine de imágenes y alucinaciones que tenían los otros sobre qué era el ideal.

El cuerpo clásico. El cuerpo surreal. Fantasía colectiva sobre mujeres imposibles, mujeres efímeras, mujeres *prêtes a porter* hechas de piezas armables para la ocasión.

Al final de un largo pasillo, se encontraba una habitación con máquinas interactivas. *Palazzo.* Prada había contratado a Richard Heines (un artista cuya especialidad era dibujar con yeso), para que colgara de las paredes de un palacio virtual imágenes de sus modelos. El artista nombró a su obra: *"Palacio de los personajes que representamos"* y añadía un slogan, *"El ir y venir de quienes están en el juego del poder"*.

El artista lo había visto claro. Toda esta sofisticación era una investidura que servía para jugar un papel, como en una gigantesca obra de teatro. Vestidos así, lo importante no era ser quien uno era, sino aparentar ser otra cosa. Aquí se fabricaban las máscaras, los disfraces, los escondrijos que servirían para recubrir la simple y llana humanidad, plagada de imperfecciones y de cosas poco seductoras como la enfermedad, la fealdad o la muerte.

Los dibujos reflejaban *la encantadora imperfección que sólo tienen las manos humanas,* rezaba un comentario sobre la obra. La imperfección era pues *algo encantador.* Merecía las palmaditas que uno daría, con tierna condescendencia, a una mascota. Tolerable, como también se toleraba lo discordante, lo antiestético, siempre y cuando formaran parte de una controlada subversión.

Me enteré de que Prada contrataba con regularidad a artistas para que elaboraran obras alrededor de su producción de moda: Roman Polanski, Ridly Scott... También se anunciaba una exposición que albergaría el Museo de Arte Moderno en fechas próximas sobre dos diseñadoras italianas, entre ellas Miuccia Prada. La amalgama del dinero, el arte, la política. La producción económica o cultural... Al final todo era parte de lo mismo.

La moda dejó de parecerme un asunto baladí. Era una construcción social que seducía y atrapaba en sutiles lazos. Tela de araña hecha de sueños e ilusión pero que, en medio de su mentida inocuidad, justificada por la belleza, establecía con claridad quién era quién en el mundo. Separaba, seleccionaba e investía. Era una parte central de los rituales que organizan el poder. Vestirse era nombrarse. Adoré la desnudez.

Las ideas me hacían hervir la cabeza. Cuando iba a salir, un video que se proyectaba en la última sala atrapó mi atención: el anuncio de Prada para un perfume. Había utilizado como letanía de fondo un poema del siglo I que yo conocía bien...

Porque soy la primera y la última
Soy la honrada y la desdeñada
Soy la ramera y la sagrada...
Soy la novia y el novio y mi marido me engendró
Soy la madre de mi padre y la hermana de mi marido,
que es mi vástago...
Hacedme caso, soy la deshonrada y la grandiosa.

El poema me sacó de las disquisiciones sobre la moda. Ahora pensaba de lleno en la mujer total, la mujer que nos abraza como el mar a una isla olvidada. La mujer que nos hace nacer y que nos mata. Los hombres, no sabemos un carajo de esa mujer.

Recordé un fragmento de *Sexus* que había aprendido de memoria:

La mujer que había sido Mona; que había tenido y tendría otros nombres, no era ahora más accesible, más penetrable, que una fría estatua en un jardín olvidado de un continente perdido...

Dentro de su corazón una campana resonaba, pero yo no sabía lo que significaba...

Frente a la inmensidad de ese misterio, uno se para como un ciempiés que siente cómo la tierra se desmorona. Cada puerta abriéndose a un vacío más grande. Sintiéndose como una estrella que nada en el océano del tiempo. Debiendo tener la paciencia del radio enterrado en un pico del Himalaya.

Qué tremenda verdad. Para un hombre, la mujer es impenetrable... Especialmente cuando cree que la ama.

LIII

Llegué a Columbus Circle a las 12:25. Me había atrasado. No alcanzaba a divisar a Toni en medio del gentío que se movilizaba de un lado al otro, buscando un lugar para tomar el almuerzo. Daba vueltas como un loco, sin poder resignarme a la pavorosa idea de no encontrarla. Esta vez había sido mi culpa.

Me senté en una banca para acomodar el maletín y los libros que cargaba. ¡Cómo estorbaban! Mientras me ocupaba de organizarme, alguien me tocó en la espalda.

"Felipe... pensé que..."

"Toni... ¡Qué suerte encontrarte! Perdona, yo..."

"Dicen las malas lenguas que los latinos son impuntuales... ¿Querías ajustarte al estereotipo?" Yo la miraba. Sus labios se movían. Salían de ellos palabras. Yo estaba absorto en aquella noche que no pasé a su lado. Al verla, dudé de nuevo. ¿Había sido una ilusión? ¿No conocía yo esa boca? ¿No había recorrido la larga extensión de su cuello y bajado hasta sus senos ligeros? No importando cuál fuera la respuesta, yo conocía aquel camino. Me había hundido como un barco iluminado que desciende al fondo callado del océano y se queda allí, náufrago, inerte, olvidado en sus quietas arenas.

Me levanté despacio. En la mirada de Toni vi mi propia imagen reflejada. Desde ese lugar acuoso, surgió una revelación: Yo existía.

Ella me abrazó y pareció abandonarse a mí, como si por un instante, en el inusitado punto geográfico de mi cuerpo, encontrara refugio. Cuando la solté me pareció ver tristeza en sus ojos, pero ella sonrió y masculló una broma. "Debes tener hambre", dijo a continuación, "conozco un lugar que está cerca. Allí podemos hablar".

Caminamos hasta un restaurante italiano. "Lazzara". Era un local antiguo con las paredes forradas de madera. Húmedo, oscuro y muy pequeño, pero agradable. Al fondo había un paisaje de Toscana que parecía pintado por el primo del dueño. Una inmensa matrona acomodaba flores en un florero. Toni parecía una cliente habitual pues la saludó por su nombre.

Nos sentamos en una pequeña mesa. Yo tenía dificultades para acomodarme con el maletín y los libros que cargaba en las manos. Toni se rió de mi torpeza y alcanzó una silla para poner mi equipaje. Pensé que ordenaríamos algo de comer, pero cuando ella pidió solo un café, yo pedí lo mismo.

Podía intuir que Toni quería hablarme de algo que le era difícil decir. Esperó a que el mesero sirviera los cafés mientras apretaba las manos enlazadas queriendo reunir su fuerza. Cuando se apartó de nosotros, me miró con intensidad y me dijo: "Necesito pedirte algo. No tienes por qué aceptar, pero.... realmente espero que puedas ayudarme. ¿Por dónde empiezo?", dijo para sí misma. Hizo una larga pausa y luego lo soltó de manera cortante. "Bah... ¿Qué ganaríamos si te cuento una historia? Lo que necesito es dinero".

"¿Dinero?" Pregunté con asombro pues había esperado otra cosa. Me invadió la confusión en varios frentes: no me consideraba un tipo a quien se puede pedir dinero. A continuación, dudé de ella. ¿Quería aprovecharse de mí? Al fin y al cabo ¿quién era esta mujer? Pero más profundamente, mi vacilación tenía que ver con la decepción. Había venido a la cita acariciando la idea de que la tremenda necesidad de vernos era algo que nos unía... que esa fuerza de gravedad la había traído a mí. Sin embargo el asunto era de orden pragmático: necesitaba dinero.

Ella se sintió incómoda con el tono de la pregunta y con mi vacilación. Yo quise retomar la cuestión y reaccionar de manera adecuada. Confiaría en ella. Aun si mi confianza fuera un error. Aun si todo en ella fuera una grosera manipulación, yo estaba dispuesto a entregarme. Me rendiría a ciegas. Si quería dinero, lo conseguiría. Si me pedía tomar cicuta por un necio capricho, apuraría la copa.

Cuando iba a enmendar mi reparo, un torpe movimiento de mi pierna tiró la silla donde estaban mis cosas. Todo se desparramó por el suelo: mi maletín, el manuscrito de Shas y el cuaderno rojo de Ángela que quedó abierto a medio salón. El estrépito produjo un inesperado silencio.

Toni se levantó de su silla. Parecía moverse con lentitud extrema. Tomó el cuaderno de Ángela y lo cerró como quien cubre la desnudez de un desvalido. Me volteó a ver con absoluta estupefacción. "¿Qué haces tú con esto? ¿De dónde lo sacaste?" Dijo en un susurro, con la voz quebrada de un artefacto descompuesto.

"Déjame explicarte.... Yo... quiero ayudarte. El dinero es lo de menos, lo conseguiremos. Yo, te amo. Tomé el cuaderno de tu hija porque pensé que... La chica necesita ayuda. He intentado visitarla. Quizá podría... Toni, tú eres importante para mí ¿comprendes? Sé que es absurdo, pero tu hija me interesa, tu vida me interesa".

"¿Quién diablos crees que eres?", dijo ya dueña de sí. Los discretos comensales no pudieron evitar voltear ante la irrupción de este drama en medio de un rutinario almuerzo.

"Conozco a los hombres como tú: hacen cualquier cosa con tal de no afrontar su vida. Piensas que me amas, pero sólo me utilizas. Me inventas en tu cabeza como una pomposa fantasía y, luego, te masturbas con ella. ¿Sabes cuál es la verdad? *You know shit about me.* ¿Te debo algo? ¿Crees que puedes tenerme sólo porque así lo quieres? ¿Cómo te atreves a tocar mis cosas? ¿Cómo te atreves a tocar mi vida? *You are fake. You are a clown*".

Salió como un vendaval. Quise salir detrás de ella, pero me sentí pesado y mecánico, como una inútil máquina vieja.

LIV

NOVENA SECUENCIA: El contador de los días

Soñé que llegó hasta mí un mensajero. Bajamos por el cerro y llegamos al juzgado, allí estaba el alkaalte. Entré en la oficina en que hacían sus audiencias y le dije:

Ca' laas pap. He venido.

Ca' laas Kumpaale. Me alegro de que hayas venido, eso es muy bueno. Te quedarás reemplazándome. Te dejaré mi silla. Llegarás a conocer a los hijos y a las hijas.

Pero no, Pap, ¿cómo es posible que me quede con tu silla? No tengo conocimiento ni experiencia. Nunca he tenido un pequeño cargo, ni siquiera como mayuul he trabajado en el juzgado. Conoceré muy poco el trabajo. No saldrá bien. Y la gente sabe que soy realmente pobre, no me darán un oficio.

Oh, nada de eso: toda la gente ha votado por ti. Es una orden que entres aquí: no es por tu gusto. Pero espera, no te fijes en los chismes. No prestes atención. La única palabra que debes obedecer es la que yo te diga, *repitió.*

Había una campana cerca de él, y la tocó. La sacudió como a la campana de la iglesia: tsilín...

No prestes atención, la única palabra que debes obedecer es la que yo te diga, *repitió.*

¿Dónde está la llave que llevas contigo?, le preguntó al primer mayuul.

Está allí, colgada de la pared.

253

Vé y tráela, *le ordenó.*

El primer mayuul fue a traer la llave.

Entrégasela. No es que él la busque, pero dásela, y ve a mostrarle la cárcel. Déjalo ver lo que es la cárcel y ver si puede abrirla, *dijo el alkaalte.*

Entré y abrí la cárcel. También la cárcel estaba en el exterior del juzgado, a la luz del día. Un preso podía contemplar el mercado. Ante nosotros estaba el mercado y lo miramos desde la ventana. No había nadie, sólo silencio en la celda. No había ningún preso. Después de mirar al interior, sentí algo. Volví a cerrar, y luego me fui a informar al alkaalte.

Él le preguntó al primer mayuul: ¿Cómo salió? ¿Pudo abrir la cárcel?

Sí, la abrió y la cerró de nuevo.

Ah, muy bien, entonces, Pap, ¿qué más quieres? Ahora eres libre. Adelante, no hay nada de qué preocuparse.

Fui a mi casa. Y ya llevaba la vara del cargo bajo el brazo. ¡Cómo brillaba la punta del bastón!

Mi abuelo, el que me crió, había muerto hacía mucho tiempo, pero cuando llegué a casa, allí estaba él, sentado en la silla.

"¿Qué pudo ser Pap? ¿Qué es lo que me han hecho esos hombres?¡Me dieron la vara! ¿Qué haré con ella?"

"Ja, ja,ja, ya me lo dijeron. Me lo contaron, pero no me gustó la idea, porque sin duda traerá dificultades. Lo que te ha pasado no es cualquier cosa. Sin duda es tu destino, ¿qué puedes hacer? Deja la vara sobre el altar".

Cuando desperté no había ninguna vara, pero así es como todo empezó. La vara era el b'aq'mic, que había venido a mí.

Poco a poco me llegó el envoltorio sagrado; pronto vino la medida de las piedras para que yo las reuniera, las semillas para formar el envoltorio sagrado. No las compré; en cambio, tuve que reunirlas. Poco a poco empezó la cuenta del día. Ya podía ver las transgresiones de algunas hijas que venían a hablarme. Lo hice en mis sueños.

Ocurrió poco a poco. La gente supo lo que yo tenía, y vinieron, así como el sueño lo había dicho. Vinieron diciendo: "Danos la lectura de nuestro destino, porque tenemos una dificultad".

Al final comprendí que ser contador de los días era como tener las llaves de una cárcel. Mi llamado era liberar a la gente de sus enfermedades y sufrimientos. Mi llamado era aprender a sanar a los otros.

Símbolos importantes que debo recordar para usar en mi película:
1) De autoridad: el látigo y la vara; la vara también denota el envoltorio adivinatorio.
2) El asiento es símbolo de un cargo. Ocupar el asiento del rezador, simboliza ocupar un cargo.
3) La cárcel simboliza la enfermedad. Y las llaves, el medio para liberar a los presos de su cautiverio.
4) Los ladinos son los dioses y santos del cielo. A menudo se colocan en las casas retratos del señor presidente.

LV

Mientras Shas se convertía en un hombre cierto, a quien se conferían responsabilidades y dones, yo perdía mis fronteras y forma. Un payaso. Así me había llamado Toni. ¿Era mi amor una fantasía? ¿Quién era ella para decirlo? Y, en todo caso, ¿no es la fantasía un elemento esencial del amor?

Las personas suplican en silencio poder encontrarse con alguien que tenga el misterioso don de desatarles la fantasía. Cuando no lo encuentran, el mundo parece deshabitado. Y no existe nada que pueda competir con la desaforada imagen del otro que una mente enamorada crea en el escenario fantasmático del deseo. Sí, cada amante es, fundamentalmente, un ser imaginario.

Pero, había algo que sí era completamente real: el dolor. Mi cuerpo era un vasto campo de concentración plagado de sitios de tortura.

El más despiadado recinto de tus torturas es siempre la culpa. ¡Te has esforzado tanto en hallar la forma de amar de manera impecable! Pero esa voz interna tuya, desdeñosa, te convence siempre de que careces de la habilidad profunda de un amante. Que el fracaso es enteramente tu culpa. Esa es la falla que no logras ver y... tu condena.

Longing... Cada idioma tiene sus palabras perfectas. Nunca encontré una en español que significara lo mismo. En ella podía ver una imagen: la totalidad de mi ser estirarse al impulso de una voluntad inmanejable, queriendo alcanzar a aquella mujer. Y luego, con empecinada reiteración, volver con las manos vacías, en un péndulo sin tregua.

Trabajar en mi guión era mi escape. O más bien un asidero que no permitía a mi cabeza más que un limitado desvarío. Al principio, me dediqué a trabajar con ahínco por temor a la ansiedad y a la espera. Con los días, me sorprendí comprometido, auténticamente comprometido, con terminarlo. Este impulso era la fuerza que necesitaba.

De hecho, terminar el guión se había convertido en otra de mis ansiedades. Sentía que mi corazón palpitaba, incontrolable, al pensar en la extensión del trabajo que faltaba. Como si algo amenazante que me impediría terminarlo estuviera al acecho. En lugar de drenarme, esta pulsión me llenaba de energía y de un poderoso ímpetu de trabajo. Además, me proveía de un aislamiento que no implicaba soledad, sino conexión con algo difícil de nombrar, que estaba allá afuera, pero a mi alcance. Escribir era como sumergirse en el río de la vida. Escribir era una forma solitaria de existir pero implicaba una profunda relación, un vínculo de posibilidades infinitas.

Tenía un asunto irresuelto: Toni necesitaba dinero. Imaginé para qué: la enfermedad de Ángela. ¡Cuánto le habría costado pedírmelo!

Deseaba tanto enmendar las cosas con ella. Me dolía haberla lastimado. No tenía mucho de qué echar mano, pero podía entregarle el resto del dinero que me quedaba. ¿Cómo lo hacía?

Mientras lavaba los trastos del desayuno, mi memoria

me hizo un inusitado regalo: Hellen Lacrosse. Ese era el nombre de la hermana de Toni que olvidé la misma noche que la conocí. Me acerqué al teléfono con indecisión. Llamé a información y pregunté por el número. No había nadie registrado con ese nombre en Manhattan.

Continué lavando los platos, intentando poner de lado mi frustración. Me rondó la idea de que quizá viviera en Brooklyn, o en Queens. Emprendí la tediosa búsqueda, condado por condado. Finalmente lo encontré. Hellen vivía en Long Island. Llamé de inmediato. Cuando respondió, me sentí incapaz de explicarle el enredo por teléfono. Le dije que necesitaba hablarle y ella contestó que el miércoles vendría a la ciudad. Faltaban tres días para eso. La urgí. Ofrecí viajar a su casa. Pero ella se mostró inflexible. Vendría el día miércoles, como lo tenía planeado.

Me arreglé para salir. Si se trataba de pagar una cuenta pendiente en el hospital, quizá podría abonar algo que ayudara. Tomé el metro e intenté que mis dudas no me robaran el impulso.

Al llegar, la recepcionista que tan amablemente me había recibido en ocasiones anteriores puso una cara agria.

Cuando le expliqué mi propósito, me aclaró que la señora Lacrosse había dado órdenes expresas de no darme ninguna información sobre Ángela. Debía marcharme de inmediato, pues de lo contrario llamaría a seguridad.

Insistí. No quería regresar al apartamento sin haber cumplido mi propósito. Quise explicarle... La muchacha me miró amenazante. Tomó el teléfono para denunciarme. Una señora de aspecto recio y con aparente autoridad la detuvo. "Eso no será necesario", la interrumpió. Me tomó por el brazo y me condujo a una pequeña cafetería que estaba en la entrada.

"¿Es usted pariente de Ángela, o amigo de la familia?", preguntó.

"Algo así", respondí.

"Soy su psiquiatra. ¿Quiere tomar un café? Yo iba a tomarme uno ahora".

Nos sentamos en una pequeña mesa del bullicioso lugar.

"¿Quiere saber cómo está?", ofreció.

"Claro..., quisiera ayudarla".

"¿Y qué le hace pensar que puede? No se trata de una adolescente con problemas ordinarios. La anorexia es una enfermedad mental".

"La verdad, no entiendo bien qué le pasa".

"Físicamente, se encuentra muy mal. Está débil y no logra recuperarse. Se ha causado mucho daño en los riñones y el corazón. Aún así, curiosamente, su anorexia ha sido una puerta de salida".

"No sé si le entiendo".

"La anorexia es una patología. La gente se enferma como una forma de sobrevivir a sus circunstancias, no importando cuál sea el costo. Encontrar balance, una armonía interna. Ángela perdió a su padre. Como respuesta a esa pérdida, se embarcó en una extraña aventura de seducción con su madre, porque uno no puede matarse de hambre sin obligar a los otros a intervenir. El cuerpo es un punto de seguridad, un elemento de control. Su desesperada necesidad de tener afecto la llevó a desarrollar una perfecta habilidad de controlar la ingesta de alimentos. Entre más hábil se hacía en dejar de comer, más poder ganaba sobre su madre. El deseo de ejercer poder sobre la voluntad del otro es una expresión del amor. ¿No es cierto? Ella encontró la manera de equilibrar un profundo vacío interno comiendo nada".

"No creo que Toni sea una madre odiosa que necesita de esos malabarismos para amar a su hija".

"La realidad psicológica de un paciente no es una apreciación objetiva. Si se pone a pensar, todos vivimos sumidos en una interpretación de lo que pasa... una ficción que nos contamos sobre nuestra propia vida".

"Es demasiado confuso".

"Y bastante trágico. Pero, las mujeres han utilizado desde hace mucho la comida como un lenguaje de protesta. En el caso de Ángela, la experiencia le ha servido para ganar autonomía y, quizá, está lista para dar el gran salto".

"¿El gran salto?"

"Sí... sanar. Salir de la dependencia afectiva de sus padres. Convertirse en individuo. Le ha costado trabajo, pero sé que puede lograrlo. Es apasionada y muy fuerte".

"¿Está cerca un final feliz?"

"Las cosas no son tan sencillas. El problema es que ese cuerpo que le sirvió para liberar su psique, ahora le juega una mala pasada: se ha vuelto adicto al ayuno, a la sensación de liviandad que provoca. Su cuerpo rechaza el alimento. Literalmente, Ángela no puede tragar".

"Qué enfermedad tan..."

"¿Fascinante? Sí... de una forma macabra. Una enfermedad mental que mata de manera muy efectiva. Ángela debe pelear ahora contra una peligrosa adicción. Y las adicciones son... ¿cómo le explico? tremendas pasiones que buscan reinar en solitario. La parada final de este viaje es la muerte".

Me sentí abrumado. Hice una broma tonta, por no saber qué otra cosa decir: "caer en la adicción de no comer, sería imposible para mí".

La doctora me vio a los ojos con agudeza.

"Mmm... pues me da la impresión de que usted tiene buen potencial para una pasión anoréxica. Sólo faltaría averiguar en qué lugar de su ser escoge hambrearse".

LVI

¿Hambrearme? El enigma que contenía esta palabra saltó a mi conciencia cuando desperté.

Ella lo había dicho: tenía que buscar el lugar de mi ser donde me condenaba a morir de inanición. Hambrearme... buscar el control a través de la restricción del deseo. ¿Era por eso que me interesaba tanto la historia de Ángela? ¿Era yo también un "hambreador" de mí mismo?

LVII

NOVENA SECUENCIA: El contador de los días (continuación)

Los azares de un contador de los días son formidables. Acaso el más grave sea el alcohol. Es necesario beber durante los ritos. A veces, el rezador está tan ebrio que no puede terminar la ceremonia y otro rezador debe hacerlo, pidiendo antes perdón a los dioses por esta irregularidad. La razón común de que los hombres beban tanto es la necesidad de obtener poder para ayudar a otros. Shas era suave y benigno, pero cuando tomaba durante los ritos, su personalidad cambiaba. Así, le resultaba menos probable perder el dominio de la situación. Entre los ixiles, se aplica la adivinación para determinar la causa de enfermedades, interpretar sueños, recuperar objetos perdidos o robados y determinar lugares y sitios para el rito.

El manejo del calendario no parece tan elaborado, pero es muy importante porque un contador de los días nunca puede perder un día. La enfermedad o la embriaguez pueden desequilibrar el sentido del tiempo de una persona, pero un contador de los días siempre tiene una guía divina que mantiene en su cabeza el dominio de los días. Cada uno de los veinte días tiene un significado propio. Algunos días, por ejemplo B´aac´son considerados buenos, otros, por ejemplo C´i son considerados malos, mientras que otros son casi neutros. B´aac´ significa "mono aullador" pero no tiene conexión directa con los monos. Es el día para las bodas y para pedir riquezas. C´ikin significa pájaro y es el día para pedir dinero y buena fortuna. Q´anil se relaciona con el cultivo del grano, mientras que ´Aama representa la mazorca; Cí´ es el día en que los envidiosos pueden lanzar el disgusto sobrenatural contra sus enemigos.

Otro peligro es la abstinencia sexual. Antes de ciertos ritos, el contador de los días debe evitar toda relación sexual. Esto fue causa de las dificultades con algunas de sus esposas que le acusaban de dormir con otras mujeres cuando pasaba la noche fuera de casa. La seriedad de Shas acerca de su papel de contador de los días fue un factor dominante en su vida. La aprobación de sus antepasados y de los rezadores era de enorme importancia para él. Su insistencia en los sueños refleja esta necesidad de guía.

Ahora me he hecho viejo. Hay muchos rezadores que son jóvenes y mueren. A veces, los rezadores cortan su propio hilo (de vida). Son ellos los que dicen: Si puedes pagar mi precio, lo haré *y así pierde la cabeza por el dinero. Hay algunos que me pagan. Otros no, pero así sea. No exijo nada de la gente. No pido nada, no pido dinero. El dinero es caliente. No pido dinero, ni pido para ron.*

Shas hacía sus adivinaciones en su propia casa. A veces, Shas iba a la casa del cliente, pero esto sólo ocurría con personas que él conocía bien, que estaban contentas y no tenían "dos corazones". Cuando el cliente acudía a la casa de Shas, tenía más posibilidades de que la lectura fuera buena. Cuando Shas llevaba su material adivinatorio a otra casa, siempre dejaba algo en la suya propia como salvaguarda y esto, según creía, era la razón de que las adivinaciones no fuesen muy buenas. Además, los propios clientes preferían ir a la casa del contador de los días para que sus vecinos no supieran de ello.

Al ser consultado Shas por un cliente enfermo, colocaba su envoltorio adivinatorio frente al santuario del hogar. El envoltorio consistía en una tela, un puñado de cristales de cuarzo y cierto número de semillas del árbol de coral.

Una vez colocadas las semillas, Shas las contaba de izquierda a derecha, comenzando comúnmente con el día de la lectura o el día en que se había manifestado la enfermedad, y mencionando los nombres de los días y sus números.

Gracias Pap, por darme consejo, por darme sabiduría, gracias a ti para siempre. Es verdad lo que dices. Así es, lo he experimentado. Estoy viviendo bien gracias a ti, Pap. Toma un poco de ron, bebe un poco de ron. Sólo por mi placer te lo ofrezco. Es un placer hablar contigo. *Así me dicen los que vienen a verme. Y poco a poco se reconcilian. Y componen sus vidas.*

LVIII

Sanar. Esa fue la vocación que Shas descubrió, a la que fue llamado. ¿Puede la gente sanar? ¿Pueden las sociedades sanar? En todo caso, ¡qué importante tarea!

LIX

"Mara tenía un concierto en Filadelfia. Bobby se quedaría en Nueva York con Ángela, pues ella tenía una lectura de poesía en la escuela. Era frecuente que él se ocupara de las cosas de su hija. Mara estaba atareada siempre: ensayos, conciertos, entrevistas y otras cosas. *She was a public person, ¿you know?*"

La voz de Hellen era lenta. Había vacilación en cada frase, como si tuviese que buscar palabras perdidas dentro de un enorme canasto de cosas viejas. Yo la escuchaba con paciencia pues comprendía su dificultad de tratar conmigo (que era un extraño) un asunto familiar espinoso. No le había pedido que me contara nada. Era ella quien se empeñaba en narrar los detalles de aquella historia por la serie de razones que nos impulsan a revelar nuestra intimidad: comprender lo que nos pasa, encontrar consuelo, quizá simplemente poner la historia en palabras y *soltarla*.

"¿Y Bobby?", pregunté. "¿No acompañaba a Mara en sus viajes y compromisos?"

"Claro. Por supuesto. Claro que sí". Repitió, queriendo asegurarse de que yo supiera lo impecable que era Bobby.

El impecable de Bobby... ¿se ha preguntado alguien quién empujó a Ángela a quebrar la frontera del amor filial con su padre? Ella lo anotó en su cuaderno. Las dos últimas notas que Felipe decidió no leer... El miedo de su madre a encontrar allí, precisamente eso que no quería saber. Aquellas notas guardaban el secreto para quien quisiera saberlo. Pero...¿a quién le interesaba la verdad?

"Él siempre fue su agente y su administrador. Estaba en todo. Aún así, parecía encontrar la manera de atender a la niña y ser un padre tierno. Era de esas personas que encuentran el tiempo. ¿Conoce gente así? Yo conozco poca".

"La niña estaba muy apegada a él. Para serle franca, la niña era tan posesiva con su padre que se convirtió en un fastidio. Mara empezó a resentirlo".

"¿Resentirlo? Quizá el apego era natural, si ella estaba tan ocupada. ¿No cree?" Me encontré defendiendo a Ángela sin saber por qué.

"Mara no iba a tolerar que nadie se interpusiera entre ella y Bobby".

La atención de Hellen se dejó atrapar por una rosa que había florecido en un arriate a la par de la banca del parque. Se acercó a tocarla. "Qué extraño, no florecen en esta época del año". Volvió a sentarse y retomó el hilo de sus recuerdos.

"Las cosas eran así. Bobby y Mara se conocieron cuando eran casi unos niños. Siempre estuvieron juntos, encerrados en un mundo donde no parecía caber nadie más. Cuando ella triunfó en su carrera artística, le resultaba difícil manejar las cosas. Él se las ingeniaba para alisar todas las arrugas y suavizar cada esquina. Hasta que Ángela empezó a mostrar un extraño empecinamiento. Quería a Bobby para ella sola".

"Mara no lo tomó bien. Me cuesta decirlo *because I know she's good-hearted person.* '¿Qué perversa idea se le ha metido a esa niña?', reclamaba llena de ira. Yo no tenía ninguna respuesta que darle. Para serle franca, a mí también me parecía extraño. No es que no haya visto nunca a una niña apegada a su padre. Esto era diferente. Había algo malsano. La niña se comportaba como una mujer que lucha por el amor de un hombre. Pero él era su padre. ¿Como podía ser la hija, rival de su madre? *The devil got into her*".

"Mara cayó en el juego y empezó la guerra. Ambas manipulaban por la atención de Bobby. Había riñas constantes. 'Ángela tendrá que buscarse su propio hombre...' me dijo Mara antes del accidente. Yo le aconsejé que ayudara a la muchacha a comprender las cosas. Al fin y al cabo, era demasiado joven. Nunca olvidé su respuesta: *'You know what she needs? To find a man that's not her father, and get a good fuck.'* La última palabra atravesó el umbral de su boca con dificultad.

Imaginé la situación: una niña que había erotizado la relación con su padre para robar un poco de la adoración que él tenía por su madre. La competencia entre ambas, tenía que ser de vida o muerte.

"La tarde del concierto en Filadelfia, Mara llamó a Bobby para cambiar los planes. Quería que viajara para encontrarse con ella, no importando que él tuviera ya un compromiso con Ángela. Hacía eso cuando se sentía insegura y Bobby siempre cedía. Lo hacía para imponer su dominio. Era parte de un juego. Pero esa vez, fue una mala idea. Era invierno y hacía mal tiempo. Habían cerrado el aeropuerto. Bobby la llamó para avisarle. Ella insistió y él tuvo que viajar en auto. Tenía poco tiempo para llegar. El asfalto estaba congelado y varios vehículos chocaron contra un enorme tráiler. Dijeron que iba muy rápido, que se estrelló con fuerza descomunal. Su auto se incendió de inmediato".

"La acompañé a reconocer el cadáver. Mara no pudo siquiera abrazarlo. Era un bulto oscuro. Un amasijo de huesos y piel quemada".

Los ojos de Hellen se cerraron para no revivir aquéllas imágenes.

"No puedo olvidarlo".

"Los días que siguieron a la muerte de Bobby fueron atroces. Mara empezó a beber y Ángela entró en una crisis severa. Pensé que era una depresión pasajera, hasta que tuvo una crisis. Su corazón falló y hubo que internarla en un hospital. Su peso era peligrosamente bajo. De eso hace tres años. Ángela ha estado entrando y saliendo de los hospitales. Mara ha perdido todo. Sus ahorros, su casa. Sólo le queda el viejo apartamento en East Village. El dinero se ha ido. Esa muchacha odia a su madre apasionadamente, *and the funny thing is* que las dos se parecen tanto. Es una pena... Quizá sea ya demasiado tarde para arreglar las cosas. Ángela parece no poder parar de hacer eso que hace".

"¿Qué cosa?", pregunté, queriendo saber la versión de Hellen.

"*Something quite disgusting...* No come y, si lo hace, vomita". Se quedó un rato mirando al suelo. Se fijó en una pequeña mancha blanca de yeso sobre su zapato. Sacó un pañuelo de su bolso y lo limpió con paciencia hasta que desapareció. Se quedó mirando el horizonte. "Bobby era un buen hombre. No entiendo por qué tuvo que morir. Imagínese, a estas alturas, la muchacha todavía quiere ganarle la partida a su madre. ¿Por qué no puede verlo? ¿Qué puede ganar? Ya no hay nada qué ganar".

Saqué el sobre donde había puesto el dinero. "Déselo a Toni, por favor". Lo entreabrió y dijo, dudando:

"¿Sabe usted que ella bebe demasiado? Fue a raíz del accidente. También toma otras cosas, pastillas y eso... Ha luchado por recuperarse, pero su destino se torció y parece que no habrá manera de enderezarlo. En todo caso, Mara no tendría necesidad, ¿sabe? Ella podría... es una artista talentosa. ¿Está seguro que quiere entregarle este dinero?"

Insistí con un gesto de mi mano. "Es para Ángela".

Hellen tomó el sobre con discreción y lo guardó escrupulosamente en su bolso.

LX

De mi padre, no recuerdo su cualidad de padre. Siempre sentí hacia él una distancia respetuosa. O, más bien, una rabia que provocaba el impetuoso juicio que yo mantenía sobre su vida. De mi madre tengo un recuerdo menos favorable.

He pensado mucho en ellos en estos días. Por largos años, han estado ausentes de mi recuerdo. Quizá vuelven a mi memoria a causa de Toni. Ella había abandonado su pedestal de Venus y se me presentaba bajo la figura terrena de una madre con dificultades. No sé si eso ponía en tela de duda el amor. En todo caso, las cosas habían perdido su cualidad volátil y llena de gracia. El dolor y la realidad habían colgado pesos a un globo colorido que flotaba en los cielos.

Toni era una mujer con problemas reales, no una idea, no un personaje misterioso. Lo común, lo corriente, había infestado la casa, como una peste de cucarachas.

¿Te extraña, Felipe? ¿Qué hubiese pasado si la Beatriz de Dante, hubiese abandonado su aura de diosa, encarnación de una idea de lo femenino, y se hubiera presentado como una mujer con problemas? ¿Podría haber sido objeto del deseo? Y, madame Bovary, ¿no fue su suicidio un reclamo al poder de lo fatuo?

Entonces, el ideal romántico es... ¿amor?

Entendí que podía atravesar la frontera. Amarla más allá de las expectativas ideales. O, darle la espalda. La mujer real estaba frente a una tormenta intentando salvar algo de su apoteósico naufragio. Trágicamente, su hija era la antagonista de esta historia. Para salvarse, Ángela debía aniquilar a Toni o morir en el intento. Un escalofrío me atravesó. Recé. Hacía milenios que no lo hacía. Y no sabía si allá afuera había algo o alguien a quien pedirle ayuda.

Lo que Felipe no logra ver es que el drama de Toni toca puntos sensibles de su propia historia. Felipe también vivió una infancia complicada. Una madre manipuladora, un padre condescendiente. Felipe se parece a Ángela: *hambreado* afectivamente, intentando no naufragar en medio del laberíntico juego erótico de sus padres.

Felipe, Felipe... intentas liberarte, pero no puedes amputar tus enredos. Los reproduces por instinto genético, como el cuerpo a las células, ciegamente y con un mismo diseño.

Me gusta Shas. Encuentro consuelo en su vida. Ojalá hubiera sido mi padre. Un hombre sensato. Podría hacer un canje. Podría hacerme a la idea de que Shas fue mi padre. Y, ¿por qué no? Soy escritor: me estoy especializando en la profesión de las mentiras.

¿Te olvidas de que naciste en un país racista? Tener un padre como Shas es para ti territorio prohibido. Te habría acarreado segregación. Te habría convertido en paria. Es más, si tu padre hubiera sido un indio, lo habrías negado.

Shas. El padre mítico, ancestral. Estoy cansado, infinitamente cansado. Quiero cambiar las cosas. Especialmente mi vida. Quiero a Shas como un padre sustituto. Quizá de su mano y de su capacidad de sanar yo consiga encontrar la piedra angular que siempre le faltó a la construcción de mi edificio. Quizá sea precisamente este hombre indígena el padre oculto y necesario para alguien sumido, como yo, en todo tipo de orfandades.

LXI

Se podría pensar que el día de la muerte de una persona es el más terrible para quienes lo aman. Sin embargo, hay días peores. Cuando la fanfarria de la tragedia termina. Cuando los dolientes ya no están al centro del escenario y las luces se han apagado, entonces empieza lo peor.

El silencio es la verdad de la muerte.

La historia con Toni había llegado al final. No había para dónde más ir. Su silencio absoluto me lo confirmaba.

Me sentía como un títere al cual le han cortado los hilos que aseguraban su movilidad. Descosido y roto, me enfrentaba al final de una obra de teatro en la cual no solamente se ha cerrado el telón, sino que ya han recogido la utilería.

Regresé a la Academia. Tenía varias semanas de no venir. Me recibieron con la alegría que se recibe al hijo pródigo. Todos, excepto Yul Mai que, según me contaron, estaba ausente desde hacía algunas semanas.

Hablaban de sus proyectos con la jerga profesional recién aprendida: puntos de giro, el arco del personaje, POVs, VOs, OS, y otro caudal de siglas incomprensibles excepto para los iniciados. Después de todo, Adam había hecho su trabajo y lo más divertido es que yo no había estado allí para recibir ese caudal de conocimiento *experto* por el que tanto había peleado.

No los envidiaba. Sabía que había logrado lo que vine a buscar: estaba escribiendo una historia que me importaba.

Mi personaje había logrado inmiscuirse en mi vida y volverse real. Escribir había dejado de ser una fantasía glamorosa. Era un trabajo meticuloso que exigía eso: trabajo. Contar una historia es un asunto fundamental para un escritor. Y lo más importante es terminarla.

Estaban todos muy afables. Kate organizó una cena en su casa para celebrar mi regreso. Se esmeró mucho en los barrocos detalles: servilletas del mismo color que el mantel, flores y un exquisito menú de la cocina de su abuela escocesa. Mientras hacíamos bromas y bebíamos en festiva camaradería, la noche envejeció. Los restos de comida, las copas sucias, desataron el amargo sentimiento de que esta desbordada ternura no servía para calentar el frío interior. Vi a estas personas que consideraba mis amigos con otros ojos: ¡qué ajenos me resultaban! Ninguno tenía peso. Eran volutas de humo que se llevaría el primer golpe de viento. La honestidad cruda de la situación me mostró que la noche que habíamos pasado juntos no era más que un evento. Idéntico a otros que habíamos vivido y que olvidaría tan pronto tomara un avión. El peligro era atiborrarse de *eventos* y... no darse cuenta.

De pronto sólo quería irme. No podía abandonarme a la distracción. Tenía sed. Mucha. Pero de sentido y de contacto humano profundo. Se abrió frente a mí un hoyo que se parecía mucho a una tumba. Si caía allí dentro, estaría... muerto.

Me levanté sin vacilaciones, agradecí con sencillez la cena y les dije adiós para siempre.

Rodolfo me acompañó a la puerta. Quería salir conmigo e invitarme a tomar un trago. Tenía curiosidad por saber los vericuetos de mi azarosa vida. Lo miré a los ojos queriendo sacar en claro la verdad de aquella amistad, o averiguar si era también una fumarola volátil. Él comprendió al vuelo mi conflicto. Me abrazó y preguntó: "¿te volveremos a ver?"

LXII

DÉCIMA SECUENCIA: Los días negros

"Corre el año de 1966. De las tres ciudades principales del área ixil, la más importante es Nebaj. Está a casi tres mil metros de altura y por ello la bruma que se eleva de las calles angostas, es su constante compañera. Las casas de adobe blanqueado evocan una pequeña ciudad del siglo XVI.

En medio de una naturaleza exuberante, las casas de los ixiles son todas parecidas: dos habitaciones, techo de paja... No han cambiado en siglos. Aislados al norte por una zona despoblada y al sur por montañas y la profunda cañada de un río, los ixiles parecen haber continuado la tradición clásica de los mayas como una especie de enclave de retaguardia.

Durante la Colonia, en este pueblo, la presencia española fue mucho más escasa que en otros lugares. La autonomía ixil fue consecuencia de la retirada del poder español y el tumulto político de los primeros años de independencia. Por tanto, hasta el decenio de 1890, permanecieron completamente aislados de la vida nacional de Guatemala. Esta independencia y aislamiento permitieron la continuada supervivencia de sus rasgos culturales. Los ixiles todavía usaban instrumentos musicales aborígenes (tambores de troncos y concha de tortuga) en los dramas bailables y ceremonias del amanecer asociados a fechas importantes del calendario ritual de 260 días.

En la medida que se acerca uno al centro del poblado, los techos son de teja color ocre y, llegando a la plaza central, las casas ixiles son reemplazadas por las casas de los ladinos ricos, que se apelmazan a las estructuras de adobe blanqueado: la iglesia, el juzgado y la municipalidad.

Por los caminos transitan las mujeres cargando en la cabeza ollas de tamales o atol para la venta. Desde abajo, los plantadores parecen una larga hilera de hormigas que avanza lentamente a través de los campos y uno puede imaginar a cada uno con su bolsa de semillas y su coa para abrir la tierra. El tiempo no ha pasado por aquí. Uno podría imaginar que son tiempos precolombinos. Eso, si no fuese por la irrupción anacrónica de los estrafalarios artefactos del mundo moderno. Esos postes de la línea telefónica, el viejo autobús pintado de azul y blanco y los jóvenes ixiles, aglomerados frente a la ventana del juzgado, intentando ver en la televisión las comedias norteamericanas dobladas al español, con anuncios de refrigeradoras, detergentes y otros productos que hablan de una vida alejada de su experiencia cotidiana.

Durante el decenio de 1970, la usurpación de la tierra de los indios se incrementó. Todo intento suyo por formar cooperativas fue deliberadamente atacado. La oposición del gobierno militar a toda mejora de los indios en la zona de Ixcán (no lejos de la región ixil) los aisló económicamente. Grupos paramilitares invadieron los poblados indios, sacaron a los ixiles de sus casas durante la noche, los golpearon frente a sus mujeres y a sus hijos y se los llevaron. Nunca se volvió a saber de ellos.

Hubo muchas matanzas. Grupos paramilitares de derecha, formados por iniciativa de los consejeros militares norteamericanos empezaron a operar extensamente en la zona ixil. Las tierras situadas al norte, particularmente las trabajadas por chajules y cotzales, habían aumentado de valor debido la perspectiva de abrir caminos, de buscar petróleo y minerales.

Se efectuaron reasentamientos de indios no ixiles, en las zonas ixiles. De cuando en cuando, operaban grupos guerrilleros en la zona, al principio con poca cooperación de los ixiles que, salvo algunos de Nebaj, se encontraban entre los indios menos politizados de Guatemala.

Sin embargo lo que no lograron los guerrilleros lo lograron las actividades paramilitares, fomentando la causa de los primeros al politizar a los ixiles con sus tácticas represivas".[4]

La descripción de los antropólogos sobre la situación del pueblo ixil en los años setenta me creó una gran tensión interna. Shas era una persona sencilla y amable. ¿Cómo vivió aquella amenaza siniestra?

Volví a la biblioteca. Encontré documentación que me hizo ver que la violencia política no era la única que se cernía sobre su vida. Por aquellos años muchas órdenes religiosas iniciaron su labor pastoral en Guatemala: los padres Maryknoll, misioneros del Sagrado Corazón, misioneros del Inmaculado Corazón de María, dominicos, franciscanos, carmelitas, capuchinos, jesuitas...

Una parte importante de su misión era erradicar las prácticas *paganas* vinculadas a la religiosidad indígena. Acrecentar el número de bautizados generaba aprobación de las casas matrices en el extranjero. Hombres como Shas, guardianes de los ritos ancestrales, eran enemigos de la Iglesia y combatidos activamente.

---

4 Notas de los antropólogos Benjamin y Lore Colby.

Encontré el relato de un misionero Maryknoll de aquellos años:

"Cuando llegué a ocupar el cargo de párroco a la Iglesia en el Ixcán, observé cosas alarmantes. Objetos de culto tales como investiduras para la misa, cálices y copones eran utilizados por los chamanes. Eran viejas reliquias con más de doscientos años de antigüedad. Consideré que era sacrílego. Había más de setenta imágenes de santos en la Iglesia. Estaban mutiladas. Sin manos o cabezas. La gente se arrodillaba frente a ellas con un afán que no parecía devocional, sino fetichista. Me preguntaba qué significaban estas imágenes para ellos. Su relación parecía muy diferente a la de los católicos con los que había crecido en Nueva Jersey.

Afuera de la iglesia, había una gran cruz de madera. Las termitas y la humedad la habían podrido tan a fondo que era asombroso que prevaleciera erguida, dominando la entrada. Era la cruz del destino, un emblema pagano.

Adentro de la iglesia, en el medio de la nave central, había un horno. Los indígenas quemaban candelas, incienso y otras ofrendas. La gente del pueblo se ocupaba poco de los sacramentos que yo impartía: el bautizo, el matrimonio. Llegué a la conclusión que todo era culpa de los brujos. Los habitantes de aquel lugar culpaban a los católicos de sus males y seguían con fidelidad sus antiguas costumbres. Los brujos tenían muchas formas de control psíquico sobre la gente.

Destruí el horno que existía dentro de la iglesia. Coloqué en su lugar unas bancas para que la gente se sentara. Siendo que ellos acostumbraban acuclillarse en el suelo cuando venían, la medida parecía ilógica. La gente estalló en ira. Los amenacé con llamar al ejército para que me apoyara, pues el Estado era el soporte de la Santa Madre Iglesia.

Después de algunas semanas, la ira disminuyó, pero debajo de la calma podía percibir el profundo resentimiento que mis acciones habían provocado. Cuando decidí deshacerme de las imágenes mutiladas de los santos, la gente se sorprendió. ¿No las consideraba yo sagradas? Preguntaban por aquellos santos como si se tratara de personas desaparecidas sin razón que lo justificara. Les respondí que no sabía dónde estaban. No mentía, aplicaba un principio de la teología tomista: la verdad no necesita ser revelada a aquellos que no tienen derecho a la verdad. Los indios comprendieron las cosas a su manera. En su mundo lo sobrenatural y lo natural interactúan siempre. La naturaleza de la realidad es compleja, sutil, siempre cambiante. Mi acto final fue destruir la gran cruz pagana que se alzaba frente a la iglesia y reemplazarla con un crucifijo.

Con el tiempo pude ver mi error. ¿No fue aquella una manera perversa de repetir lo que ya había hecho antes la vieja Iglesia Católica que llegó de España?" [5]

---

5 Reflexión del cura Maryknoll Thomas Melville, sobre su misión en Ixcán

Los contadores de los días iniciaron en aquella época un largo viaje al desplazamiento y al olvido. Shas era parte de aquel mundo sitiado que se derrumbaba.

LXII

¿Qué dicen del kastiiya? El kastiiya de los ladinos no es muy difícil, y sin embargo, no todos lo comprendemos. El kastiiya que yo sé, no es tanto. No sé leer, no sé escribir. No sé mucho kastiiya, pero ¿qué más podría hacer si lo aprendiera?

Para Shas, los últimos años estuvieron marcados por la entrega a su vocación y a su familia. La situación política se agravaba a su alrededor sin que él se percatara. El conflicto que más había afectado su vida ya había pasado. Le había tocado vivir como un simple objeto de explotación. El esquema social y político donde le tocó crecer no lo reconocía como humano. Pero había logrado escapar de esa rueda viciosa y realizar su destino.

Tal vez sean ya treinta años que llevamos casados. A veces reñimos un poco, porque me emborracho y le grito. Después de que vuelvo en mí, ella me dice: Gritaste todo el tiempo. Me dijiste cosas malas, que estoy loca y que te aburro.

Nada de eso. Perdóname. Debe ser sólo el alcohol el que me nubla la cabeza, y te digo toda clase de tonterías. No hagas caso. Y que aquí termine.

Construimos una casita, en la que vivimos. No tenemos hijos nuestros. Sólo Anay, mi hija. Ella ya tiene su marido y sus propios hijos. Vivimos como una sola familia. Tenemos los estómagos satisfechos. Yo planto mi milpa y cuando salgo para una de mis sesiones de oración y vuelvo, ellas están esperándome con la comida. ¡Sería tonto pelear! Dios manda la buena fortuna. Pero sólo desde que ella vino a mí me envió Dios la buena fortuna.

Pobres de nosotros. ¿Qué ocurrirá cuando nos separemos? ¿Quién sabe cuándo completaremos nuestra cuenta? Lo mismo puede ser sofocación o una pequeña enfermedad. Nuestra cuenta estará completa. ¿Quién de los dos se irá primero? Quizá sea mejor que seas tú, porque yo diría las plegarias. Sería bueno que te fueras primero porque yo te enterraría. Yo sé cómo celebrar tu entierro. Si yo soy el primero que se va ¿quién te enterrará? Anay quedará contigo pero, ¿cuidará ella de ti?

Hasta allí llegaba la historia de Shas. Seguía una nota escrita a mano por Benjamin Colby. Explicaba de manera escueta que no habían podido terminar su trabajo debido a que la represión del Ejército sobre el pueblo ixil arreció y ellos tuvieron que salir de inmediato. Noté una velada angustia en aquellas palabras garabateadas sin pulcritud que querían cerrar algo que, forzosamente, se dejaba abierto. ¿Qué había pasado con Shas y su mujer? ¿Qué había pasado con Anay y su familia?

Transcurreron más de treinta años desde que los antropólogos dejaron Guatemala. La guerra asoló las tierras de los ixiles como un vendaval. El relato de lo que había sucedido era ya de dominio público. Los testimonios de las víctimas contenían imágenes atroces: más de cuatrocientas masacres destruyeron las aldeas del Triángulo Ixil. Miles de mujeres, niños, ancianos asesinados por el Ejército con la más absurda bajeza. El horror que vivieron desafiaba el entendimiento. Hoy, las tumbas hablaban: el desentierro de los restos humanos en cementerios clandestinos era la prueba material que, finalmente, calló las mentiras de los perpetradores.

Atar los datos históricos a la biografía de Shas me erizó. ¿Cuál era el final de su historia? ¿Habían sido él y su mujer asesinados? ¿Y Anay, sería ella de las infinitas mujeres violadas? ¿O un conjunto de huesos, apilado en alguna de las fosas comunes que hoy desenterraban los forenses? ¿Habría huido a las montañas como animal espantado? o ¿salido del país como refugiada?

Quedaba claro: estas interrogantes me planteaban un desafío. ¿Estaba en verdad comprometido con esta historia, como había afirmado? Entonces, tenía el compromiso de encontrar respuestas. Algo en mi cuerpo respondió a aquellos pensamientos. Era náusea y confusión. Era dolor visceral y no sólo tenía que ver con Shas. La historia funesta de Guatemala que con tanta dificultad recién empezábamos a reconocer, me dolía. ¿No era yo parte de aquel tejido enfermo que gestó tanta destrucción y vileza? ¿No había también un fragmento de mí en la imagen que reflejaba aquel espejo de horror que develaron los informes de la guerra?

Ahora lo tenía claro. No podría quedarme pasivo. Armar aquella realidad con todas sus piezas era fundamental. No podría añadir un final de ficción y olvidar. Si lo hacía, me derrumbaría como un castillo de naipes.

Debía regresar a Guatemala y encontrar el rastro de Shas. Tenía que encontrar a su hija Anay y saber qué había sido de ella. Tenía que terminar mi historia. En aquel momento supe que mi viaje a Nueva York había terminado. Las razones para volver eran implacables.

Llamé a la aerolínea y pedí una reservación para mi vuelo de regreso. Había espacio una semana después, el día 7 de diciembre... Curiosa coincidencia: recordé que ese día la gente en Guatemala quema simbólicamente al diablo en grandes fogarones. ¿Era esto a lo que volvía? ¿A practicarme un exorcismo de los mil demonios que aquel distante país me había sembrado dentro y que, recién ahora, empezaba a enfrentar?

LXIV

De pronto me quedé sin nada que hacer en Nueva York. La espera por el día de mi regreso a Guatemala se volvía un tiempo inútil y lento. Con la idea de distraerme y tener algo en qué ocupar mi energía nerviosa, el sábado compré un boleto para un concierto del cuarteto Kronos que se realizaría en un moderno teatro de Brooklyn: una serie de piezas de música de cámara para acompañar los sonidos venidos de la estratosfera. Sí... un satélite había grabado las emanaciones sonoras espaciales y el cuarteto los acompañaría con su propia música.

El teatro era impresionante. Contemporáneo. Líneas muy sobrias de una arquitectura osada. El entorno propicio para lo que a continuación escuchamos.

Los sonidos llegados del espacio eran insólitos y tuve la sensación de estar metido dentro del enorme vientre del Universo, escuchando los ruidos viscerales de una madre de dimensiones monstruosas. A ratos parecían bandadas de pájaros chillones, o burbujas abriéndose camino en un medio líquido. Gruñidos, gemidos, estridencias. El espacio sideral tenía sonido. Pasaban cosas allí. La sensación era curiosa, pues nunca lo había imaginado como un lugar bullicioso. Las imágenes que eran lugar común, me habían hecho entenderlo sumergido en una calma silenciosa. Un lugar deshabitado.

El asombroso Universo y la música de Kronos lograron despertarme. Me sentí como un tipo incivilizado que asoma la cabeza para percibir un pequeño atisbo de su propia ignorancia.

Al salir, me sentía tranquilo. Con ganas de comer algo sabroso e irme a dormir. Después de cenar en un restaurante griego, tomé el metro de vuelta ansiando descansar.

Cuando entré en el apartamento, supe que Toni estaba en la habitación. Estaba oscuro y no podía verla, pero sentí con claridad su presencia.

"No enciendas la luz...", su voz me condujo al brillante punto rojo de su cigarro. Estaba sentada en el suelo.

Me acerqué y me senté a su lado.

"¿Cómo estás?", dije con un nudo cerrando mi garganta. Me percaté de que algo estaba muy mal. De la sombra que era su cuerpo salió un callado sollozo. La abracé, tomando su cabeza entre mis manos. "¿Qué pasa, Toni? ¿Qué pasa?"

"Ángela murió esta tarde".

Las palabras no cabían en mis oídos. Me quedé mudo, sintiendo que estaban en un idioma desconocido. Al instante siguiente, ella me aclararía las cosas. Me explicaría que Ángela estaba allá en el hospital, esperando dar su gran salto de independencia. ¿No lo había dicho su doctora?

"Vine... a recoger los malditos papeles para sacarla de la morgue. ¡Pero no sé dónde están...! ¡Y no quiero pensar en nada! ¡No puedo pensar! ¿Qué hago ahora? Esa pregunta de mierda me hace estallar la cabeza. ¿Qué hago ahora?"

Sus palabras ahogadas en llanto eran la ráfaga de viento que se desata de un cielo maléfico ennegrecido por centenares de harpías.

La apreté. Sentí su cuerpo. Se abrazó a mí, otro objeto náufrago en la corriente impetuosa. Como empujado por un poderoso resorte, saltó el terrible deseo. Busqué su boca y la besé con impaciencia. Ella se abandonó a aquel beso. Entonces, perdí noción de mí mismo. Subí su blusa, besé su vientre. No podía detenerme. Las cosas tenían entera claridad, en medio de una confusión perfecta. Mis labios recorrían su cuerpo, lo quemaban, querían volverlo un puñado de cenizas. Todo giraba como las imágenes cambiantes de un caleidoscopio. Lo único que quedaba fijo y establecido era el sabor salado de sus lágrimas en mi boca.

La levanté como una muñeca y la acosté en la cama. Subí su falda y aparté su ropa interior. La penetré profundamente, intensamente, en medio de un incendio ciego.

Ella dijo "no"; la palabra entró finalmente en mis oídos. "No quiero", "quítate", "aléjate de mí", dijo varias veces más.

Pero las palabras parecían lejanas como los sonidos viscerales del Universo. Sí... allá en el espacio sideral una mujer peleaba por quitarse de encima a un hombre lleno de deseo. Un hombre que no podía escucharla.

Toni me mordió la boca. El sabor de la sangre terminó por llevarme a un clímax mortal. Un clímax funesto y delirante. Lo que me estaba sucediendo parecía envuelto en una belleza fiera, como el cuerpo contorsionado de una monstruosa ballena que se levanta, lustroso y plateado, por encima de las inmensas olas de un mar tormentoso. Mi semen corrió dentro de su cuerpo y sentí un gozo indescriptible: la estratosférica liberación de un peso antiguo, enterrado como un hechizo perverso.

Un penetrante olor animal llenó el ambiente del cuarto. Un olor a sexo que me pareció extrañamente impúdico. Tiempo después, todo terminó, menos aquel olor. Como una emanación pegajosa se metió adentro de mi nariz y tomó rumbo dentro de mi cabeza, adhiriéndose a cada célula de mi cerebro. Toni había dejado de pelear. Miraba la pared con una mirada hueca. Me levanté espantado. La deseable mujer que había arrastrado a la cama era ahora una muñeca rota.

LXV

Salí a la calle en medio de la noche. Estupor. No había nada más en mi cabeza. Las calles pasaron una a una, bajo mis pasos rápidos: la doce, la trece, la catorce, me pareció que ninguna podría llevarme tan lejos como exigía mi fuga. Al llegar a Union Square bajé las escaleras del metro. La luz mortecina me anunció la entrada a una atmósfera segregada. Aquí, extraños personajes crecieron en las calladas horas de la madrugada. Rostros salidos del Hades, recortados contra un fondo sombrío.

Una mujer había dispuesto sus harapos para dormir adosada a una de las paredes pero, ante el bullicio de un grupo de borrachos, cantaba con los ojos cerrados una canción inmortal. Una chica abrazaba su bolso mientras cuestionaba al agujero por donde aparecería el tren. Estaba llorando y negros surcos de maquillaje dibujaban bizarras líneas en su rostro. La inmensa masa de una mujer obesa hartaba sobras con manos rechonchas y ojos ávidos, posando para un retrato de la gula. Un anciano barbado de largas uñas sucias hurgaba en su nariz, como un mago alucinado.

El mecánico traqueteo del tren iluminó repentinamente este lugar abandonado de la misericordia. Supliqué a ese Caronte de hierro que me escogiera entre la multitud de seres olvidados y me ayudara a atravesar el río de los muertos.

Navegué la noche entera. De tren en tren, de estación en estación. El río metálico que fluía subterráneo me refugió en la aberrante tosquedad de los seres del inframundo.

Cuando amaneció estaba en la estación de Brooklyn. Salí a la calle, caminé sin dirección y me encontré en el mismo lugar donde aquella noche había estado con Toni. Me senté en una banca, agotado y con infinitas ganas de cerrar los ojos, pero mis párpados estaban llenos de arena. La neblina trazaba una línea algodonosa que abrazaba como un anillo los edificios de Manhattan. La ciudad había caído en un somnoliento letargo y parecía que no despertaría en cien años.

¿Qué diablos había pasado? Algo en mí quería justificarse y negaba mi acto de imposición y violencia. Pero, ella había dicho *no*. Hurgaba en las confusas sensaciones de lo que había acontecido queriendo encontrar un rastro de su anuencia. Pero, ella había dicho *no*.

Me senté en una banca y lloré por mí, por el terrible deseo que había crucificado por tanto tiempo y que había salido con la precipitación de un delincuente que ve abierta la celda de su prisión por un error del carcelero.

Lloré por la muerte inútil de una muchacha a quien nunca conocí. Lloré por Toni con un llanto vacío de palabras.

LXVI

Regresé al subterráneo, pues no sabía adónde más ir. Vagué de tren en tren. Agoté las posibilidades de Manhattan e inicié mi recorrido por los suburbios: Mamaroneck, Montclair, Scarsdale, Woodstock, Coltsneck, Great Neck...

Mi cabeza era un hervidero de gusanos. Repasé mi existencia a golpes de recuerdo. Como un collar de inagotables cuentas, pasajes de mi vida surgían en mi conciencia para ser examinados. Cada uno dejaba la huella de su sabor en mi paladar entumecido: salobres, ácidos, amargos. Algunos tan dulces y lejanos que me hacían llorar en silencio con la cabeza pegada a la ventana.

Andaba allí, perdido en las interioridades de aquella ciudad y sus alrededores. En sus conductos, en sus arterias, en su centro nervioso. De tren en tren. Dormitando a ratos. Depurando a través del movimiento continuo un veneno que me intoxicaba.

Mi acto estúpido me parecía incomprensible y sin sentido. Poseer a una mujer por la fuerza, cuando lo que buscaba era justamente encontrarme con su deseo. Y me odiaba por eso. Parecía el acto de un extraño. Pero efectivamente yo era el hombre que cometía aquel acto execrable que asaltaba con sus imágenes mi memoria y que ahora me parecía tan ajeno.

Metido en aquel tren sin destino, veía pasar los paisajes que recorrían las ventanas, los viajantes, los hechos diversos que componían un rompecabezas multicolor del cual yo no formaba parte. Yo solo era un bulto en movimiento. Alguien que no estaba aquí realmente. Ensimismado, sólo existían las poderosas sensaciones que me brotaban de adentro como flores de intrincadas enredaderas. Parecía que por primera vez podía verme. Como en las confusas escenas de un teatro del absurdo, aquel hombre llamado Felipe actuaba sumergido en un pasado lejano e imperturbable. Yo lo observaba. Lo veía equivocarse, perderse en la inutilidad del exceso, como un testigo lleno de interrogantes.

El mundo se fue volviendo muy pequeño. Del tamaño de una canica y con su mismo colorido. Tragué esa canica que recorrió mi aparato digestivo, sin que yo la pudiera digerir. Salió intacta de mi esfínter. Cayó hasta una cloaca para iniciar de nuevo su viaje. El laberinto de cañerías también la tragó y la arrastró, hasta que salió con las aguas negras, expulsada al mar. Yo sabía que las corrientes la llevarían de arriba abajo, pero no llegaría a ninguna parte. No había ningún destino, ninguna playa que estuviera esperando su arribo. No me extrañó para nada. Al final, lo único que uno tiene es el viaje.

Al tercer día desperté en un tren que estaba por llegar a la Grand Central Station. Me bajé con el resto de pasajeros apresurados. Por todas partes había indicaciones sobre posibles direcciones a escoger y los viajeros se movían en una danza cuya coreografía habían ensayado hasta volverla automática, como un ejército de mecánicos clones.

El recinto era inmenso, con el techo muy alto y las paredes iluminadas con matices dorados. A través de sus ventanas se filtraban innumerables haces de luz. Estaba agotado. Me sentí muy pequeño en medio del gran edificio y del movimiento tan cierto de estos seres robotizados. Estaba al borde de un ataque de pánico.

Al mirar al techo, un precioso caballo alado me miró de vuelta. Me hizo pensar en Dédalo construyendo sus propias alas para escapar las paredes del laberinto. Me paré bajo uno de los rayos de luz y, como si estuviera en una catedral sagrada, supliqué por claridad. La única respuesta que recibí fue la certeza de que los oscuros impulsos humanos son poderosos... más que cualquier virtud.

Salí a la calle. Park Avenue se extendía, repartiendo a todos los transeúntes un día soleado y ventoso. El gigantesco rostro de Dalí me miró, con su acostumbrada agudeza, desde un anuncio del Metropolitan Museum of Art. "Mutilación... ¡qué bello paisaje! Sólo los dioses quebrados, los apolos mutilados, los rostros sin nariz de los filósofos, tienen nobleza..."

Eran las palabras del artista que me miraba desde las paredes de un alto edificio. Pero podrían haber sido las de un profeta. Yo era una de esas estatuas mutiladas, uno de esos rostros marcados por la destrucción. Yo era un ser roto. Entendí que no existe manera de evitar que la vida nos afecte. Cada gramo de experiencia se paga con un trozo de carne que se desprende de nuestro cuerpo de perfección. La deformidad es la huella del paso de la vida. En aquel momento me vi como realmente era y ya no sentí vergüenza. ¡Así que esto era la redención!

LXVII

Regresé al apartamento. Tenía que hablar con ella.

Cuando entré, todo estaba vacío. No estaban los muebles, ni su ropa. Habían desaparecido los trastos de la cocina, los retratos. Su gorra de baño, los jabones, el cepillo de dientes. Nada, excepto mis maletas a media habitación. ¿Quién había empacado mis cosas? ¿Quién se había llevado las de ella? ¿De qué se trataba esto?

Tenía el número de Hellen entre los papeles de mi billetera. La llamé.

No respondió. Me senté en el suelo, anonadado. Todo este descalabro había sido provocado por mí. Seguramente Toni pensaba que yo era un tipo capaz de cualquier cosa. Quizá había optado por esconderse para que yo no pudiera encontrarla nunca más.

Me sentía inmovilizado. Después de una hora, volví a llamar. El tono del teléfono sonó y sonó. No hubo respuesta. Cuando iba a colgar, su voz cansada me respondió del otro lado.

"Soy Felipe Martínez. Estoy en el apartamento. Quiero... hablar con ella".

"¿No lo sabe todavía?"

"No..."

"Mara murió. Un camión la atropelló frente al edificio de apartamentos. Sucedió la misma noche que Ángela... El chofer dijo que se atravesó sin mirar... Que fue un accidente. Pero yo sé que no fue así... Usted lo sabe también, ¿no es cierto?"

La interrumpí:

"Por favor no me engañe. Necesito que me diga la verdad. ¿Dónde está?"

Hellen calló por un instante y contestó con simpleza: "muerta".

El teléfono era un animal capaz de morderme. Lo solté. De nuevo la realidad me jugaba un truco. Toni no podía estar muerta. Yo sentía su presencia vital. Si ella ya no existiera sobre este planeta, yo sería el primero en saberlo. Yo... la amaba.

Salí del edificio con prisa. Tomé un taxi para buscar a Rodolfo en su casa. Él podría pensar con claridad qué debíamos hacer. A pesar de mi incredulidad sobre los presuntos acontecimientos, las lágrimas arrasaban mis ojos y todo el paisaje se quebraba, se revolvía, trastrabillaba. Sentí que me iba a asfixiar.

El auto pasó frente a Central Park. Yo no podía más. Pedí al chofer que parara, bajé y tomé una bocanada de aire frío. Empecé a caminar rápido, queriendo liberarme de la adrenalina que salía a chorros de algún lugar en mi pecho.

Bajo uno de los puentes que atraviesan el parque, un hombre tocaba en su saxofón. *You don´t know what love is...* ¡Aquella balada de Coltrane! Parecía llamarme con el mismo poder que si saliera de la flauta mágica de Hammelin. Desde el arco penumbroso dibujado por el puente vi el otro lado del parque. En la lejanía, una mujer caminaba con premura. Llevaba una guitarra al hombro. Volteó la cabeza y sentí como si un puño me golpeara la boca del estómago. Era ella. Salí corriendo detrás y grité ferozmente su nombre.

Ella volteó y hurgó el horizonte. Buscaba mi voz. Pero cuando me vio, no pareció reconocerme. Dio la vuelta y continuó su marcha, como si se tratara de un error. Corrí para alcanzarla, pero me detuve. Aún si esa mujer fuese Toni, que yo me le acercara sería un error. ¿No fue siempre un maldito error?

LXVIII

Caminé de regreso hasta East Village. Quería profanar la ciudad con la huella de mis pasos sobre su cuerpo luctuoso. Empezó a caer una llovizna intensa. Sus pulidas agujas lo helaron todo. Recordé que era diciembre.

Cuando llegué al barrio, vi a través de la ventana del restaurante vietnamita ya cerrado, con las sillas recogidas y sin gente. Pasé por Union Square. Las parejas atravesaban corriendo para no mojarse y las bancas brillaban vacías. Me paré frente a las puertas de la Academia, New York Film Academy, leí el rótulo en voz alta, como la primera vez que lo vi. Yo era entonces otra persona.

Me senté en una banca. Sobre el edificio de Virgin Megastore el calendario no dejaba de palpitar, recitando con luces la hora y la fecha: seis de diciembre, las siete y quince; seis de diciembre, las siete y dieciséis. Recordé mi primer día en Nueva York y la sentencia que aquel reloj me ofreció como un presagio: llegaría el día en que tendría que marcharme. Mi vuelo salía mañana para Guatemala. El dato me pareció extraño, como si hubiera olvidado que existía otra realidad que no se afincaba aquí, entre la carne y las venas de esta ciudad. Regresaría sintiéndome un extranjero, pero en este momento era un alivio. Solamente faltaban unas horas. Mañana podría irme lejos. Mañana podría empezar a olvidar.

Los últimos días había vivido en una larga noche, pero a esta que se acercaba yo le tenía pavor. Hacía varios días que no dormía en una cama. Y sin embargo, acostarme me parecía imposible. No podría soportar la vastedad inicua de un cuarto de hotel.

A lo lejos, una marquesina encendida anunciaba una función: *Snow.* Se trataba de un show de payasos rusos. Decidí entrar. Las luces se estaban apagando cuando encontré mi asiento. El espectáculo tenía una delicada poesía. Los payasos eran tan plásticos en sus pausados movimientos y poseían la extraordinaria gestualidad dramática de los grandes actores. Una obra maestra del teatro *clown*. Su belleza me producía una gran tristeza.

En el momento culminante, una terrible tormenta de nieve provocada por un poderoso motor e infinitos papelitos de un blanco brillante nos hizo volar las cabelleras, azotó nuestros rostros, nos invadió con un frío gélido. Entrecerré los ojos. El público aplaudió con asombro. Empecé a reír con la simpleza de un niño y no podía parar. La risa se volvió insoportable. La ciudad que yo había venido a buscar se liberaba de sus imposturas y con transparencia luminosa revelaba su rostro verdadero: era un espacio para jugar.

Jugar siempre es serio. Uno se compromete. Pero llega un momento en que ya no quiere seguir. Sin qué ni para qué, aquello ha perdido su magia. Es el final del juego.

Las luces del escenario bajaron su intensidad. Un payaso está en una estación de tren acompañado de una breve maleta. El pito anuncia la pronta partida. De una percha cuelga un vestido y un sombrero, simulando el cuerpo de una mujer. Antes de partir, el payaso abraza la percha con fervoroso amor... y no se percata del vacío.

DUE DATE   **BRODART 08/16   19.95**
